작가이름, 박범신

작가 이름, 박범신

박범신 문학앨범
박상수 엮음

문학동네

책을 엮으며

선생을 떠올리면 1990년대 초반, 학교 체육관 뒤편 호숫가의 야외 수업이 제일 먼저 떠오른다. 봄볕이 분분 쌓이는 숲속에서 선생은 아이들을 앉혀놓고 마흔한 살에 자신을 낳은 어머니와, 아버지 없이 불화로 가득찼던 유년 시절과, 절망 속에서 두 번에 걸쳐 실패로 끝난 자살 기도, 전기도 들어오지 않았던 무주의 시골 초등학교에서 교사로 근무하면서 홀로 소설을 썼던 이야기를 들려주었다. 그것은 감수성이 예민한 어린 영혼의 내면에 잊을 수 없는 불꽃으로 남았다.

학회 선배들을 따라 용인 읍내 선생의 전세 빌라에서 예정에 없던 엠티를 한 적도 있다. 학교 앞 술집 '산골' '숲속의 빈터' '실비집' 등을 거쳐 새벽까지 선배들의 문학 이야기에 귀를 기울이다가 갈 곳이 없어지면 선생 집을 찾아갔다. 선생은 그때 소설 공부하는 제자들을 위해 열쇠를 내주기도 했던 것 같다. 분명 아닌데도 선생이 꼭 집안 어딘가 있는 것 같았다. "네 소설 좀 가져와봐라" 말하는 목소리가 들릴 것 같았다. 얕은 흥분 속에 뒤척이며 잠을 자다가 마루로 나가면 일찍 일어난 어떤 선배는 선생 서가의 책을 꺼내 읽고 있기도 했다. 안 보이는 사람의 힘이 그렇게 셌다.

용인 굴암산 밑 한터산방이 선생의 새로운 거처가 된 것은 그후 얼마 지나지 않아서다. 입대와 복학을 거친 나는 1997년이 되어서야 몇 명 선배들 틈에 끼어 한터산방의 풍경을 눈에 담을 수 있었다. 그때는 선생이 절필을 끝내고 『흰 소가 끄는 수레』를 출간하면서 작품 활동을 재개하던 시기였고 동시에 소설을 쓰는 선후배들의 주 활동 무대가 선생의 한터산방으로 바뀌어 있을 때였다. 제자들의 주 활동 무대가 선생의 집필실이라니, 모양새가 이상하다고 갸우뚱거릴 사람도 있을 것 같다. 하지만 사실이 그랬다. 그 공간을 경험했다는 이유로 나는 『흰 소가 끄는 수레』나 『향기로운 우물 이야기』 속 몇 단편들이 어떤 정서 안에서 어떻게 탄생했는지 더 잘 이해할 수 있었다. 방학이면 선생의 반강제적인 협박(?)에 못 이겨 소설에 재능이 있다 싶은 남학생 중 한 명이 한터산방에 들어가 바깥 세계와 단절한 채 소설을 몇 편씩 써서 나오고는 했다. 무엇 때문인지 몰라도 어떤 선배들은 야밤에 한터산방에서 싸우다가 선생에게 걸려 크게 혼났다는 말도 들려왔다. 청춘 남녀의 이리저리 얽힌 연애담이야 말할 것이 있을까. 나도 그중 몇 가지를 아직까지 선연하게 기억한다.

선생은 강의실에서만 소설을 가르친 것이 아니라 강의실 밖에서도 소설을 가르쳤다. 소설을 잘 썼다고 술 사주고, 소설을 안 쓴다고 혼내고, 혼난 제자들이 고개를 숙이고 슬퍼하면 손을 잡고 같이 울어주었다. 선생은 소설을 가장 많이 사랑하는 것처럼 보였지만 그만큼 제자들을 사랑했다. 물론 사랑 안에 거하는 제자들은 행복했으나 거하지 못하는 제자들의 아픈 마음도 늘 거기 함께 있었다. 선생의 표현대로라면 아마도 '오욕칠정'의 연애하는 마음으로 선생도, 우리도 그렇게 한 시절을 살았으리라. 나중에 선생이 짐을 뺄 때 부족한 손을 보태러 마지막으로 한터산방에 갔던 적이 있다. 텅 빈 집안을 둘러보면서 그 집을 거쳐간 수많은 사람들을 떠올려보았다. 쿵— 쿵—. 흙먼지를 피워올리며 벌목이 끝난 나무들이 차례로 쓰러지는 소리가 희미하게 들리는 것 같았다. 그것은 어디까지나 선생과 관련이 없는 내 개인적인 인상이었다.

그리고 얼마 지나지 않아 나는 선생을 떠났다. 소설 역시 떠났다. 지금 쓴 두 문장이 어딘지 감상적으로 들린다면 내가 이 책을 엮으면서 어떤 마음이었을지 조금은 전달되었을 것이라고 나는 생각한다. 나는 소설과의 인연을 더이상 이어나가지는 못했다. 소설을 쓰지 않게 되었다는 말로 평범하게 끝내면 될 것을 기어이 선생을 버리고 떠난 것으로 깊이 아프게 만드는 것이 선생이 제자들에게 보여준 사랑의 힘이었다. 이 감정은 지금까지도 내게 남아서 좀처럼 지워지

지 않는다. 그래서 올 3월의 어느 날, 선생이 소설 쓰는 몇
몇 제자들을 불러 그중에서도 하필 나에게 이 책의 무거운
임무를 준 것은 일종의 뒤늦은 벌(?)이라고 생각하는 편이
다. '네가 기어이 나를 버리고 갔으니까 다시 소설에 대해서
생각해보거라.' 한 번도 그렇게 말씀하신 적은 없지만 마치
복화술처럼, 나에게는 선생의 목소리가 그렇게 들렸다. 집
에 차곡차곡 쌓여 있는 선생의 소설을 다시 꺼내고, 국회도
서관과 국립중앙도서관을 오가며 선생과 관련된 자료를 찾
고, 인터뷰를 뒤적이고, 관련 논문과 비평문을 읽으며 여름
을 보냈다. 그러면서 나는 비로소 스승 박범신이 아니라 작
가 박범신에 대해 오래 생각할 수 있게 되었다.

　작가로서 선생의 삶은 대체로 크게 네 단계로 정리할 수 있
다. 문제 작가 시기(1973~1978), 인기 작가 시기(1979~1992),
절필 시기와 작품 활동 재개기(1993~2006), 갈망기(2007~현
재)가 그것이다. 우선 등단작 「여름의 잔해」에서부터 첫 소
설집 『토끼와 잠수함』을 내던 때까지 소위 '문제 작가' 시절
이 있다. 이 시기 선생은 리얼리즘 계열의 현실 참여적인 문
학이 자신의 사명이라고 생각했다. 당면한 현실의 모순 앞
에서 선생은 '시대의 증인'이 되고자 하였다. 사회 모순과 부
조리를 고발하고 그것에 대항하거나 대항의 목소리조차 내
지 못하는 밑바닥 인간 군상을 핍진하게 그려낸 문제적 단

편들이 바로 이 시기에 탄생한다. 그러던 선생의 작가적 행로가 달라진 것은 1978년, 우연히 『엘레강스』라는 잡지에 단편을 발표하게 되고, 이를 인정받아 『죽음보다 깊은 잠』을 연재하게 되던 때부터이다. 이 작품이 대중의 큰 호응을 얻기 시작하면서 연이어 중앙일보에 『풀잎처럼 눕다』라는 작품을 연재하게 된다. 이 두 소설은 그야말로 선생을 단번에 인기 작가의 반열에 올린 작품이다. 물론 이 시기에도 선생은 지속적으로 문제적인 단편을 발표하였지만 이미 인기 작가라는 수식어가 선생의 작품 세계의 지배적 인상으로 각인된 뒤였기에 이에 대한 조명은 제대로 이루어지지 않는다. 이후 발표되는 장편소설마다 큰 호응을 얻었고, 다시 『물의 나라』와 『불의 나라』를 연달아 히트시키며 많은 독자들의 사랑을 받게 된다. 그러나 이 와중에도 선생은 지속적인 내적 분열에 시달려야 했다. 그것은 일차적으로 인기 작가로서의 삶에 대한 끊이지 않는 이물감 때문이었지만 특히나 1980년 광주민주화운동 이후 끝내 그곳에 가지 못했다는 죄책감과 자괴감 때문이기도 했다. 우리 사회의 구성원들은 어떤 식으로든 자기 방식대로 광주를 앓는 중이었고 선생은 선생대로 작가로서의 자의식에 상처를 입고 자기 정체성에 준엄한 질문을 던지며 끊임없이 분열하고 있었던 셈이다. 이는 결국 문화일보에 연재중이던 소설을 돌연 중단하며 절필을 선언하는 과정으로 이어진다. 이로서 '인기 작가' 시절이 일단락되고, 이후 1993년부터 선생은 긴 침묵 속에서 그동안의 삶을 근본에서부터 성찰하며 3년이라는 시간을 보내게 된다.

그리고 마침내 1996년 『문학동네』 가을호에 중편 「흰 소가 끄는 수레」를 발표하며 작품 활동을 재개한다. 이 시기의 깊은 성찰과 향후 소설에 대한 고민은 『흰 소가 끄는 수레』와 『향기로운 우물 이야기』라는 두 권의 소설집에 밀도 있게 담긴다. 활동 재개 후 첫 장편 『신생의 폭설』로 삶의 유한성에 통렬하게 저항하고자 했던 선생은 다시 장편 『더러운 책상』에서 청년기로 돌아가 자기 문학의 기원을 탐구하게 되는데 그래서였을까, 2004년, 이번에는 소설에 전념하겠다는 이유로 명지대학교 교수직을 사임하게 된다. 삭발에 가까운 머리 모양을 하고 원주의 토지문화관에 들어간 것이 바로 이 시기의 일이다. 2006년 교수직에 복귀하고 2007년부터 네이버에 『촐라체』를 연재하면서 드디어 갈망의 시기를 활짝 열게 된다. '갈망기'라는 말은 애초에 선생이 당신의 장편소설 『촐라체』 『고산자』 『은교』를 묶어 이야기하기 위해 처음 쓴 말이지만 작품 활동 재개 이후 일정한 방향성을 갖고 있는 선생의 작품 세계를 설명하기에 부족함이 없는 용어로 판단된다. 이후 선생은 거의 해마다 장편한 권씩을 출간하는 저력을 과시하며 여전히 활발하게 작품 활동을 이어오고 있다.

이 책의 1부는 이러한 작가 연보를 근거로 이 시기의 선생의 고민과 발자취, 작품에 대한 해석과 평가를 입체적으로 그려내기 위해 작은 모험을 시도했다. 완결된 한 편의 글을 싣는 것이 아니라 강연문, 인터뷰, 좌담, 비평문, 작가 스케치, 추천사, 기사문 등등의 자료 일부를 가져다가 마치 모자이크처럼 잘라서 배치한 것이다. 따라서 같은 출처의 글이라도 시기별로 따로 배치되기도 하였고 완결된 긴 글의 일부만이 짧게 인용된 경우도 있다. 원저자들께는 참으로 죄송한 일이다. 2부와 4부에도 원래의 글을 다 싣지 못한 경우가 있다. 이 책이 본격적인 연구서나 학술적인 모양새를 지닌 책은 아니라는 점, 선생의 작품 세계와 작가 초상을 보다 풍요롭게 조명하기 위한 시도라는 점에서 이해를 구할 뿐이지만 그렇다고 애초의 송구함이 사라지는 것은 아니다. 혹시라도 책망의 마음이 드신다면 온전히 엮은이의 부족함을 탓해주시기를 바란다.

2부는 작품론에 해당하는 비교적 긴 글을 묶었다. 선생의 소설 전반에 등장하는 관능성과 죽음을 향한 동경, 감수성 넘치는 감각적 언어의 기원이 선생 특유의 탐미주의에 있음을 주목하면서 이것이 "예술적 성취를 통해 비정한 현실에

11

서 구원과 보상을 받을 수 있다"는 생각과 연결되어 결국 그의 소설쓰기가 "생의 굴욕을 견디기 위한 방편"임을 밝히는 김병덕의 글, 『죽음보다 깊은 잠』을 "발전주의 시대를 통과하는 청년의 성장담"으로 읽으면서 성찰적 주체로 남으려는 주인공 영훈의 아사(餓死)야말로 저항적 선택임을 밝히는 김은하의 글, 『흰 소가 끄는 수레』를 늙은 오이디푸스의 드라마이자 거세하는 모성성을 극복하려는 자아 탐구의 도정으로 읽으며 그의 소설이 "아버지의 죽음이 일상화되어버린 시대에 아버지로 남아 세상을 살아나가는 일의 힘겨움을 감동적으로 형상화해 드러내"는 글임을 밝힌 남진우의 글, 반성장담의 형식으로 시대와의 불화를 자처하는 문제적 예인의 탄생을 그린 뛰어난 소설 『더러운 책상』이라고 평가한 강상희의 글, 절필 이전 – 절필기 – 절필 이후로 구분되는 선생의 단편을 꼼꼼히 읽어내며 그의 단편이 통렬한 죽음을 향한 욕망과 죽음 이후의 삶마저 문학화하려는 의지의 소산이자 "불멸성에 도달하려는 부랑(浮浪)의 문학"으로 규명하는 김미현의 글까지, 각각 선생의 작품 세계를 규명하기에 손색이 없는 글들이다.

4부는 작가 초상에 해당하는 글이다. 1970년대 말 우연히 기거하던 하숙집 딸에게 신문 연재 중이던 『풀잎처럼 눕다』를 권유받아 읽고 다시 훗날 「흰 소가 끄는 수레」가 발표되었을 때 문인 주소록을 뒤져 선생과 통화를 하게 된 인연을 밝힌 이순원의 글, 술집에서 이루어지던 소설 수업과 선생이 끓여주던 해장국을 먹으며 쓸쓸했던 어떤 시절의 풍경을 잔잔하게 소묘하는 한지혜의 글, 선생에게 눈물이 많은 것은 그가 소설을 쓰고 제자를 가르치는 일에는 리얼리스트였으나 소설 안에서는 뼛속까지 모더니스트였기에 그 부조화 때문에 자주 눈물이 출현했다고 보는 이기호의 글, "스물에서 마흔이 될 때까지 꾸준히 문학으로 밥 먹고 술 마시고 소설로 연애하고 울고 화내고 삐치고 잘못을 빌고 용서를 하고, 간혹 여행을 같이한" 선생과의 오랜 인연을 밝히며 평생 권위를 내세우지 않는 선생으로서 사랑으로 제자들을 보살폈던 그를 그려 보이는 백가흠의 글은 박범신이라는 소설가, 박범신이라는 인간을 다채롭게 증언하는 글로 읽어도 무리가 없을 것이다.

여기에 이번 책을 위해 특별히 마련된 5부의 좌담을 함께 읽는다면 작가로서 선생의 삶이 어떤 굴곡과 영광의 교차 속에서 이루어졌으며, 또한 얼마나 진지한 자기 성찰의 도정이었는지 이해할 수 있으리라고 믿는다. 좌담을 같이해주신 분들은 저마다 선생과의 잊지 못할 인연을 공유하고 있는 분들이다. 반드시 오랜 시간을 같이해야만 그 인연이 깊은 것은 아닐 터이다. 선생을 사랑하는 마음에는 경중이 따로 없었다. 좌담은 선생의 평창동 자택의 2층 집필실에서 이루어졌다. 선생은 수시로 좌중에게 웃음을 안겨주며 솔직한 회고와 다채로운 에피소드를 풀어내었고 어느 대목에서는 갑자기 왈칵 눈물을 흘리며 한참을 화장실에 다녀오기도 했다. 선생의 모습은 언제나 이러하였다. 이 좌담을 통해 평생을 사랑과 눈물 사이에서 치열하게 글을 쓰고 삶을 살았던 선생의 진면목을 좀더 가까이에서 느낄 수 있었으면 좋겠다.

3부의 내용을 맨 마지막으로 남겨둔 까닭은 이 책을 만드는 데 결정적인 힘을 보태준 사람을 소개하기 위해서다. 나는 그동안 여러 책에서 편집자로서의 김민정 시인에 대한 상찬을 접한 바 있다. 이번 책을 진행하면서 왜 그토록 많은 사람들이 그녀를 아끼고 좋아하는지 알게 되었다. 그녀는 선생의 책 『은교』의 담당 편집자였으며 '은교'라는 제목을 지어준 인물이기도 하다. 이번에도 그녀는 강력한 추진력으로 모든 일정을 조율했고 사방으로 흩어져 있던 자료들의 체계를 잡아주었으며 수시로 신선한 아이디어를 제안했다. 이 책의 제목 또한 김민정 시인이 만들어주었다. 이 책에 대해서 가장 깊게 고민하고 헌신한 사람이 그녀라는 말이다. 김민정 시인은 선생이 넘겨준 오백여 장의 사진을 하나하나 넘겨 보면서 중요한 사진을 골라 감각적으로 3부의 짜임을 구성해주었다. 그녀는 사랑받아 마땅한 사람이다. 그러나 아무런 조건 없이도 사랑받을 수 있는 귀한 사람이다.

선생의 장편소설 『촐라체』의 후반부에는 다음과 같은 장면이 나온다. 버림받았다고 오해한 동생을 구해 온갖 위기를 거치며 촐라체에서 하산하던 형. 겨우 추위를 피할 움막에 이르렀지만 더이상 생환할 가능성이 보이지 않는 상황에서 형은 의식을 잃은 것처럼 잠에 빠져든다. 형의 품에서 오열하던 동생 하영교는 형에게 마실 물을 구하기 위해 기어서 밖으로 나온다. 발목이 90도로 꺾여 부목을 대었지만, 산을 내려오면서 그 발목은 다시 돌아가버린 상태다. 발을 대신한 손 역시 동상 때문에 감각을 잃은 지 오래. 그야말로 온몸이 만신창이다. 그때 문득 별똥별이 떨어지는 자리에서 인공적인 불빛 하나를 발견한다. 능선 너머 가까운 거리이다. 몸을 제대로 움직일 수 없는 하영교는 근처에 건초 더미를 쟁여둔 움막으로 겨우 기어간다. 그러고는 건초 더미에 불을 붙인다.

분노가 다시 솟구친다. 모든 건 촐라체의 속임수에 빠져 일어난 비극이다. 제 속살은 철저히 감추고 나와 형을 가지고 논 촐라체. "그렇지만…… 너도 보지 못한 게 있어. 목숨이야, 목숨!" 나는 분노에 차서 씹어뱉는다. 사실이다. 살아서, 그러나 죽음보다 더 가혹한 고통 속에서 내가 시종일관 느끼고, 보고, 꺼안고 뒹군 것은 그렇다, 나의 뜨거운 목숨이다. (……)

나는 또박또박 힘주어 말하면서 먼저 버너에 불을 붙인다. 촐라체는 여전히 미동도 없다. 나는 다시 열린 문 너머로 촐라체 상단을 본다. "촐라체, 너를 온통 태우고 싶어! 너의 고요와 오만함에 불지르고 싶다고! 나보다 훨씬 처참한 네 비명을 듣고 싶단 말이야!" 불이 붙은 버너를 건초 더미 밑동에 들이댄다. 나는 필사적으로 기어나와 움막의 문을 닫고 다시 촐라체를 본다. (……)

불꽃이 와르르르, 움막의 지붕을 뚫고 사방으로 솟아난다.
─303~304쪽.

결국은 형과 자신을 구할 이 불을 지르면서, 하영교는 능선 너머 자신을 구해줄 누군가에게 살려달라고 외치는 것이 아니라 오히려 반대쪽, 자신이 빠져나온 촐라체를 바라보며 맞서 절규한다. 뱃속은 텅 비었고 손과 발이 괴사되어 만신창이가 된 몸으로 말이다. 나는 이 처절한 장면을 읽으면서 같이 울었다. 선생의 모습이 겹쳐졌기 때문이다. 선생은 잔혹하고 거대한 세계에 맞서 오직 소설 하나만을 의지한 채 살아왔다. 아무것도 걸치지 않은 맨몸에 오직 낡고

허름한, 그러나 언제까지나 도도하게 빛날 소설이라는 이름의 죽창 하나만을 들고 말이다. 그는 살기 위해 소설을 썼고, 세상에 잡아먹히지 않기 위해 소설을 썼다. 그 싸움이 얼마나 치열했겠는가. 또한 얼마나 일방적인 패배의 과정이었겠는가. 그의 내면은 만신창이가 되었지만, 그 상처란 누구도 온전히 이해할 수 없는 것이겠지만, 그러나 그는 살아남아 여전히 소설을 쓰고 있다. 그렇게 피워올린 불꽃을 보고 이 땅의 수많은 독자들이 울고 웃고 감동받고 위로받고 사랑을 꿈꾸며 살았다. 그러면 됐다. 그것으로 됐다. 아비로, 선생으로 평생을 살아온 사람. 그러나 그 어떤 이름보다 선명하고 당당하게 불리워져야 할 이름이 여기 있다. 작가 이름, 박범신. 소설가 박범신. 이 불꽃은 아직 더 황홀하게 타올라야 한다.

2015년 10월
엮은이 박상수

차례

3부

작가
앨범

4부

작가
초상

5부

좌담

• 일러두기

1부 문학적 연대기에 실린 연보는 『수요일은 모차르트를 듣는다』(세계사, 2006)에 실린 '작가 · 작품 연보'와 1993년 『작가세계』 겨울호에 실린 김외곤의 「고독과의 허무주의적 대결에서 깊고 넓은 현실통찰로」를 참고, 추가 · 보강하여 작성되었습니다.

문학적
연대기

박상수

1. 문제 작가 시기(1973~1978) 연보

1946년   8월 24일 충남 논산군 연무읍 봉동리 242번지(당시
        전북 익산군 봉동리 두화부락)에서 아버지 박원용과 어
        머니 임부귀의 1남 4녀 중 막내(외아들)로 태어남.

1959년   황북초등학교 졸업. 아버지는 강경 읍내에서 포목
        점을 하고 있어 일주일에 한 번꼴로 집에 들름. 남
        편 없이 자식들을 키워야 했던 어머니와 네 누이들
        의 불화를 지켜보며 성장. 원초적 고독과 비극적 세
        계관이 이때 형성됨.

1960년   강경읍 채산동으로 이사.

1962년   강경중학교 졸업.

1965년   남성고등학교 졸업. 고등학교 2학년 때 수학여행비
        로 『사상계』를 정기구독. 쇼펜하우어 등 염세주의 철
        학자들의 영향을 크게 받음. 3학년 때부터 시 습작을
        시작함. 오로지 독서와 영화에 탐닉. 염세주의에 깊
        이 빠져 두 차례 수면제로 자살을 시도함. 가정형편
        상 전주교육대학 진학. 교내 문학동아리 '지하수'에
        서 활동. '남천교'라는 필명으로 대학신문에 콩트를
        게재. 실존주의에 영향을 받아 실존주의 작품들과 철
        학서들을 두루 탐독.

1967년 전주교육대학 졸업. 무주 괴목초등학교 교사로 부임. 데뷔작 「여름의 잔해」의 초고인 「이 음산한 빛의 잔해」를 이곳에서 처음 씀.

1968년 무주 내도초등학교로 전임. 시와 소설을 습작. 『새교육』 『교육논단』 등에 시 발표.

1969년 교사직 사임하고 무작정 상경. 모래내 판자촌 큰누나 집, 신교동 친구네 다락방, 왕십리, 마장동 판자촌 등을 전전함. 버스 계수원, 중국집 주방 보조를 거쳐 월간 『청춘』 『민주여론』 등에서 잡지기자 일을 함. 치열한 생존경쟁 속에서 착취와 가난, 불평등한 부의 분배 등 인간을 소외시키는 도시의 생태를 이때 절실히 체감함. 원광대학교 국문학과로 편입.

1971년 염세적 세계관과 부조리한 세상에 대한 반항심으로 여관에서 동맥을 끊고 자살을 시도, 병원에서 깨어남. 원광대학교 국문학과 졸업. 상경하여 광고회사 스크립터, 『법률신문』 기자 등 여러 직업을 전전함.

1972년 강경여자중학교 국어 교사. 대학 1년 후배 황정원과 결혼함.

1973년 중앙일보 신춘문예에 단편 「여름의 잔해」가 당선되어 등단함. 원래의 제목은 「이 음산한 빛의 잔해」였음. 정릉동에 방 한 칸을 마련해서 아내와 함께 서울로 이사. 서울 문영여자중학교 국어 교사로 근무. 고려대학교 교육대학원 석사과정에 입학. 단편 「호우주의보」 「토끼와 잠수함」 발표.

1974년   단편 「아버지의 평화」 「논산댁」 발표. 장남 병수 출생.

1975년   단편 「우리들의 장례식」 「청운의 꿈」 발표.

1976년   단편 「안개 속의 보행」 「우화 작법」 「겨울 아이」 「식구」 「취중 경기」 등 발표. 장녀 아름 출생.

1977년   단편 「겨울 환상」 「염소 목도리」 「열아홉 살의 겨울」 등 발표.

1978년   소설집 『토끼와 잠수함』(홍성사), 『아침에 날린 풍선』(윤진문화사) 출간. 중편 「시진읍」, 단편 「역신疫神의 축제」 「말뚝과 굴렁쇠」 「정직한 변신」 등 발표. 교사직 사임. 여성지 『엘레강스』에 첫 장편 『죽음보다 깊은 잠』 연재. 당시 큰 인기를 얻어 연재중에 여타의 원고 청탁이 밀려들기 시작함.

> 나는 1973년에 작가로 데뷔했습니다. 처음 5년 여는 1년에 단편 한두 편을 겨우 발표하며 지냈습니다. 그때 쓴 소설들은 주로 소외 계층을 중심으로 계급 갈등을 다룬 소설로서 지금 생각하면 광기의 세계에 대한 반항심을 앞세운 '운동문학류'가 주류를 이루었습니다. 반공 이데올로기를 앞세운 전체주의적 산업화가 불러오는 세상의 광기는 까딱없었지만, 젊은 작가로서 나는 감히 내 진정성에 따른 '나 홀로 혁명'을 꿈꾸던 시기였다고 할 수 있을 것입니다.[1]

> 가난하고 뼈아픈 얘기들, 훌륭한 예술보다는 훌륭한 증인이 되고 싶습니다. 내 체질로는 중앙일보 당선작인 「여름의 잔해」류가 맞습니다만 현실이 나를 더욱 끌고 있기 때문에 그 이야기부터 해야겠습니다.[2]

> 어머니는 마흔한 살에 나를 낳았습니다. 이미 소설이나 에세이에서 밝혔듯이, 마흔한 살이었지만 어머니

---

1) 박범신, 「작가로 살아갈 새날을 내다보며─명지대 출신 작가들이 마련해준 장편 『나의 손은 말굽으로 변하고』 출판기념회에서」, 『나의 사랑은 끝나지 않았다』, 은행나무, 2012, 303쪽.
2) 박범신 좌담, 「신인의 입장과 자세」, 『다리』, 제5권 제1호 통권 35호, 월간다리사, 1974년 1월, 73쪽.

는 지금의 팔십대와 다름없는 피폐한 육체를 갖고 있었습니다. 젖은 늘어질 대로 늘어졌고, 젖꼭지는 마치 물먹은 한지 끝에 매달려 있는 고약과 같았습니다. 나는 아무리 빨아도 젖이 별로 나오지 않는 어머니의 '빈 젖'에 매달려 암죽도 함께 먹으며 자랐습니다. 어머니는 외아들로 태어난 나를 맹목적으로 사랑해주셨지만, 나를 배불리 먹이진 못했던 것입니다. (……) 집안은 늘 어두컴컴했습니다. 어머니를 비롯한 가족들 사이엔 이유 없는 '불화'가 계속되었습니다. 선천적으로 예민한 탓도 있었겠지만 그보다 더 큰 이유는 좁은 집에서 희망 없이 부대끼며 살았던 가난 때문이었을 것이고, 장돌뱅이로 떠돌아야 했던 '아버지의 부재'도 한몫을 했습니다. 아버지는 오일장마다 겨우 하루씩만 집에 와서 잠만 자고 떠났습니다. 가장이 절대적인 권력을 행사하던 전근대의 문화 구조에서 아버지의 부재는 가족 구성원 모두에게 매우 심각한 영향을 끼쳤습니다. 가정이 구심력이 없는, 난파된 일엽편주 같았으니까요.

그 때문에 아주 예민하게 태어난 나는 몸과 마음이 늘 위태롭기 그지없었습니다.[3]

> 들바람은 칼날처럼 불어오고 따뜻하고 환한 모

---

3) 25쪽 같은 책, 『나의 사랑은 끝나지 않았다』, 301~302쪽.

든 방들은 그 앞에서 완강히 닫혀 있는데, 소속된 세계로부터 버려진 채, 굴뚝 틈새의 고립된 어둠 속에 혼자 떨면서 은신하고 있는 섬약한 소년의 모습을 상상해봐. 그가 보고 있는 것은 두 개의 세계이다. 하나는 불화와 상처와 한숨으로 가득찬 그의 집이고, 다른 하나는 따뜻한 우애로 가득찬 다른 집 창호지의 불빛. 그 두 개의 세계는 어린 그에겐 천당과 지옥처럼, 이승과 저승처럼 멀다. 그는 상처의 방에 속해 있지만 그가 소속된 상처의 방으로도 들어갈 수 없고, 다른 우애로 가득찬 따뜻한 방으로도 갈 수 없다. 그가, 어린 내가 가질 수 있는 감정이란 낯선 먼 곳에 대한 그리움뿐이었을 것이다. 갈망으로 세계의 끝을 볼 뿐이겠지.[4]

> 고백하거니와, 나는 어렸을 때부터 세계가 '광기'로 가득차 있다고 여겼으며, 어떻게 해도 내가 그 세계로 편입될 수 없으며, 그 세계로 길을 낼 수 없다는 절망과 분노에 가득차서 성장기의 대부분을 보냈습니다. 고등학교 때 이미 자살 미수를 두 번이나 저지른 것도 그 때문이었지요.[5]

4) 박범신·권혁웅·허윤진·조강석·김영찬 좌담, 「39년째 작가 39번째 장편소설, 꿈들은 깊어지는 중이니」, 『문예중앙』 2011년 가을호, 41~42쪽.
5) 옆의 책, 302~303쪽.

> 나를 소설가로 만들어준 두 사람이 있어. 첫번째가 손옥철이라는 친구야. (……) 손옥철이라는 친구는 서울대 기계공학과에 다니고 있었어. (……) 내가 학교에서 집으로 돌아왔더니 친구가 내 노트에 쓴 글을 읽었더라고. 그때까지도 친구들이 내가 글쓰는 걸 몰랐거든. 나도 소설이 뭔지도 모르고 썼으니까. 범신이 너 소설 쓰는구나? 친구는 나한테 뭔가 새로운 것을 발견했다는 표정을 하고서는 묻더라고. 그 순간 소설이라는 말에 내 마음이 폭죽처럼 터졌어! 아, 이게 소설이었구나! 인간으로서 참된 정체성을 계시받는 순간이라고나 할까. 친구가 간 다음에 노트에다 '소설'이라고 적었어.[6]

> 신혼 시절에 강경에서 살았어. 무주에서 학교를 그만두고 원광대학교에 편입하고 졸업한 후에 강경여중에서 국어 강사로 일하고 있었지. 신춘문예를 준비하고 있었는데 아내가 「이 음산한 빛의 잔해」를 고르더니 이 소설로 응모를 하라는 거야. 그때 아내가 스물네 살이었어. 내가 스물일곱 살이었고. 그래서 내가 그랬지. 그건 소설이 아니라고. 그 소설은 1969년에 처음 쓴 거고 내가 1973년에 신춘문예에 당선됐으니까 4, 5년 동안 나는 많이 변했어. 강력한

6) 정윤희·박범신 인터뷰, 「너는 이미 스스로 빛나고 있다」, 『스무 살을 건너는 8가지 이야기』, 동양북스, 2014, 61쪽.

운동권 청년 작가라는 자의식을 갖고 있었다고나 할까. 소설이란 역사를 바꿔야 하는 것이고 관념적인 소설은 문학이 아니라고 생각했지. 근데 스물네 살 새댁이 자기가 이 소설을 좋아하니까 고쳐서 한번 내보래. 날짜를 보니까 마감이 이틀 남았어. 원래의 이미지는 남겨두고 내용을 수정해서 「여름의 잔해」라고 제목을 바꿔서 신춘문예에 냈지.[7]

> 데뷔작 「여름의 잔해」가 그와 관련해 몇 가지 웃지 못할 에피소드를 남긴 것도 그 까닭이다. 박범신이 데뷔하던 무렵 나는 중앙일보의 문학 기자였다. 1972년 말이었다. 지금과 같은 예심 제도가 없었기 때문에 문화부 기자들이 조(組)를 짜 번갈아 자정 가까운 시간까지 산더미처럼 쌓인 신춘문예 응모작들의 예심을 봤지만 나는 담당자였기 때문에 항상 마지막까지 남아 있어야 했다. 그리고 다른 기자들이 버린 작품들 가운데 괜찮다 싶은 것들을 골라 집에 가져가 밤을 새워가며 읽었다.

그 가운데 하나가 「여름의 잔해」였다. 졸린 눈을 비벼가며 읽었기 때문에 작품 전체를 확실하게 파악하기는 어려웠으나 그 정도면 본심에 올려도 무방하리라 싶어 이튿날 그 작품을 신문사로 가지고 가 다른 후보작 사이에 끼워넣었다.

---

7) 옆의 책, 61~62쪽.

당시 기자들의 예심이란 것이 어차피 2백자 원고지로 씌어진 작품의 앞부분 네댓 장을 읽는 게 고작이었으므로 당초의 예심에서 탈락시킨 기자의 잘못이랄 수는 없는 노릇이었다. 데뷔를 앞둔 문학 지망생의 작품이라고는 하지만 어딘가 경직돼 있는 듯한 느낌을 지울 수가 없었던 것이다.

중진 이상의 작가들로 구성된 심사위원회에서도 이 작품이 가장 뛰어난 작품이라는 데는 의견이 모아졌지만 바로 그 점이 문제가 되었다. 심사위원들의 논의 끝에 이 작품을 일단 당선작으로 결정하되 발표에 앞서 작품을 다소 손질하도록 했다. 그 역할은 서기원(徐基源) 위원이 맡았다. 중진 작가와 문학청년이 생면부지의 상태에서 만나 작품에 관해 의견을 나누는 모습은 정겨웠다.

2~3일 후 새로 다듬어 가지고 온 작품은 전혀 다른 모습을 하고 있었다. 작품의 주제나 구성 자체를 손질한 것은 아닌데도 무겁고 음울한 분위기는 처음보다는 훨씬 가셔져 있었고, 무엇보다 물 흐르듯 유연해서 편안하게 읽혔다. 그것이 박범신이 지닌바 작가적 재능이었다. 그때 나는 작품을 읽으며 생각했다. "그래. 이 작가는 상당한 가능성을 지닌 작가다. 데뷔하기까지가 힘겨웠을지는 몰라도 일단 데뷔하고 나면 이 작가는 아주 빠르게 성장할 것이다."

과연 그 생각은 옳았다. 이후 몇 년 동안 그는 계속해서 주목할 만한 작품들을 발표했다. 그가 소위 '문제 작가'로 부상하기 시작했다는 뜻만은 아니다. 습작 시절과 데뷔 무렵 그를 단단하게 옥죄었던 경직성은 서서히 풀리기 시작했고, 문장 하나하나 단어 하나하나에서도 '자신감'이 엿보이기 시작했다.[8]

> 1학년 5반 교실에서 국어 수업을 하고 있었어. 구관에 있는 교실이었는데 지금은 없어졌더라고. 사환이 오더니 나보고 전화를 받으라는 거야. 구관에서 마당을 건너서 교무실이 있는 건물까지 가려면 5분이 넘게 걸리는데, 신문사에서 전화가 왔다고 하니까 직감으로 알아차렸지. 아! 당선됐구나. 교무실로 걸었는데 복도가 가까워졌다가 멀어졌다가 하는 거야. 내 몸이 붕 뜬 것 같더라고. 전화를 받았더니 그러더라고. 중앙일보 신춘문예에 당선되신 것을 축하드린다고, 박범신씨 소설이 당선됐다고. (……) 그런데 당선작인 「여름의 잔해」가 당선작으로는 좀 미흡하니까 빨리 올라와서 심사위원의 말씀을 듣고 고치라는 거야. 다음날 서울로 올라가서 심사위원을 만났어. 내 작품에 수식이 너무 많으니 수정했으면 좋겠다고 하더라고. 결혼한 지 2개월째 되던 때였는데 여관비가 없어서 정릉에 있는 처갓집에

---

8) 정규웅, 「욕망과 좌절, 사랑과 배신의 윤회」, 『죽음보다 깊은 잠』 2 해설, 세계사, 2000, 349~350쪽.

신세를 졌지. 밤새 소설을 고쳐서 다시 냈어.[9]

> 범신의 작품 속에서 중요한 위치를 차지하는 것은 죽음의 문제이다. 그러나 그가 소재로서 다루고 있는 죽음의 문제는 죽음 그 자체의 문제가 아니라 삶과 상반되는 개념의 죽음의 문제이다. 즉 죽음의 의미를 강하게 부각시킴으로써 상대적으로 그 죽음이 내포하는 삶의 의미를 더욱 진하게 보여주는 것이다.

그렇다면 그가 시선을 집중하고 있는 삶이란 어떤 형태의 삶일까. 한마디로 말하자면 그것은 어두운 측면의 삶이다. 삶을 어둡게 하는 요소들은 많이 있지만 범신이 특별히 관심을 두고 있는 것은 경제적인 측면의 어두움, 즉 가난으로 빚어지는 삶의 어두운 측면이다. 그러나 그의 소설들이 가지는 특징은 가난에 대한 상황 설명이 아니라 가난을 인간의 본질적인 삶의 문제와 결부시키는 데서 드러난다.

그것은 범신의 작가로서의 기본적인 입장이 억눌린 자들의 편이라는 것을 암시한다. 그래서 그는 소설의 주인공들의 입장에 서서 무엇이 우리들의 삶을 어둡게 하며 왜 우리가 어두운 삶을 살아야 하는가를 날카롭게 항변한다.[10]

---

9) 28쪽 같은 책, 62~63쪽.
10) 정규웅, 「어두운 삶에의 집요한 추적」, 『토끼와 잠수함』 해설, 홍성사, 1978, 353~354쪽.

> 소설의 근본적인 억압은 바로 그 존재 양태 속에 있다. 억압이 일상과 역사를 분리시킬 때, 거기에 다리를 놓는 소설은 바로 그 간극의 내용과 형식을 닮을 수밖에 없다. 일상을 보편적 의미로 추스르는 길이 명백하다면 소설과 그 독자는 행복하겠지만, 대개의 경우가 그렇듯 그 길이 멀고 불분명할 때, 소설은 일상과 함께 파묻혀 있거나 아니면 우리의 삶과는 무관한 또다른 이름이 되어 일상을 억압의 시선으로 바라볼 수 있다. 너무나 오랫동안 주변 의식 속에 머물러 있었던 사회, 너무나 오랫동안 삶을 유예하고 있었던 사회, 그 사회야말로 소설을 가장 많이 필요로 하면서, 소설에 가장 많은 짐을 안겨줄 터인데, 그 사회가 우리의 사회다. 박범신은 그 짐을 가장 힘겹게 짊어졌던 우리 사회의 작가이다.[11]

> 우리는 박범신이 이 중단편소설을 쓰던 시기에 관해 잘 알고 있다. 그것은 저 불행한 유신 시절, 성장과 민족중흥의 역사 건설을 모토로 삼고 있었지만, 진정한 성장과 역사에 관해서는 그것을 이야기하는 것조차 금지되었던 시대이다. 사람들은 전제 권력의 회색 담장 속에 갇혀 살았다. 때때로 사람들은 어떤 보편적 진리가 지배하는 삶을 멀

---

11) 황현산, 「역사적 삶과 도식적 삶─박범신의 중단편세계와 『틀』」, 『틀』 해설, 세계사, 1993, 195쪽.

리 내다보기도 하였지만, 그들이 내다본 세계와 실제의 삶이 왜 달라야 하는지, 그 세계로 가는 길이 왜 막혀 있는지를 묻지 않을 수 없었다. 대답은 쉽지 않았으며, 자신들의 삶이야말로 진리를 가장 필요로 하지만, 바로 그 이유 때문에 진리로부터 소외되었다고 여기게 되었다. 진리를 엿본 것은 절망을 엿본 것이나 같았다. 불행한 시대의 불행한 도식, 선악의 절망적 도식이 사람들을 지배했다. 박범신은 성장 없는 사회가 어쩔 수 없이 선택하게 되는 거짓 역사의 도식으로 그 시대를 표현했다. 그의 대중적 명성을 이로써 설명할 수 있을지 모른다. 사람들은 자기 마음의 과격한 형식을 그의 소설에서 쉽게 발견할 수 있었으리라.[12]

12) 33쪽 같은 책, 209~210쪽.

2. 인기 작가 시기(1979~1992) 연보

1979년　『죽음보다 깊은 잠』(문학예술사) 출간, 베스트셀러가
　　　　됨. 중편「읍내 떡뻥이」, 단편「홍기 1」「단검—홍기
　　　　2」「밤열차」 등 발표. 중앙일보에 장편『풀잎처럼
　　　　눕다』 연재 시작. 이 작품으로 독자들의 큰 사랑을
　　　　받게 됨.『깨소금과 옥떨메』(여학생사),『미지의 흰
　　　　새』(동평사), 콩트집『쪼다 파티』(풀빛출판사) 출간.
　　　　차남 병일 출생.

1980년　장편『밤을 달리는 아이』(여학생사), 장편『풀잎처럼
　　　　눕다』(금화출판사) 출간. 고려대학교 교육대학원 졸
　　　　업(석사논문『이익상 소설연구』).

1981년　소설집『덫』(은애출판사), 장편『돌아눕는 혼』(주부생
　　　　활사),『겨울江 하늬바람』(중앙일보사), 산문집『무엇
　　　　이 죽어 새가 되는가』(행림출판사) 출간. 장편『겨울
　　　　江 하늬바람』으로 대한민국문학상 신인부문 수상.
　　　　우울증이 깊어서 다시금 동맥을 끊고 자살을 시도,
　　　　입원치료 받음.

1982년　콩트집『아내의 남자친구』(행림출판사), 중편선집
　　　　『그들은 그렇게 잊었다』(오상출판사), 장편『형장의
　　　　신』(행림출판사) 출간.

1983년 　장편『태양제』(행림출판사. 1991년 서울문화사에서『태양의 房』으로 제목을 바꿔 재출간),『불꽃놀이』(청한문화사),『밀월』(소설문학사),『촛불의 집』(학원출판사. 1990년 인의출판사에서『바람, 촛불 그리고 스무 살』로 제목 바꿔 재출간.) 단편선집『식구食口』(나남출판사) 출간.

1984년 　소설선집『도시의 이끼』(마당문고) 출간.

1985년 　장편『숲은 잠들지 않는다』(중앙일보사),『꿈길밖에 길이 없어』(여학생사. 1990년 햇빛출판사에서『사랑이 우리를 변화시킨다』로 제목을 바꿔 재출간) 출간.

1986년 　장편『꿈과 쇠못』(주부생활사),『우리들 뜨거운 노래』(청한문화사), 산문집『나의 사랑 나의 결별』(청한문화사) 출간. 오리지널 희곡『그래도 우리는 볍씨를 뿌린다』공연(극단 광장).

1987년 　장편『불의 나라』(평민사),『수요일의 도적』(중앙일보사. 1991년 행림출판사에서『수요일은 모차르트를 듣는다』로 제목을 바꿔 재출간), 중편소설『시진읍』(고려원 소설문고) 출간.

1988년 　장편『물의 나라』(행림출판사) 출간.

1989년 　장편『잠들면 타인』(청한문화사) 출간. 장편『틀』을 가도가와출판사角川書店에서 일어판으로 먼저 번역 출간.

1990년   연작소설집 『홍기』(현대문학사. 장편 『틀』의 일어판 출
                 간 직후 월간 『현대문학』에 발표된 한국어판 원고를 함께
                 수록), 장편 『황야』(청한문화사) 출간.

1991년   콩트집 『있잖아, 난 슬픈 이야길 좋아해』(푸른숲) 출
                 간. 명지대학교 문예창작학과 객원교수, 문화일보
                 객원논설위원.

1992년   장편 『마지막 연인』(자유문학사), 『잃은 꿈 남은 시
                 간』(중앙일보사. 1997년 해냄에서 『킬리만자로의 눈꽃』으
                 로 제목을 바꿔 재출간) 출간.

> 1970년대를 뒤돌아볼 때 박범신을 비롯한 그 시
대 몇몇 작가들이 문학의 대중화에 기여한 공로가 오늘날
에 와서 진지하게 논의돼야 하는 까닭도 여기에 있다. 그들
과 그들의 작품은 경직된 정치 현실 탓에 혹은 문학의 전통
적 엄숙주의 탓에 문학으로부터 등을 돌린 수많은 독자들
을 문학의 품속으로 끌어들였으며, 그 내용과 형식은 여하
간에 당시의 시대상과 세태의 여러 가지 단면들을 가장 첨
예하게 반영한 것으로 평가할 수 있기 때문이다.[13]

> 청풍회(淸風會)라는 그럴듯한 이름의 글쟁이 모
임이 있다. 물론 이는 어떤 색채를 가진 문학적 모임이 아니
다. 무슨 이유로든 자주 만나게 되는 쟁이들끼리 우스갯소
리로 지은 회(會)의 명칭이다. (……) 이 회엔 정관도 회칙도
자격도 회원도 회비도 없다. 터놓고 한잔할 수 있는 처지면
다 회원이다.

있지도 않고 없지도 않은 청풍회로 왜 이렇게 장황히 서두
(序頭) 삼느냐 하면 박범신이 이 회의 발기인이기 때문이다.

술도 잘 못하고, 멋지게 놀 줄도 모르고, 노름도 않는 그

---

13) 31쪽 같은 책, 348쪽.

가 왜 청풍회 하며 회원 규합에 나섰는가 하는 점은 그의 성격 이해에 약간은 도움이 되리라 믿었기 때문이다.

그는 실업자다. 직업이 소설 쓰는 것이긴 하지만 직장도 없고 명함도 없는 이상 그는 실업자다. 글이라는 게 작업장에서 작업하듯 씌어지는 게 아닌 한 그는 퍽 심심한 시간을 많이 갖는다. 그 심심함을 풀기 위해 그는 그가 친하게 지내는 이들을 쉬 끌어낼 명목을 갖고자 했다.

이것이 청풍회다.

그가 청풍이라고 회명(會名)을 지은 것은 둘레의 우인(友人)들에 대한 각성의 뜻도 조금은 가지지만 따분한 일상에서 확실한 삶의 근거를 쥐지 못하고 떠돈다는 자책의 감(感)도 다분히 내포하고 있다.

이름이야 어떻든 필자를 포함한 회원들은 쉬 모이고 쉬 떠들고 쉬 헤어진다. 비사교적 박범신인데도 불구하고 그가 빠진 회합은 안주 없는 술자리 같다. 발기인답게 그는 어정쩡한 회의 핵(核)이 되고 만 것이다. 총아(寵兒) 기질은 이렇게 은근히 드러나 둘레를 얽맨다는 사실을 그를 통해 알게 된다.

그와 나는 문단 데뷔 동기다. 1973년 신춘문예에 똑같이 얼굴을 내민 것이다. 데뷔 초, 시인들 쪽이 주동이 돼 '73그룹'이란 게 엮어졌다. 딱 두 번 나는 그 동인 모임에 나갔는데 그때 처음 그를 만났다. 김창완(金昌完), 정호승(鄭浩承), 김명인(金明仁), 하덕조(河德祚), 김승희(金勝姬), 박범신(朴範信), 이경자(李璟子), 이태호(李泰豪), 필자 등의 면면들이 청진동 모 주점 뒷방에 모였던 것 같다. 그는 당시 서울에 주민 등록도 못한 촌사내였는데 그날은 일약 두드러진 활약을 보였다. 발단이 뭔지는 모르나 그날 불청객으로 참석했던 선배 M시인과 동인 K시인 사이에 차마 운위 못할 시비가 붙었다. 욕지거리가 튀고 주먹까지 오갈 판이었는데 화끈하게 이 싸움을 진정시킨 이가 박범신이었다. 발끈해져서 앞뒤 안 가리고 받고자 나선 그의 행위는 옆에 부인이 보고 있어서 그랬는지 어땠는지는 모르지만 어쨌든 내겐 사내답게 보였다.

박범신은 퍽 부지런한 작가다. 흐지부지 사라지는 숱한 신춘문예 출신과는 달리 그는 주위엔 염두도 두지 않고 알뜰하게 작품을 써나갔다. 문학적 자극이 덜한 교단에 서 있으면서도 그는 동인들 누구보다도 많은 글을 썼던 것이다. 그 쓸쓸한 무명 시절에 그는 작품으로 인정받고자 열심히 했던 것이다. 작품이 되면, 불문곡직하고 편집자를 찾아가는 용기도 그는 가지고 있었다. 기회란 기다려서 오는 게 아니라 자신이 찾아 나서야 된다는 걸 체득하고 있었던 것이다.

드물게지만 문학지·종합지에 발표되는 그의 소설을 읽으

며 나는 그가 가진 문학적 열정을 부러워하기만 했다.

이제 그는 널리 알려진 작가다. 그가 싫어하는 인기 작가란 호칭도 귀찮을 정도로 많이 듣는다. 청탁서가 밀려 다 받아들이지도 못한다. 매일 신문에 이름 석 자가 드러나고, 잘생기지도 못한 얼굴이 잡지의 표지까지 되고, 한 토막이나마 영화에 텔레비전에 그의 구부정한 어깨가 보이기까지 한다. 조금이라도 글 읽길 좋아하는 우리나라 사람이라면 거의 다 그의 이름을 알고, 소설 독자는 간접·직접으로 그의 얼굴 생김새까지 안다. "쟤가 소설 쓰는 박범신이야" 하는 낯선 이의 소리도 다방이나 길거리에서 자주 듣는 스타 박범신이 된 것이다. 이렇게 글쟁이 친구에게 제 실명 소설을 쓰게 할 만큼 유명 인사가 돼버린 것이다. 산업사회는 필연적으로 스타 탄생을 바라지만 한 개인은 늘 개인으로 남는다. 내게 있어선 지금의 박범신이 예전 데뷔 초의 박범신 그대로이다. (……) 박범신, 그는 그가 즐겨 쓰는 표현대로 '칼날과 풀잎' 같은 작가다. 언뜻언뜻 뵈는 그의 거칢, 강렬함 같은 건 그의 칼날 같은 심성의 소산이고, 세상이 재미없다고 엄살떠는 기질이나 주위 글쟁이에게 꼬집힘을 당하고 마음 아파하는 것은 풀잎 같은 나약한 심성의 발로다. (……) 그의 방랑벽도 천성적인 것이지만 명성을 얻고부터 더욱 심화됐다. 부산이고 제주고 강원도고 쉴새없이 달아난

다. 원고 빨리 달라고 전화를 해보면 어느새 여행중이시란
다. 떠돌아다님이 허망함에서 그를 구원하지 못함은 그가
더 잘 안다.[14)

> 대중 작가, 그거 좋은 거 아닌가. 물론 1980년대
수많은 베스트셀러를 내면서 대중의 열렬한 사랑을 받았지.
그런데 그게 어쨌다는 건가. 사랑받으면 나쁜 건가. 원래 작
가 앞에 무엇무엇 붙이는 건 모두 폭력적인 데가 있다. 작가
는 하나의 그릇 안에 갇히지 않는 존재라고 보니까. 내가 시
종한 것은 작가라는 거, 그뿐이거든. 작가라는 말을 들으면
지금도 부르르 떨려. 1980년대에도 그랬고, 삼십대 때는 더
많은 독자들의 사랑을 받고 싶었어. 젊었으니까. 여자로 비
유해보면 이렇게 돼. 젊을 때는 많은 여자의 시선을 받는 게
좋다가 좀 나이가 들면 많은 여자들이 나를 좋아하는 것보
다는 한 여자가 나를 더 깊이 사랑해주는 걸 바라게 되는,
뭐 그런 거. 나는 작가로나 한 인간으로나 상당히 보편적인
사이클을 따라왔다고 생각해. 『풀잎처럼 눕다』『불의 나라』
『물의 나라』 등이 1980년대 신문에 연재될 때 그 소설들을
열광적으로 기다렸었다고, 그 소설을 읽는 게 유일한 위로
였다고 말하는 사람들을 지금도 많이 만나. 그중에는 심지

---

14) 최학, 「소설 박범신」, 『제3세대 한국문학 20』, 삼성출판사, 1983, 464~468쪽.(부
분 발췌)

어 감옥 안에 있었거나, 지구 변방, 오지에 있었던 사람들까지 있어. 그 엄혹했던 시기에 많은 사람들이 내 소설을 통해서 위로받았다는 뜻일 텐데, 좋잖아. 그런저런 것들, 한때 스트레스도 받았으나 지금은 정말 쿨해졌어. 그 시대 나도 뭐 나름대로 그들만큼 진지하게 고민하고 살았다고 생각하니까 쪽팔린다는 느낌, 없거든. 작가로서 직무유기했다는 생각 안 하거든. 문학이 대중을 등지고 어디로 갈 건데? 대중의 삶을 뿌리치고 누구한테 붙을 건데?[15]

> 나는 때로 당황했고, 때로 상처받았습니다. 내가 가장 당황했던 것은 나를 공격하는 '적'들을 나는 계속 '동지'로 생각했다는 것입니다. 대중적인 문법을 가졌을지 모르나, 그럼에도 불구하고 고통받고 억압받는 민중들의 편에서 내 문법대로 그들을 대변하거나 그들을 위로하고 있다고 믿으면서 썼다고 생각한 나의 작품들이, 내가 '동지'로 여겼던 일부 사람들한테 일방적으로 비난받는 상황에 직면했을 때, 나는 큰 혼란을 느꼈습니다. (……) 자학이 깊어 안양으로 도망치듯이 이사했고, 그것도 모자라 동맥을 자르고 더러운 안양천변에 누워 있었던 끔찍한 사건을 저지른 것도 이 무렵의 일이었습니다. 세 아이의 엄마였던 아내가 아파트 경

---

15) 27쪽 같은 책, 「39번째 작가 39번째 장편소설, 꿈들은 깊어지는 중이니」, 22~23쪽.

비원을 총동원해 실신한 나를 찾아 병원으로 옮기던 날 저녁 풍경이 지금도 잊히지 않습니다. 그러나 돌아보면 그 모든 게, 세상의 한 귀퉁이 어두운 나만의 '골방'에서 혼자 치르는 '내적 분열'의 피 묻은 전쟁에 불과했습니다.[16]

> 소설 속에서 젊은 날의 내 감수성을 가장 많이 반영한 인물은 『풀잎처럼 눕다』의 도엽이다. 내가 진짜 깡패들처럼 싸움을 잘하지는 못했지만, 그런 인물들에게 늘 감정이입을 하며 살았던 것 같다. 허랑하고, 자꾸 어디다 제온 명줄을 장엄하게 걸려 들고, 그러는 인물이다. "그냥 미안하다. 너무 쓸쓸하게 써서." 그에게 말하고 싶다. 그 친구 인생, 굉장히 쓸쓸하거든. 마지막에는 친구한테 죽는다. 둘이 부상당해서 도망가는데 도엽이가 그러지. 나 이렇게 흉한 꼴로 붙잡히기 싫고 하니 쪽팔리지 않게 죽도록 날 여기서 도와주라. 그래서 사랑하는 아우가 형, 하고 소리치면서 칼을 박아 죽이거든. 나도 얘네들한테, 젊은 제자들한테 그래. 나 죽어갈 때 너희 문병 오지 마라. 문병 오면 『은교』의 주인공 이적요 시인처럼 나도 무조건 발 친다. 흉한 꼴은 보이기 싫으니까. 쪽팔리기 싫으니까. 최근에 쓴 소설 속 인물들한테도 미안한 게 많다. 『흰 소가 끄는 수레』나 『더러운

16) 26쪽 같은 책, 304~305쪽.

책상』은 정말 잊을 수 없는 소설이다. 그 속의 인물은 바로 나라고 할 수 있기 때문이다. 그 소설의 주인공을 생각하면 언제나 가슴이 먹먹하다. 나는 자애심이 너무 깊은 사람이 아닐까, 하고 생각할 때도 많다. 『고산자』 속의 김정호와 혜련 스님, 『은교』의 이적요와 서지우에게도 미안하다. 비애의 안경을 쓰지 않고 보는 인생에 대해 나는 잘 모르겠다. 내 인물들은 왜 이렇게 하나같이 갈망이 깊을까. 왜 그렇게 뜨겁고 쓸쓸하고 슬플까.[17]

> 전 인구의 3분의 1이 거주하고 있는 거대 도시 서울이 근대도시로 거듭난 일련의 과정이 힘있는 자와 힘없는 자, 돈 가진 자와 돈 없는 자의 구분에 근거하고 일방적으로 어느 한쪽이 다른 한쪽의 희생을 강제하고 또 그것을 재생산하는 과정이었다는 것은 누구나 아는 사실이다. (……) 박범신의 『불의 나라』와 『물의 나라』 연작은 이런 서울공화국의 단면을 그리고 있는 풍속화다. 이 작품은 박정희 정권의 개발독재의 바탕 위에서 비로소 한국 사회가 단군 이래 최대의 부를 구가했다고 평가되었던 1980년대 이후의 한국 사회를 나름대로 세밀하게 그려내고 있는데, 이를 통해 작가는 서울이 어떤 방식으로 거대한 욕망의 도시로

17) 43쪽 같은 책, 45~46쪽.

변화해갔는지, 그리고 그 과정에서 우리가 흔히 시골이라고 부르던 지방 사람들은 또 어떤 경로를 밟아 서울 시민이 되고자 몸부림쳤던가를 희화적으로 보여주고 있다. (……) 이 풍속화를 통해 독자들은 우리 사회의 근대화가 진행될 무렵의 서울을 자신들이 자라난 농촌이나 시골 소읍의 양적인 확장 정도로 이해하고 서울로 몰려든 수많은 '촌놈'들의 얄궂은 운명의 드라마에 일희일비할 수도 있을 것이고, 또 어떤 경우는 이 작품을 읽고 서울이라는 특수한 공간의 본질적인 문제에 대해 의문을 갖게 될 수도 있을 것이다. 독자들이 그 어느 쪽에 반응하든지 간에, 작품을 읽는 독자들에게 우리 시대 대도시를 중심으로 영위되는 삶의 본질에 대해 한 번쯤 의아심을 갖게 하는 선으로만 이어진다면, 비록 이 소설이 지나간 1980년대와 1990년대 서울의 삶의 한 풍경을 담아냈다고 해도, 일정 부분 오늘날까지도 우리 삶을 되새겨보도록 하는 반성적인 힘을 가지고 있는 것은 분명하다.[18]

---

18) 김경수, 「서울공화국의 풍속화―박범신의 『불의 나라』와 『물의 나라』 연작에 부쳐」, 『물의 나라』 2 해설, 세계사, 2005, 321~327쪽.(부분 발췌)

3. 절필 시기와 작품 활동 재개기(1993~2006) 연보

1993년 장편『틀』(세계사)의 한국어판 출간. 명지대학교 문
예창작학과 교수로 부임. 문화일보에 장편『외등』을
연재중 소설에 대한 깊은 고민으로 절필 선언. 이후
3년 동안 용인 외딴집에 은거하며 어떤 글도 쓰지
않고 침묵.

1994년 장편『개뿔』(세계사), 산문집『적게 소유하는 자가
자유롭다』(자유문학사) 출간.

1996년 산문집『숙에게 보내는 서른여섯 통의 편지』(자유문
학사) 출간.『문학동네』가을호에 중편「흰 소가 끄
는 수레」를 발표하며 작품 활동 재개.

1997년 3년 침묵 기간의 경험을 토대로 한 자전적 연작소
설집『흰 소가 끄는 수레』(창작과비평사) 출간.

1998년 문화일보에 장편『신생의 폭설』연재 시작. 단편
「가라앉는 불빛」(『작가세계』여름호),「내 기타는 죄
가 많아요, 어머니」(『창작과비평』여름호) 발표.

1999년 계간『시와 함께』봄호에「놀」외 19편의 시를 발표.
이후『작가세계』『문학동네』『문학과 의식』등에 연
달아 시를 발표함. 문화일보 연재소설『신생의 폭
설』을『침묵의 집』으로 제목을 바꿔 문학동네에서

출간. 단편 「별똥별」(『문학과 의식』 봄호), 「세상의 바깥」(『현대문학』 8월호), 「그해 가장 길었던 하루—들길 1」(『창작과비평』 가을호) 발표.

2000년   단편 「소음」(『문학동네』 봄호) 발표. 소설집 『토끼와 잠수함』을 제1권, 장편 『죽음보다 깊은 잠』 1·2(장편 『죽음보다 깊은 잠』을 『죽음보다 깊은 잠』 1로, 장편 『꿈과 쇠못』을 『죽음보다 깊은 잠』 2로 제목을 바꿈)를 제2·3권으로 '박범신 문학전집'(세계사) 출간 시작. 단편 「향기로운 우물 이야기」(『현대문학』 8월호), 「손님—들길 2」(『작가세계』 가을호) 발표. 소설집 『향기로운 우물 이야기』(창작과비평사) 출간.

2001년   오디오북 육성낭송소설 「바이칼 그 높고 깊은」(소리공화국)을 두 장의 CD와 테이프에 담아 출간. 장편 『외등』(이룸) 출간. 단편 「빈방」(『문학사상』 7월호) 발표. 박범신 문학전집 제4·5권 장편 『풀잎처럼 눕다』 1·2(세계사) 출간. 『작가세계』 가을호에 장편 『내 책상 네 개의 영혼』 연재 시작. 소설집 『향기로운 우물 이야기』로 제4회 김동리문학상 수상.

2002년   산문집 『젊은 사슴에 관한 은유』(깊은강) 출간. 박범신 문학전집 제6권 장편 『겨울강 하늬바람』(세계사) 출간.

2003년 박범신 문학전집 제7권 소설집『뎟』, 제8·9권 장
편『숲은 잠들지 않는다』1·2(세계사) 출간. 단편「괜
찮아, 정말 괜찮아」(『실천문학』 겨울호), 「항아리야 항
아리야」(『창작과비평』 가을호) 발표. 문화일보에 연재
한 산문을 중심으로 엮은 산문집『사람으로 아름답
게 사는 일』(이룸)을 딸 아름의 그림 작업을 곁들여
출간. 첫 시집『산이 움직이고 물은 머문다』(문학동
네) 출간.『작가세계』에 연재한 장편『내 책상 네 개
의 영혼』을『더러운 책상』으로 제목을 바꿔 문학동
네에서 출간. 이 작품으로 제18회 만해문학상 수상.
민족문학작가회의 이사, 한국소설가협회 운영위원,
KBS 이사 등으로 활동.

> 1993년부터 3년간은 아시다시피 전혀 글을 쓰지 않았던 이른바 절필의 시기였습니다. 연재하던 소설을 돌연 중단함으로써 나는 유명 작가로서의 모든 세속적 기득권을 하루아침에 팽개쳤습니다. 문학이 무엇이고 어느 제단에 바쳐져야 하는가, 하는 고통스러운 질문과 정면으로 맞닥뜨리기 위해선 기득권을 버리는 것이 최선의 길이라고 생각했기 때문입니다. 그리고 나는 용인의 외딴집 '한터산방'에 나를 스스로 유폐시켰습니다.[19]

> 박범신의 작품 세계는 커다란 시련의 칼날 위에 서서 춤추는 인간에 대한 탐구로부터 출발한다. 인간 존재가 지닌 심상치 않은 내면에 아득한 심연이 가로놓여 있음을 날카롭고 섬뜩한 문체로 보여주고 있는 그의 소설은 인간의 내밀한 마음속에 도사린 욕망을 방기시킴으로써 인간의 천격(賤格)을 남김없이 드러내는 시대정신을 구현하고 있다.[20]

> 전업 작가 박씨는 1992년 명지대 문예창작학과

---

19) 26쪽 같은 책, 302~303쪽.
20) 정현기, 『침묵의 집』 2 추천사, 문학동네, 1999.

교수가 됐다. 명지대에서 교수 제의가 왔을 때 박씨는 망설였다. 일찍이 전업 작가로 살기로 자신에게 약속했고 또 앞으로 써야 할 작품이 너무도 많이 남아 있다고 생각했기 때문이다.[21]

> 소설 창작 첫 시간에, 강조해 가르친 게 있다. 소설가가 되려면 첫째 엉덩이가 무겁고, 둘째 앞니가 튼튼해야 된다고. 쓰고 싶은 게 있으면 앉아서 엉덩이가 다 닳을 때까지 써야 된다. 여기저기 뛰어다니면서 소설을 쓸 수는 없다. 쓰고 싶으면 창 안쪽으로 달려가 책상 앞에 오래 앉아 있어야 한다. 작가는 창 안에서 창 너머의 세계를 보는 사람이다. 그리고 뭔가 한 가지를 물면 끝까지 놓지 말아야 한다.[22]

> 그 무렵의 나는 사십대 후반으로서, 삶의 유한성으로 집약되는 강력하고도 잔인한 실존의 문제와 직면해 있었으며, 그렇기 때문에 당연히 내면화의 길을 힘들게 걸어가고 있었습니다. 말하자면 영원성과 찰나, 초월과 실존 사이에 아슬아슬 끼어 있던 시기였다고 할 것입니다. 나

---

21) 이경철, 「언제라도 무릎 꿇어 받고 싶은 성찬, 그 소설의 길」, 『작가세계』 1993년 겨울호, 36쪽.
22) 26쪽 같은 책, 306~307쪽.

의 실존에 대한 해답을 명백히 얻을 수만 있다면 나는 세속의 모든 걸 버리고 싶었으며, 중이 되거나 시베리아 유형이라도 가고 싶었고, 그게 아니면 차라리 죽어서 나의 모든 것을 지워버리고 싶었습니다. 나의 인생은 시간의 도화지 위에 단지 얼룩만을 만들면서 시종한 건 아닌가 하는 회의에 깊이 빠지기도 했습니다. 나의 소설들, 내가 유지해온 가정, 자식들, 사회적 자아로서의 내 행적들이 다 얼룩 같았습니다. 용인 북부와 광주군 사이, 산속을 밤새 헤매면서, 가시덩굴에 빠져 온몸을 할퀸 일도, 벼랑 끝 어두운 동굴에서 울면서 밤을 지새운 일도 헤아릴 수 없이 많습니다.[23]

> 빗방울이 하나씩 떨어지기 시작했다. 하늘을 보니 찔끔거리다 말 것 같은 비였다. 그런데도 함께 간 친구 손에 들려 있는 소국은 유치원생들처럼 얼굴을 치켜들고 맑게 웃었다. 소국은 빗방울을 생전 처음 보는 게 분명했다. 그러니까 저렇게 신기한 얼굴을 하고 있는 것이다.

짐꾼과 학생 몇 명이 뒤섞인 엘리베이터는 복잡했다. 혹시 소국이 사람들 틈에 끼어 부서지지나 않을까 벌써부터 걱정이 되었다. 선생은 유난히 감성이 여린 분이다. 별을 보아도 날씨가 변덕을 부려도 눈물이 맺힌다고 한다. 그런 분이

23) 26쪽 같은 책, 306~307쪽.

기에 소국이 고개를 숙이고 들어가면 가슴 아파할 게 분명했다.

약속 시간 30분 전. 일찍 들이닥치는 게 무례한 건 아닐까 걱정하며 슬그머니 문을 밀었다. 하지만 선생은 계시지 않았다. 대신 기다리고 있던 조교가 어디론가 전화를 하더니 학교 앞 술집으로 안내했다. (……)

"미안해. 날씨가 흐려 기다리지 못하고 술을 마셨어. 이 아이들이 이런 날씨에 소설을 쓰겠다고 강의실에 앉아 있는 것을 보니까 너무 가슴이 아파 기다리지 못하고 술 한잔했어."

나는 대답 대신 학생들을 바라보며 미소를 지었다. 소주병 열 개 정도가 테이블 위에 있는 걸로 봐선 꽤 마신 듯했다. 그래도 낮부터 술을 곁들이며 소설을 이야기할 수 있는 학생들의 입장이 부러웠다. (……) 선생이 가려진 커튼을 슬그머니 걷듯이 노래를 부르기 시작했다. 시조인가? 타령인가? 뽕짝인가? 노래가 끝나고 가사를 하나씩 꿰보고 나서야 록발라드라는 것을 알았다. 비록 음정이 맞지 않았지만 가락 속에는 몇 시간 동안 문학을 이야기한 것보다 더 많은 진실을 느낄 수 있었다.

"가을의 초입이지만 내게는 만추다."

선생의 눈가에 눈물이 맺혔다. 그만큼 선생은 밟으면 깨져버리는 살얼음 같은 감성을 가진 분이다. 선생의 글 한 자한 자에 눈썹에 맺힌 눈물과 같은 감성이 배어 있다. (……)

"지금의 소설은 심청이 인당수에 뛰어들기 위해 치마로 얼굴을 가리고 뱃머리에 서 있는 것과 똑같아. 그래도 옛날에는 희망이 있었지만 지금은 희망이 없어. 나 지금 문학을 무척 사랑한다. 희망이 없기 때문에 더 사랑해. 그래서 나는 죽을 때까지 현역 작가로 남을 거야."

선생은 술 마신 사람답지 않게 입술을 깨물며 심각하게 말했다.[24]

> 작가의 운명은 신비롭다. 창작의 절정에서 저 깊은 침묵 속으로 추락하는가 하면, 밑 모를 바닥에서 눈부시게 부활하기도 한다. 『흰 소가 끄는 수레』로 작단에 복귀한 이래, 박범신은 이순(耳順)을 바라보며 창작의 청춘을 구가한다. 최근 2년간의 작업을 모은 『향기로운 우물 이야기』에서 작가는 현재를 과거와 마주 세우고 농촌과 도시를 아우르며 정통 사실주의에서 마술적 리얼리즘에 이르는 다양한 기법을 실험하면서 날카로운 전환기를 맞이한 우리의 삶을 해부하고 있다.[25]

24) 가현, 「잘츠부르크의 암염」, 『문학과창작』 2000년 11월호, 209~213쪽.(부분 발췌)

25) 최원식, 『향기로운 우물 이야기』 추천사, 창작과비평사, 2000.

> 소설을 안 쓰면 더 우울하고 고독하고 슬퍼. 역시 탄생 이전부터 부여받은 것 같은 슬픔, 고독, 우울, 뭐 그런 감정. 이것들이 소설 안 쓰고 있으면, 아주 날 잡아먹으려 해. 그래서 쓰는 거야. 살려고. 최근에는 봄이 와서 그런지, 한 20년간 신열 같은 사랑을 쏟았던 명지대학 문창과 애들을 놓고 떠나려니까 그런지 더 많이 우울하더라고. 정년이 여름이거든. 2004년에 대학 그만뒀다가 애들이 너무 그리워서 그만둔 데를 2년 만에 쪽팔리는 거 마다하지 않고 다시 기어들어간 것이 나잖아? 뭐 월급 욕심나서 다시 갔겠어? 정이야. 문학하려는 젊은 애들 불쌍해서, 그리워서 다시 갔어. (……) 소설을 쓰고 있으면 모든 우울, 슬픔, 분노, 고독감, 한방에 날릴 수 있어. 다른 방법으론 그런 구원 못 만나. 그러니까 소설을 쓰는 일은 내가 살아 존재하는 유일하고 마지막 방법인 셈이지.[26]

26) 43쪽 같은 책, 48~49쪽.

4. 갈망기(2007~현재) 연보

2004년   소설에 전념하겠다는 이유로 명지대 교수 사임. 소
         설집『빈방』(이룸) 출간.

2005년   한겨레신문에 연재한 장편『나마스테』(한겨레신문
         사) 출간. 박범신 문학전집 제10·11·12권 장편『불
         의 나라』1·2·3, 제13·14권 장편『물의 나라』1·2 (세
         계사) 출간. 산문집『남자들, 쓸쓸하다』(푸른숲) 출
         간.『나마스테』로 제11회 한무숙문학상 수상. 소설
         선집『제비나비의 꿈』(민음사) 출간.

2006년   산문집『비우니 향기롭다』(랜덤하우스중앙) 출간. 장
         편『침묵의 집』(문학동네)을 개작하여『주름』(랜덤하
         우스중앙) 출간.『수요일은 모차르트를 듣는다』(세계
         사, 박범신 문학전집 제15권) 출간. 명지대 문예창작학
         과 교수로 복귀.

2007년   『킬리만자로의 눈꽃』(세계사, 박범신 문학전집 제16권)
         출간. 딸이 그림을 그린 산문집『맘 먹은 대로 살아
         요』(생각의나무) 출간. 여행 산문집『카일라스 가는
         길』(문이당) 출간. 젊은 작가들과의 대담집『박범신
         이 읽는 젊은 작가들』(문학동네) 출간. 서울문화재단
         이사장 취임. 네이버에서『촐라체』연재 시작.

2008년   장편『촐라체』(푸른숲) 출간.

2009년   장편『고산자』(문학동네) 출간. 이 작품으로 대산문
         학상 수상.『깨소금과 옥떨메』(이룸) 재출간.『틀』(세
         계사, 박범신 문학전집 제17권) 출간.

2010년   장편『은교』(문학동네) 출간. 종이책과 전자책을 동
         시에 출간함. 갈망 3부작(『촐라체』『고산자』『은교』)
         완성. 장편『비즈니스』를 계간지『자음과모음』과 중
         국의 문학지『소설계』에 동시에 연재한 후 한국과
         중국에서 동시 출간(한국어판은 자음과모음). 이후 차
         례로 장편소설 8권이 중국어로 번역 출간됨. 산문집
         『산다는 것은』(한겨레출판) 출간.

2011년   장편『나의 손은 말굽으로 변하고』(문예중앙) 출간.
         『외등』(자음과모음) 개정판 출간.『빈방』(자음과모음)
         개정판 출간. 명지대 문예창작학과 교수직에서 정
         년퇴임 후 논산으로 낙향.

2012년   스마트폰으로 원고지 900매 분량의 글을 써서 산문
         집『나의 사랑은 아직 끝나지 않았다』(은행나무) 출
         간. 상명대학교 석좌교수로 부임.

2013년   마흔번째 장편소설『소금』(한겨레출판) 출간. 여행
         산문집『그리운 내가 온다』(맹그로브숲) 출간.『은
         교』대만어판 출간.

2014년   장편『소소한 풍경』(자음과모음) 출간. 산문집『힐
        링』(열림원) 출간. 상명대 문화기술대학원 소설창작
        학과 개설에 참여.『더러운 책상』프랑스어판 출간.
2015년   장편『주름』(한겨레출판) 개정판 출간.『촐라체』(문학
        동네) 개정판 출간. 건양대학교에서 제1회 와초문학
        포럼 개최. 논산 탑정호 집필관에서 제3회 와초 박
        범신문학제 개최. 문학동네에서 장편『당신—꽃잎
        보다 붉던』, 문학앨범『작가 이름, 박범신』, '박범신
        중단편전집'(전7권) 출간.

> 생애를 통해 계속 '유랑과 회귀'를 끝없이 반복하며 흘러다녔는데도 나는 여전히 어둑신한 굴뚝 한가운데, 그 경계의 고독한 알집에서 크게 벗어나지 못하고 있다는 것입니다. (……) 나는 그곳에 도사리고 있는 나를 '짐승'이라고 부릅니다. 나의 '짐승'은 시간에 굴복하지 않으며 환경에 의해서도 완전히 마모되거나 훼손되지 않습니다. 나를 숙주로 삼아 내 안에 깃든 이상한 '짐승'을 나는 가장 사랑하고 또 가장 미워합니다. 그것이야말로 내 오욕칠정은 물론이고 세계관의 근원이기 때문입니다.[27]

> 20여 년 명지대에 있으면서 아이들이 쓴 소설을 정말 수천 편 읽었다. 밤낮없이 함께 술 마셔주었고, 함께 손잡고 운 적도 많았고, 나는 오욕칠정으로 문학을 가르치는 타입의 선생이었다. (……) 문학을 가르치는 것은 사람과 사람으로 맺어져야 가능해져. 소설이 뭐 그의 인생이니까. 가르치면 가르칠수록 숨기고 싶었던 내밀한 상처, 결핍, 열망 들로 얽혀들게 되고 그럼 당연히 상처를 나누게 돼. 재능의 평가라는 잔인한 과정도 거쳐야 하고. 몹쓸 업

---

[27] 26쪽 같은 책, 319쪽.

이지. 힘들어서 때려치우고 싶은 적도 많았어. 하지만 내겐 선생 끼가 있나봐. 힘들지만 재능 있는 제자를 발견하는 게 너무 좋거든. 그러면 애를 어떻게든 문학으로 꼬여와서 힘든 문학 환자로 만들고 단근질을 해. 갈구고 울리고 화내고 왕따도 시키고 쓰다듬고 보듬고 별짓을 다해. 그게 업이지. 그러고 나면 애들 문학에서 도망 못 가니까. 그렇게 해놓고 내가 뭐 데뷔를 시키는 것도 아니고 발표를 하게 해주는 것도 아니니 업을 쌓는 거지. 수렁에 밀어넣고 나 몰라라 하고 있는 것 같아 어떤 땐 흠칫흠칫 떨어, 내가.[28]

　　　＞『나마스테』를 쓰기 전까지는 이주 노동자 문제를 본격적으로 다룬 작품이 없었어요. 상당히 심각한 문제였는데 사회가 방치하고 있으니까 작가로서 문제의식을 느낀 거죠. 우리가 편의에 의해 그들을 데려다놓고 불법 노동자로 만들어버렸잖아요. 아울러 일부 국민들은 '이주 노동자는 함부로 다뤄도 된다'고 생각하는 잘못된 의식도 있었고. 그에 대해 나 나름대로 강력한 발언을 소설을 통해 한 거죠.[29]

---

28) 43쪽 같은 책, 52~53쪽.
29) 박범신·홍유진 인터뷰, 「늙어도 젊은 것과 젊어도 늙은 것」, 『인물과사상』 2012년 8월호, 26쪽.

> 아주 오래전부터 김정호 이야기를 한번 써보면 좋을 거야, 생각했던 이유는 두 가진데, 하나는 일반인들이 알고 있는 속설을 나도 똑같이 믿고 있었거든. 김정호가 길에서 길로 떠돌았다더라, 지도를 발품 팔아서 그렸다더라. 야, 그럼 이 사람 말이야, 이 정밀한 지도를 그리기 위해서는 평생 떠돌았겠지. 난 떠도는 인간형을 좋아하는 것 같아요. (……) 두번째는 대원군 때 옥사했다는 설이 있어요. 그거는 1920년대의 한국 교과서, 일제시대의 교과서에 그렇게 나와요. 혹 옥사했다면 그것은 권력으로부터의 옥사이기도 하고 동시에 조선 체제를 떠받들고 있던, 소위 양반 계급의, 지식인들의 억압을 받았다고 생각했어요. 나도 이미 작가로 30년을 넘게 살았으니까 지식인이 아니라고 부정할 수는 없겠지만, 그 지식인의 핍박을 받는다, 거기에 내가 꽂힌 거예요. 그 두 가지가 나한테 잘 꽂힐 수 있는 코드거든요.[30]

> 박범신의 『고산자』는 역사소설의 모범적인 경우에 속한다. 『고산자』는 '고산자'의 '유령성'에 주목하여 사실 대타자의 역사가 얼마나 집요하게 역사적 실재를 은폐하고 배제한 자리에서 구축된 것인지를 명확하게 보여줄 뿐만 아니라, 따라서 그 시대의 역사적 실재를 만나기 위해서

---

30) 박범신·차미령 대담, 「지도는 그의 꿈의 그림자입니다」, 『문학동네』 2009년 가을호, 104~105쪽.(부분 발췌)

는 역사서 속의 행간에 얼마나 민감한 반응을 보여야 하는
지도 선명하게 제시해준다. 한마디로『고산자』는 역사와 소
설이 가장 이상적으로 만난 경우에 해당하며, 이로써 우리
는 하나의 혁신적인 문학작품이 우리가 알아왔던 역사상을
근본적으로 뒤흔들고 전복시킬 수도 있다는 놀라운 경험을
할 수 있게 되었다.[31]

> 사람이란 길을 통하지 않고는 어디든 갈 수 없
다. 인생이란 한 권의 지도책을 그리는 게 아닌가. 고산자(古
山子)가 한평생 산하를 흐르며 뚫었던 길은 민초들의 목숨
길이자 자신의 인생길이다. 그러므로 이 소설은 역사소설이
자 구도소설이다. 고산자는 지도를 그림으로써 역사보다 오
랜 강토와 산하를 살려냈고, 고산자를 그린 박범신은 인문
학적 깊이와 고졸한 문체로 그의 문학의 새로운 길을 열었
다. 여기 인생과 문학의 새로운 지도가 있다.[32]

> 어떤 의미에서 나는『은교』가 더 구도적인 소설
이라고 본다.『은교』는 내가 절필 이후에 가장 행복하게 쓴
소설이다. 가장 슬프게 쓴 소설이기도 하고. 나의 어떤 본질

---

31) 류보선,「세상 너머의 지도를 향한 갈망―『고산자』읽기」,『문학동네』, 2009년
가을호, 167쪽.
32) 권지예,『고산자』추천사, 문학동네, 2009.

을 드러낸 소설이다. 구도소설이다. 어떤 사람들은 그걸 연애소설로 보고, 어떤 사람들은 존재론적인 소설로, 또 어떤 사람들은 구도의 소설로 본다. 나로선 어떻게 보든 나쁘지 않다. 구도와 연애가 다르다고 생각 안 한다. 지난 20년 사이 나는 많은 길을 흘러다녔다. 히말라야를 열 번 넘게 갔었고, 킬리만자로 정상에 오르기도 했으며, 전쟁중의 체첸이나 내전을 치르던 모잠비크 전선을 지나 아프리카를 종주한 적도 있다. 소설가로서가 아니라, 인생에서 참다운 성공을 하고 싶은 게 나의 최종적인 꿈이다. 나의 구도란 그런 것이다. 가장 참된 연애는 구도가 아니겠는가? (……) 『은교』는 그래서 뜨거운 구도소설, 연애소설이다. 『촐라체』 『고산자』 『은교』를 나는 '갈망의 3부작'이라고 명명했는데, 그것은 '구도의 3부작'이라고 해도 좋다는 뜻이다. 『은교』야말로 그 핵심인 작품이라고 생각한다.[33]

　　> 갈망은 이를테면 별이 되고 싶은 욕망이다. 그것은 불가능한 꿈이다. 불가능하다는 걸 알면서도 인간은, 짐승이 아니라 인간이기 때문에 그 꿈을 포기하지 않는다. 불멸이나 사랑의 완성을 향한 꿈도 그렇고 신과 만나고 싶은 꿈도 그렇다. 불멸은 물론이고, 사랑의 완성조차 살아생전

33) 43쪽 같은 책, 26쪽.

보지 못할 게 뻔하다. 사랑이란 도대체 바구니에 담기지 않으니까. 그렇지만 나는, 우리는 한순간도 그 꿈을 포기하지 않는다. 이것은 미래의, 역사의 희망이면서, 동시에 삶의 품격을 결정짓는 키워드라고 할 수 있다. 자본주의 욕망은 소비를 부추겨 갈망을 버리라고 요구한다. 문학이 자본과 싸워야 하는 참된 이유는 그것이다. 내 경우, 늙을수록 갈망은 깊어지고 있다. 사랑의 완성이나 신성과 맞닿는 일이나, 불멸이나, 걸어서 별까지 가는 일이 불가능하다는 것을 너무나 잘 알 나이에, 오히려 그런 꿈들은 깊어지는 중이니, 이것이 요즘 나의 딜레마다. 내가 인간이라는 뚜렷한 증거다.[34]

> 두 개의 이야기가 박력 있게 엉켜 있다. 노시인 이적요와 여고생 한은교의 서사는 일흔넷의 괴테와 열아홉 소녀 울리케의 그것을 연상케 하거니와, 노년의 욕망에 대한 현미경적 보고서이자 한 시인의 통절한 자기 부정의 드라마이기도 하다. 연애소설이 예술가소설로 육박한 사례라고 하자. 스승 이적요와 제자 서지우의 서사는 사실상 유사 이래 되풀이된 부자지간의 애증을 바탕에 깔고 있어 그 울림이 처절하다. 서로를 잃을까 두려워 함께 죽어버린 두 남

---

34) 43쪽 같은 책, 26~27쪽.

자의 이야기라고 하자. 어느 이야기를 따라가건 온몸이 아
플 것이다. 2010년의 박범신만이 쓸 수 있는 소설이라고 해
도 좋다.[35]

> 마술적 리얼리즘의 모티프를 본격적으로 사용
해 소설을 쓴 것은 나로서는 『나의 손은 말굽으로 변하고』
가 처음이다. 물론 한두 개의 단편에서, 예컨대 자아가 분리
되는 『더러운 책상』에서도 시도했지만, 『나의 손은 말굽으
로 변하고』처럼 온전히 그 장치에 기대고 쓴 소설은 없다.
독이 되고 약이 될 수 있다는 말엔 전적으로 동감이다. 그
러나 알고 보면 모든 소설적 장치가 다 그렇다고 생각한다.
독이 되고 약이 될 수 있다. 독이 될 수 있다니까 더 해보고
싶다. 나는 위험한 것을 좋아한다.[36]

> 물론 1980년대에 비해서 지금의 문학판은 훨씬
더 자유로워졌어. 그러나 정치권력 같은 외부 조건으로부터
자유로워졌을 뿐이야. 내부적인 어떤 서열주의, 어떤 사소한
집단주의, 자본주의 강화에 따른 권력주의 같은 것은 오히
려 강화된 면도 없지 않아. 작가가 써서 되고 안 되고가 어

---

35) 신형철, 『은교』 추천사, 문학동네, 2010.
36) 43쪽 같은 책, 35~36쪽.

디 있고, 좋은 스타일 나쁜 스타일이 어디 있어? 그런 것엔 정말 '엿 먹어라!' 해야지. 물론 무슨 얘기를 어떻게 쓰든지 간에 문학적으로서의 미학적 가이드라인은 확보해야지. 그런 당연한 거야. 그러고 나면, 장르소설이든 본격문학이든 뭐 상관없잖아. 장르문학은 장르문학대로 그 구조 안에서 미학적 성취를 얻는다면 충분히 평가받을 수 있다는 게 나의 생각이야. 본격문학도 마찬가지고. 장르문학도 세련되어가면 최종적으로 본격문학과 같은 문학적 성취에 이를 수 있고, 장르문학이니 본격문학이니 이런 용어 자체도 쓰기싫지만, 암튼 본격문학도 장르문학처럼 대중적으로 받아들여질 수 있어야 독자를 위로할 수 있어. 결국 장르니 본격이니 하는 말의 구분이 없어져야 해.[37]

> 서울문화재단 이사장을 수락할 당시에는 '작가라고 글만 쓰면 누가 문학을 챙기겠는가' 하는 책임감이 있었죠. 기초 예술 분야를 챙기고자 하는 의도가 있긴 했어요. 실질적으로 내가 이사장으로 있는 동안 문학 관련 예산이 천 퍼센트 이상 늘었을 겁니다. 연희문학촌도 생겼지요. 문학뿐만 아니라 연극, 무용 등 기초 예술 분야에 국가의 과감한 투자가 있어야 한다는 생각을 늘 해왔어요. 선배 작

---

37) 박범신·심진경 대담, 「다시 '문학, 목매달아도 좋은 나무'」, 『자음과모음』, 2011년 봄호, 486~487쪽

가로서 순수한 마음으로 기여를 하고 싶었던 거죠. 나로서
는 헌신이었죠. 자칫하면 이미지만 망가질 수 있는 건데. 만
약 돈이라도 받는 일이었다면 안 했을 거예요. 그건 그 일
로 덕 보겠다는 거잖아요. 나는 이제껏 권력자에게 돈을 받
아본 적도 없고, 단 10원도 불로소득을 받아본 적이 없어
요.[38)]

> 2011년 7월 1일 저녁 서울 태평로 한국언론회
관에서는 박범신의 소설『나의 손은 말굽으로 변하고』(이하
『말굽』) 출판기념회가 열렸다. 작가들이 책을 내면 어떤 식
으로든 출판 기념 모임을 마련하고, 이따금씩은 세종문화회
관 세종홀이나 한국언론회관 같은 큰 공간이 그 무대가 되
기도 하는 터. 그날 모임이 새삼스럽거나 유별난 것은 아니
었다. 그러나 주인공인 작가 박범신에게 그 자리는 각별한
의미를 지니는 것이었다. 1973년에 등단해 작가 생활 39년
째를 맞은 그에게『말굽』이 서른아홉번째 장편이라는 숫자
의 우연을 가리켜 하는 말이 아니다.

그날 행사는 단순히 책 한 권의 출간을 축하하는 것을
넘어 박범신의 작가 생활에서 하나의 전환점으로 기록될
법했다. 문단 안팎의 친지와 가족, 제자 등으로 성황을 이룬

---

38) 60쪽 같은 책,「늙어서도 젊은 것과 젊어도 늙은 것」, 27쪽

그 자리에서 박범신은 '중대 발표'를 했다. 그해 여름으로 예정된 대학(명지대학교 문예창작학과) 정년퇴직에 맞추어 서울문화재단 이사장과 연희문학촌장이라는 '감투' 역시 벗기로 했다는 것이었다. 그달 안에 막내아들도 결혼을 해서 독립하느니만큼 이제 자신은 교수와 가장이라는 두 개의 짐을 내려놓고 남은 시간을 온전히 작가로서 살아보겠노라고 그는 설명했다. "'선생 노릇'과 '아버지 노릇'을 핑계로 모든 일에서 '차선의 길'을 선택할 수밖에 없었다"고 말할 때 그의 표정과 말투에서는 회한과 함께 비장한 결의가 내비쳤다. 완주한 마라토너라기보다는 오히려 출발선에 웅크린 단거리 육상 선수를 보는 느낌이었다.

그로부터 다섯 달 가까이 지난 그해 11월 27일, 그는 작가로서 '최선의 길'을 향한 첫걸음을 떼었다. 1988년부터 사반세기 가까이 살아온 서울 평창동 집을 뒤로하고 고향 논산으로 내려간 것이다. 1963년 이리(지금의 익산) 남성고등학교에 입학하면서 고향을 떠난 때로부터 근 50년 만의 귀향이었다. (……) 그의 고향인 충남 논산시 연무읍 봉동리는 본래 전북 익산에 속해 있었으나 논산훈련소가 생기면서 충남에 편입된 곳. 그가 새롭게 정착한 논산시 가야곡면 조정리는 탑정호라는 커다란 호수를 끼고 있는 호숫가 마을이다. 마을이라고는 해도 근처에 인가가 많지는 않고, 여행객을 겨냥한 식당과 숙박 시설 등이 드문드문 서 있는 한적하고 운치 있는 곳이다. '은진미륵'으로 널리 알려진 관촉사가 그곳에서 멀지 않다. (……) 퇴역 교장 선생님이 지어서 살았다는 이 이층집이 작가의 마음을 끈 것은 크게 두 가지. 대문에서 마당에 이르는 진입로의 비스듬한 경사, 그리고 집 뒤꼍의 너른 암반과 그 아래 작은 연못이었다.

"처음부터 언젠가 와본 것처럼 편안한 느낌이었어요. 입구의 야트막한 경사는 저의 오랜 로망이었고, 뒤꼍의 바위는 앉아서 소주 한잔하기 딱 좋아 보이더군요."

그러나 서울을 뜨기 싫다며 뒤에 남은 부인의 배웅을 받으면서 평창동 집을 나설 때 그의 마음은 착잡하기 그지없었다. "유배를 가는 기분"이었다고 그는 2011년 11월 27일자 페이스북 일기에 썼다. '나는 대체 왜 이 길을 가려고 하는가.' 자신에게 던진 이 질문에 제대로 대답하지 못하면서 누군가에게 등을 떠밀리듯 떠나온 길이었다.

그렇게 돌아온 고향 논산에서 그를 맞이한 것은 뜻밖에도 '귀신'들이었다.

"낮에는 집 앞 호수와 그 너머 산들을 보거나 차를 몰고 논산 전역의 골목골목을 둘러보는 일로 소일할 수 있어요. 문제는 밤이죠. 천지 사방이 깜깜한 가운데 집안에 홀로 웅크려 있자니 견딜 수가 없는 거예요. 우선은 책을 읽으면서 버텨보지만, 밤 열시쯤 되면 더이상 참지 못하고 소주를 아주 빠른 속도로 마시죠. 그렇게 해서 어느 정도 취기가 돌면 누군가의 말소리가 들리고 헛것이 보이기도 해요. 결국은 그이들과 대화를 나누는 지경(혹은 경지?)까지 가는 거죠."

(……) 수구초심이랬다고, 나이든 작가가 고향으로 내려가면 대체로 자연과 벗하는 가운데 차분하게 삶을 정리하는 말년을 상상하기 쉽지만 '영원한 청년 작가'를 자처하는 박범신에게는 해당하지 않는 말이다. "유유자적과 안빈낙도는 가라! 나는 작가로서 새출발을 하기 위해 여기 왔다. 새로운 곳으로 새로운 인간이 온 것이다!" 예순을 훌쩍 지나 일흔을 바라보는 나이에도 그의 안에 도사린 채 형형한 눈빛을 번득이고 있는 어느 불온한 청년이 그의 귀에 대고 외쳐대는 말이 들리는 듯하다.[39]

> 페이스북 일기는 또한 그가 세상과 소통하는 방식이기도 하다. 서울의 분주와 번잡이 싫어 논산으로 내려갔지만 사람들에 대한 여전한 그리움을 버리지 못하는 그다. 그 자신도 "혼자이고 싶은 강력한 욕망과 혼자이지 못하고 사람들 속에 섞이려는 강력한 욕망 사이에서 평생 갈팡질팡해왔다"고 표현할 정도다. 정년퇴직을 끝으로 손을

---

39) 최재봉, 『그 작가, 그 공간』, 한겨레출판, 2013, 91~95쪽.(부분 발췌)

떼려 했던 강의를 재개한 것도 그런 주저와 변덕 때문일 것이다.

"내 딴에는 은거하겠다고 내려온 것이었는데, 가을과 겨울을 논산에서 지내보니까 내가 그런 인간이 아닙디다. 20년 동안 해오던 강의를 손에서 놓으니 금단현상 비슷한 게 오더라고요. 우울해서 술만 마시고, 에너지도 없어진 것 같고. 이러다가 사람이 망가지고 소설도 못 쓰겠다 싶어 다시 강의를 하기로 했죠."

그는 2012년 4월 현재 상명대학교 석좌교수로서 금요일에 두 시간 강의하고, 논산의 건양대학교에서도 화요일에 강의를 맡고 있다. 목요일 저녁에 서울에 올라갔다가 일요일에 논산으로 내려오는 생활 리듬도 강의 일정에 맞춘 것이다. 하고 보니 두 개의 강의 일정이 너무 부담스러워 2학기에는 둘 중 하나를 줄일 궁리를 하고 있다. 그러면서도 그는 젊은 문학도들과 어울리는 기회가 작가로서 그에게도 크게 도움이 된다고 밝혔다.

"지금 생각해보니 젊은 문학도를 질책하던 말이 나한테도 경계심을 주었던 것 같아요. 학생을 꾸짖다보면 그 학생 옆에 나도 무릎 꿇고 앉아 있는 듯한 느낌이 들거든요. 학생에게 돌아가는 꾸지람을 끊임없이 나 자신에게도 들이밀어보는 거죠. 그런 게 작가에게는 생산적 에너지가 되었던 것 같아요."

난방을 위한 리모델링 공사를 마치고 논산 집에 입주한
것이 2012년 3월 하순이었다. 그로부터 한 달여 뒤에 찾아
간 그 집에는 마무리 조경 공사가 한창이었다. 잘생긴 배롱
나무가 마당 한 켠에 들어섰고, 소나무나 자작나무 몇 그루
도 옮겨 심을 계획이라고 했다. 2층짜리 건물의 2층은 서재
와 집필실 등으로 꾸몄고, 1층에는 거실과 침실, 손님방 등
이 들어섰다. 거실에는 소파를 두지 않는 대신 원목을 길게
잘라 만든 다탁 둘과 등받이 달린 앉은뱅이 의자 몇이 놓
여 있다. 나무로 마감한 벽과 다탁에는 작가가 낙서 삼아
그린 그림과 글씨도 보인다. (……)

"작가 생활 40년이 연애 한 번 한 것처럼 지나갔네요. 돌
이켜보면 수지맞는 장사를 한 거죠. 문학을 한 덕에 당대인
들한테서 최소한 사랑은 얻었잖아요? 워낙에 예민한 성격이
라 내부는 늘 위태로운 경계를 걷고 있지만, 겉으로 보기에
는 큰 탈 없이 평온한 삶을 살아왔으니 이만하면 행복하다
말해도 되겠죠?"[40]

> 고백하거니와, 나의 마지막 꿈은 문학에서가 아
니라 인생, 그것 자체에서 승리하고 싶다는 것입니다. 실존

---

40) 69쪽 같은 책, 95~99쪽.(부분 발췌)

의 어두운 혼돈을 이기고, 유한한 시간의 감옥을 벗어나서 내 영혼이 마침내 참된 자유에 도달, 그야말로 훨훨, 거침없이 날아오르는 날을 맞이하는 것이 나의 은밀하고도 최종적인 지향입니다.[41]

41) 26쪽 같은 책, 322쪽.

2부

작품론

김병덕
김은하
남진우
강상희
김미현

환멸의 세계와 탐미적 서사*

김병덕(소설가)

　

　일반적으로 한 작가의 데뷔작에는 작가의 본연적인 면모
가 내장되어 있는 경우가 많아, 이후의 작품 세계를 예견해
볼 수 있는 척도가 되기도 한다. 박범신의 데뷔작 「여름의
잔해」 역시 그런 기미를 살펴볼 수 있게 하는 요소가 함유
되어 있는데, 가장 눈에 띄는 것은 탐미성이다. 외딴 산속
재실(齋室)이라는 공간적 배경은 이 작품이 현실 세계와 일
정한 거리를 둔, 유폐적 인물들의 이야기로 전개될 것임을
암시한다. 또한 쌍둥이 남매가 그림을 그리고 글을 쓴다는
예술 지향적인 인물이고 석진이 자신의 예술적 완성을 위

* 『한국문예창작』 제8권 제1호(통권 제15호), 한국문예창작학회, 2009년 4월, 74~81쪽.
(부분 인용)

해 타자의 고통을 방기한다는 점, 사팔뜨기 미친 여자와 다리가 불구인 화자의 오빠에게서 나타나는 기형의 이미지, 꽃뱀, 꿈틀거리는 벌레, 팔딱거리는 금붕어 등에서 보이는 그로테스크와 관능성, 그리고 감각적인 문체 등은 작가의 탐미주의적 성향을 고스란히 드러내는 요소들이다.

이것들은 생명체에 대한 석진의 태도에서 극명하게 표현된다. "꿈틀거림을 사랑"하는 석진은 "유리병 속에 벌레를 잡아 가두"고 날개나 발을 잘라 버둥거리는 모습을 그림으로 그린다. 또한 그는 꿈틀거리는 뱀을 나이프로 찍어대며 죽어가는 것의 "마지막 떨림"을 즐기고 물 밖에서 지느러미를 떨고 있는 금붕어의 고통스러운 모습에 탐닉한다. 미친 여자를 화폭에 옮기는 것도 그런 성정의 예술적 반영이라 할 수 있다. 이처럼 「여름의 잔해」는 타인의 목숨마저 희생해 예술적 완성을 이루려는 석진을 통해 작가의 탐미적 취향을 극명하게 드러낸다.

심미(審美)주의, 혹은 탐미(眈美)주의는 19세기 중엽 이후 문학과 예술의 아름다움을 통하여 개인이 자기를 완성하고 자신의 삶에 의미를 부여하려는 포괄적인 경향을 뜻하는 말이다.[1]

탐미주의는 인간 정신의 위기와 사회적 격변 속에서 이성

---

1) R.V. Johnson, 『심미주의』, 이상옥 옮김, 서울대학교출판부, 1987, 19쪽.

이 인간의 행동을 통제하고 다양한 문제를 해결할 수 있다는 믿음의 붕괴로 파생되었기에 예술에서 도덕, 윤리, 종교 따위의 교훈 대신 사회적 금기를 위반하여 새로운 미를 구현하기 위한 노력을 중시했다. 그러나 탐미주의는 현실과의 일방적인 괴리만 내세우지는 않는다. 탐미주의적 작품에, 인간의 미에 대한 열망이 집요하게 천착되고 아름다움에 대한 광적인 집착을 보이는 인물이 등장하는 것은, 미의 추구 그 자체의 의도 외에도 그것을 통해 시대 현실을 문제 삼는 작가들의 숨은 의도가 깃들어 있기 때문이다. 그때 탐미주의는 병적이고 감각적인 유희의 차원에서 벗어나 사회적 의미를 획득할 수 있을 것이다.[2]

박범신은 예술적 성취를 통해 비정한 현실에서 구원과 보상을 받을 수 있다고 생각한다. 박범신의 소설쓰기가 생의 굴욕을 견디기 위한 방편이라는 점은 앞에서 살핀 그대로이다. 그 상황은 작가에게 문학이 현실의 삶보다 우월하고 현실은 문학으로써만 조명되고 해석할 수 있다는 인식을 확립시킨다.[3] 이는 존슨이 탐미주의를 구분한 것 중의 하나에 포함되는 것이기도 하다. 존슨은 탐미주의가, 첫째 예술관의 측면에서 예술을 위한 예술과 상통하여 예술을 인생

2) 강진호, 「미에 대한 집착, 그 황홀경의 의미」, 『문화예술』 2000년 3월호, 한국문화예술진흥원, 31쪽.
3) 방민호, 「몰락하는 읍, 대도회의 어둠, 그리고 인간의 정신적 구제라는 문제」, 『토끼와 잠수함』 해설, 세계사, 2000, 376쪽.

으로부터 분리하고자 한다는 점, 둘째 인생관의 측면에서 삶을 '예술의 정신으로' 보고 그것이 지닌 아름다움과 다양성 그리고 극적 장면들과 관련해서 감상될 수 있는 무엇으로 여긴다. 셋째로는 문학, 예술의 실제적 경향으로서의 탐미주의이다. 이때 탐미주의는 당대의 삶으로부터 벗어난 소재, 일반 대중에게 드러내기 어려운 심리 상태 묘사, 감각적인 이미저리와 묘사 중시, 주제를 모호하게 만드는 것을 특징으로 제시할 수 있다고 존슨은 보았다.[4]

박범신의 작품에는 대략 세 가지의 탐미적 성격이 구현되고 있다. 첫째는 비정상적인 것과 죽음에의 동경을 들 수 있다. 작가는 의도적으로 추의 미학을 제시하려는 듯 기이한 인물과 상황을 등장시킨다. 관능적이며 그로테스크한 장면이 곳곳에 펼쳐지는 「여름의 잔해」의 한 대목이다.

꽃뱀은 꿈틀거리고 있었다. 수진 언니는 고개를 반듯하게 들고 숨을 죽인 듯이 보였다. 뱀은 꼬리 쪽으로 고개를 사려 묻고 온몸을 가늘게 떨었다. 그리고 다시 화면처럼 밀착한 뱀의 표피, 거의 발작적인 오빠의 행동은 바로 이때 시작되었다. 그는 폭 넓은 병의 입구를 열고 끝이 뾰족한 팔레트 나이프로 뱀의 머리통을 정확히 찍었던 것이다.

4) R.V. Johnson, 앞의 책, 22~41쪽.

나는 꿈틀거림을 사랑해. 꿈틀거려! 꿈틀거려!

숨가쁜 오빠의 외침이 뱀의 육신을 찍어대는 나이프의 끝으로 자지러들었다. 꼬리를 떨며 죽어가는 꽃뱀의 마지막 떨림, 생명의 잔해.

—「여름의 잔해」,『식구』, 나남, 1983, 19~20쪽.

위의 인용문은 미에 대한 석진의 가학적 취향을 보여준다. 소아마비 화가인 그는 죽어가는 것, 즉 사멸의 이미지를 통한 아름다움의 세계에 집착한다. 죽음에서 미적 황홀을 느끼는 석진의 태도는, 죽음을 모든 것의 종결로 생각하는 작가의 생의 인식과 다르지 않아 보인다. 실제 『더러운 책상』에는 작가의 자살 기도가 서술되어 있거니와,『흰 소가 끄는 수레』에도 작가는 "가미카제가 되어 그 무엇, 그리운 이에게 직진 강하(降下), 통렬한 죽음에 닿고 싶었던 것은 평생 내가 숨기고 산 본질적 욕망의 하나"였음을 고백한다. 이처럼 삶에 냉소적이고 죽음을 찬미하는 성향은 현실 세계의 가치관을 거부하고 위반하는 것으로 작품에 발현된다. 작가는 사회에서 금기시하는 성, 죽음, 폭력, 퇴폐, 잔인함 등에서 아름다움을 발견하게 되는 것이다.

박범신 소설에서 탐미적 성향의 또다른 양상은 비정상적인 성애(性愛)에서 확인된다. 초기작에는 남녀 관계가 작가

특유의 섬세한 감수성에 의해 감각적으로 그려진 것이 많았는데 다음의 인용문은 그 적실한 예가 될 것이다.

> 조그맣게 접힌 은지는 한 마리 새였다. 호르래 호르래. 그녀의 몸 어딘가에서 새벽보다 정결하게 우는 새소리가 들려왔다. 도엽의 입술이 아래로 미끄러졌다. 은지가 파르르 속눈썹을 떨었다. 너무 작고 깨끗해서 해만 떠오르면 그녀의 육신이 눈처럼 녹아 지층에 스며들 것 같았다. 파르스름한 정맥이 흰 피부에 조용히 떠 있었다.
> ─「풀잎처럼 눕다」, 『제3세대 한국문학 20』, 삼성출판사, 1983, 48쪽.

언어의 절제, 감성적인 어휘의 구사 능력, 음률적인 문장의 구성 방법[5]은 청신한 이미지를 창출하는 동시에 소설의 서정적인 분위기를 조성하는 데 이바지한다. 그것은 근래에 올수록 점점 도착적이고 가학적으로 표현된다. 『더러운 책상』에서의 열아홉 살 그가 유랑하며 흘러든 여수의 '여심다방' 살림방에서 안주인에게 불려가 섹스를 할 때, 커튼 뒤에서는 안주인의 외팔이 남편이 그들의 행위를 훔쳐본다. 성불구자 외팔이는 신체적 접촉을 통해 성적 만족을 얻

---

5) 백승철, 「『풀잎처럼 눕다』의 호칭구조」, 『제3세대 한국문학 20』 해설, 삼성출판사, 1983, 461쪽.

는 대신, 엿보는 행위로 시각적 쾌락을 맛본다. 도착의 한 형태인 훔쳐보는 자의 시각쾌락증scopophilia은 사디즘과 연관되어 있다.[6] 사디즘적인 섹스가 보다 강렬한 장면은 『주름』에 그려진다. 『주름』은 IMF의 위기가 시작되는 1997년 '오십대 끝물'의 나이인 김진영이 시인 천예린을 만나, 지난 시절의 무위한 삶을 깨닫고 일탈하며 자아를 찾아가는 과정을 다룬 소설이다. 구소련의 땅 얄타에서 천예린은 불치의 병을 앓고 있는 중이다. "아침에 일어나면 잠옷 전체가 피고름투성이"인, 죽음이 언제 불시에 들이닥칠지 모르는 그녀와의 섹스는 기이하고 섬뜩하다.

(……) 나의 아래턱과 위턱은 미친 피바람을 타고 점점 고조되어 죽음의 종환들을 격렬히 먹어치웠다. 나는 피고름을 핥고 빨았다. (……) 그녀의 음부는, 누렇고 희끄무레하게 변색한 성긴 털 밑으로 짚불처럼 꺼져들어가 있었으나, 그렇다고 완전히 죽은 것은 아니었다. 더러운 종환들과, 응집력이 사라져버린 채 검버섯에 뒤덮인 아랫배의 비곗덩어리들과, 피비린내 뒤섞인 악취들도 상관없었다. 그녀의 애액이 너무 적었으므로 나는 침과 밀크 로션을 사용했다. 통렬하고 끔찍한 섹스였다.

6) 이에 대해서는 조셉 칠더스 · 게리 헨치, 『현대 문학 · 문화 비평 용어 사전』, 황종연 옮김, 문학동네, 1999, 379쪽 참조.

—『주름』, 랜덤하우스코리아, 2006, 400~401쪽.

　　박범신은 평범한 생활 세계에서 추의 미학을 통해 그로테
스크한 분위기를 연출한다. 작가는 위의 인용문에서 정상적
인 육체에 비해 부조화한 그것, 그리고 역겨움을 유발하여
역설적인 추의 미학을 제시하는데, 이것 역시 탐미적 취향
의 표출이라고 할 수 있다. 애정에 전제한 아름다운 성애로
전통적인 미를 구현하는 대신, 작가는 미에 언제나 대타적
인 추가 현실에서 자연과 정신과 예술 작품에 일상적으로
공존하고 있음을 드러내고 있는 것이다[7]. 이처럼 그로테스
크하고 가학적인 섹스는 결국 죽음 본능death instincts의 명확
한 외현이거니와, 작가 역시 사드의 입을 빌려 그러한 섹스
를 "죽음과 친숙해지려는" 행위와 다르지 않다고 보고 있다.
　　박범신 소설의 탐미성이 발현되는 또하나의 양상은 감각
적 언어의 활용이다. 감수성 넘치는 언어로 "감각을 최대한
활용하면서 명징스런 문장을 만들어내는"[8] 방식은, 작가의
특장이 되었음은 물론 대중의 호응을 얻는 데에도 크게 기
여했다. 아울러 박범신에게는 그것이 환멸의 세계에서 도피
하는 수단으로 기능한 면이 있다.

---

7) 추의 미학에 관해서는, 카를 로렌크란츠, 『추의 미학』, 조경석 옮김, 나남, 2008,
31~68쪽, 1장, 3장 참조.
8) 김외곤, 「문학적 연대기: 고독과 허무주의적 대결에서 깊고 넓은 현실통찰로」,
『작가세계』 1993년 겨울호, 29쪽.

박범신에게 감각적 문장은 그의 대중적 평판작에서 많이 발견되는 것이 사실이기는 하다. 작가의 초기 중단편에서 지적되는 다소 거칠고 투박한 문체가 『풀잎처럼 눕다』 이후의 연재물에는 감수성 넘치는 것으로 변모하고[9], 그의 서정적 문체는 대중 및 평자에게 널리 인정받는 계기가 되었다. 그러나 작가의 문체적 특장이 단지 연재소설에서부터 구현된 것은 아니다. 대상에의 직관적 인식으로 구현한 감각적 필치는 이미 초기작에서도 부분적으로 확인되는바, 작가는 「골방」에서 절필 이전 자신의 "감각의 안테나는 언제나 기름칠이 반지르르했고 감수성의 칼날은 예리하게 갈려" 있었음을 밝히고 있다. 작가의 언술을 예증하는 문장은 앞에서 확인한 「여름의 잔해」를 비롯해 초기의 여러 작품에서 보인다.

⑴ 저수지 물빛조차 짙은 암회색으로 가라앉아 있어서 멀리 고내 곡재 아래는 하늘과 수면이 한 덩어리였다. 침침한 제방이 마을에서 5, 6백 미터 텃논을 건너뛴 자리에 쭉 곧게 저수지의 수면을 자르고 동구 앞의 뼈죽이 올라선 수문에 닿고 있었다.

—「역신의 축제」, 『식구』, 243쪽.

(2) 바위에 떨어지는 구둣발 소리가 짧게 스타카토되었다. 내
려다보면 그대로 자신의 닳아빠진 발자국이 선명히 찍혀 있
을 것 같았다. 소나무 한 그루가 그의 발걸음을 막았다. 잎이
라고는 거의 달려 있지 않은 늙은 소나무였다. 그는 소나무
에 기대고 서서 팔짱을 꼈다. 발 앞에서 돌산은 툭 부러져 7,
80도의 급경사를 이루고 있었다. 강을 거슬러온 바람이 그곳
에 목매달며 비명을 질렀다.

　　　—「풀잎처럼 눕다」,『제3세대 한국문학 20』, 9쪽.

　(1)과 (2)는 각 작품의 서두에 해당되는 부분이다. (1)은
정지하 전도사가 등장하는 장면을 그리기 위해 공간적 배
경이 밑그림처럼 묘사되어 있다. 근경에서 원경으로 확장
되는 시선의 궤적은 그 반대의 경우보다 긴장감을 떨어뜨
린다. 그러나 이완된 감정의 상태에서 갑자기 등장하는 낯
선 이(정지하 전도사)가, 독자에게 놀람과 호기심을 불러일
으키는 효과를 거두고 있다. 작가는 시각을 동원하여 정지
하 전도사의 등장을 극대화시키고 있는 것이다. (2)는 시
각과 청각을 주요 이미지로 사용해 상황을 묘사한 글이다.
시각과 청각의 적절한 혼합은 독자에게 배경의 선명한 이
미지를 떠오르게 한다. 거기에 바람을 의인화해 독자에게
을씨년스러운 겨울 풍경을 떠올리게 하고 아울러 긴장감

을 유발하는 효과를 거두고 있다.

대중적 작품의 여부와 무관하게 위의 예문들은 감각적 묘사가 박범신 문체의 특징이라는 점을 확인시켜주고 있다. 이 점은 그의 수다한 작품에 전반적으로 나타나는데, 대상에의 감각적 접근은 지적인 사유의 산물이라기보다 직관적이고 즉물적인 인상에 작가가 민첩하게 반응한 결과이다. 그것은 필연적으로 작품의 사상보다 분위기를 조성하는 데 기여하고 작가는 그 감각적 이미지를 활용하여 독자에게 미적 쾌감을 제공한다. 대상에 대한 감각적 직관은 작가의 세계 인식의 방법이자 환멸의 세계에서 지성과 이데올로기에 대한 의식, 혹은 무의식적인 거부로 발생한다고 여겨진다. 박범신은 실제 『흰 소가 끄는 수레』에서 자신의 소설쓰기 방식이 세계에 대한 주의 깊은 관찰이나 천착보다 직관적인 상상력에 의존하고 있음을 밝히고 있는데, 이는 휘황하게 나래를 펴는 상상력으로 어떤 '어휘의 나비떼들'을 원고지에 옮겨 적을 것인가를 고민할 정도였다는 대목에서도 확인할 수 있다.

직관을 통한 세계 인식과 글쓰기 방식은 작가의 탐미적 성향을 이끄는 토대가 된다. 작가의 그것은 대상의 본질을 제시하고 이념적 내용을 사유하는 지적 직관이나 지각에 의하여 직접 외적 대상과 연관하는 지각 직관보다, 상상에 의

하여 대상의 내적 감각상을 현전시키는 상상 직관의 활용을 선호한다. 지적 직관이 일반적인 미적 향수의 기본적 구성 분자로 정관성(靜觀性)을 특징으로 하는 것에 비해, 상상 직관은 예술 창작의 주요 성분으로 창조성을 드러낸다. 일반적으로 예술 작품은 이 두 개의 직관이 종합·통일을 이룬 상태에서 예술성과 철학성을 확보하게 된다.[10] 이에 비해 박범신의 작품에는 양자의 조화보다 상상 직관이 압도적인 우위를 차지하고 있다. 거기에 작가 특유의 탐미적 성향이 결합되어 특유의 작품 세계가 구축되고 있는 것이다.

---

10) 김문환, 『미학의 이해』, 문예출판사, 2003, 121~123쪽 참고.

데카당스한 주체와 욕망의 최소주의: 『죽음보다 깊은 잠』*

김은하(문학평론가)

『죽음보다 깊은 잠』 1, 2는 '진보'의 미명하에 개발이 진행되고 있지만 기실 모든 것이 사고팔리는 상품이 됨으로써 신성이 사라져버린 욕망의 도시를 비판적으로 성찰하는 대중소설이다. 마르크스와 엥겔스는 『공산당 선언』에서 근대성을 "인간과 인간 사이에 적나라한 이해관계, 무정한 '현금 지불' 외에 어떤 끈도 남겨두지 않"고, "신앙심에서 우러나오는 경건한 광신, 기사의 열광, 세속적 감성의 성스러운 전율을 이기적 타산이라는 얼음같이 차가운 물속에 익

---

* 「남성적 '파토스pathos'로서의 대중소설과 청년들의 반(反)성장서사—박범신의 70년대 후반 소설을 중심으로」, 『동양문화연구』 제5집, 영산대학교 동양문화연구소, 2013년 8월, 13~20쪽.(부분 인용)

사시"[1]킨, 즉 삶에 드리워진 "감동적이고 감상적인 베일"을 찢어버린 '파괴'라고 질타한 바 있는데, 이 소설은 1970년 대 고속 성장의 도시인 서울을 배경으로 순결한 가치와 정 신적 삶을 파괴시키는 물신주의의 마성적 본질을 드러내는 한편으로 타락한 사회를 정화하려는 서사적 욕망을 드러 낸다. 소설 속 영훈은 다희에게 버림받고도 지순한 사랑을 포기하지 않는 순애보의 주인공이다. 그간 통속극 속에서 돈에 눈이 멀어 사랑의 가치를 외면하는 것은 야망을 가진 남자들이었던 데 반해, 영훈은 다희를 향한 순결한 사랑 을 멈추지 않는다. 그런데 사랑은 그간 사회에 대한 소극적 인 무관심으로 자유를 누려왔던 영훈이 욕망의 도시 한복 판에 뛰어들어 통과의례를 치르게 되는 중요한 사건이기도 하다. 그러므로 연애 플롯 이면의 입사(入社)식에 주목한다 면, 이 소설을 발전주의 시대를 통과하는 청년의 성장담으 로 볼 수 있을 것이다.

영훈은 본래 데카당스Decadance[2] 한 기질의 젊은이다. 발 전주의 시대의 '에토스ethos'인 '출세' '성공' 같은 세속적 가

1) 카를 마르크스·프리드리히 엥겔스, 『공산당 선언』, 이진우 옮김, 책세상, 2001, 221쪽.
2) 원래 데카당스는 몰락, 가을, 황혼, 노쇠, 퇴폐, 조락, 상처, 염세관, 퇴폐적 포즈, 인공적이고 추악한 것 속에서 오히려 새로움의 발견, 현실 부정의 전위적 문학 활동, 진부한 현실의 거부, 유미주의의 반항적 정신, 이국 취향, 감각주의, 사회 생활의 단 절 등을 가리킨다. 인습에 반항하고, 권위에 굴복하지 않고, 날카로운 개성을 발휘해 거리낌이 없고, 인생에 대한 열렬한 애모의 정보다는 환멸에 이끌리며, 깊은 절망, 비 애에 빠지는 것은 데카당스한 주체의 특징이다.

치는 물론이고 살아가기 위한 최소한의 욕구 이상의 것을 위해 어떤 노력도 하지 않기 때문이다. '고속 출세'와 '한탕주의의 신화'가 만연한 1970년대 사회 속에서 야망 없는 젊은이는 청춘의 정수를 잃어버린 탕아, 즉 퇴폐적 인간으로 분류될 만하다. 그는 부도덕한 방식으로 치부하고 카바레에서 춤꾼으로 이름을 날리며 방탕하게 인생을 꾸려온 아버지를 혐오하지만 피의 유전인 양 타고난 춤솜씨로 어린 시절을 난봉꾼으로 보낸다. 그리고 그후 "어떤 여자도 안을 수 없게 되"는데, '불감증'의 원인이 생리적인 것인지 혹은 심리적인 것인지는 불분명하다. 다만 '불감증'을 치료하기 위해 그가 어떤 노력도 하지 않으며, "불감증은 평화구나"라는 다희의 말에 동조하는 것으로 보아 그것에 다소간 우호적이라는 점을 알 수 있다. 심지어 그는 사회적 남성성을 획득하는 일을 회피하고 거부한다. 출세하거나 학문에 뜻이 있어서가 아니라 다만 불심검문으로 군대에 끌려가지 않기 위해 행정대학원에 적을 두었기 때문이다. 그는 제도화된 남성성 혹은 사회적 남성성을 획득하는 통과의례의 형식인 군대를 거부하는 병역 기피자이다. 음악을 연주하는 것으로 생계를 꾸리고 자신이 되고 싶은 것은 은행 강도일 뿐이라는 반사회적 발언을 일삼는 꿈이 없는 젊은이 혹은 탕자인 것이다. 그러나 이렇듯 무위(無爲)의 인간상은 깊이 있는 경험의 결여, 즉 의미의 부재에서 비롯되는 현대인의 전형적인 심리이자 모더니티의 근본적 정조인 '권태[3]'를 연상시키지만, 세계에 대한 참여의 거부라는 점에서 반항 의식을 담고 있다.

영훈에게 다희와의 만남과 이별은 그간 출세하지 않을 자유를 통해 누려온 평화를 포기하고 사회 속으로 나아가는 계기이다. 그는 우연히 사회적 관습과 전통의 규범으로부터 자유로운 여대생 다희를 만나 동거를 하며 소박하지만 따뜻한 집을 일구어가기를 소망한다. 그러나 헌신적인 사랑에도 불구하고 다희가 떠나버려 치명적인 상처를 입게 된다. 다희는 아름다운 외모 덕에 대양 재벌의 2세인 경민의 눈에 들어 여성 패션사업의 모델로 발탁되자, 연애를 초고속 신분상승이 가능한 엘리베이터로, 자신의 육체를 투자가치가 높은 상품으로 여기며 영훈을 떠난다. 목사 출신의 가난한 아버지를 둔 그녀는, 발전과 진보가 모두에게 공평하게 분배되는 세상이 오지 않으리라는 것을 알고 있기 때문에 계층 질서의 맨 밑바닥에서 높은 자리로 데려다줄 초고속 엘리베이터인 경민의 유혹을 뿌리치지 못한다. 다희는 급행열차를 탄 듯 재빨리 벤츠와 강변 아파트로 상징되는 호화스러운 삶 속으로 진입한다. "내가 내 사랑을 배신했더라도 그것

3) 김종갑, 「권태와 쾌락주의: 오스카 와일드의 『도리언 그레이의 초상』」, 『현대영미소설』 제19권 2호, 한국현대영미소설학회, 2012, 6~7쪽.

은 나의 죄가 아니다. 이 시대가, 나에게 달려가라고 가르치는걸. 뒤처지지 말라고, 엘리베이터에 타라고 내 등덜미를 밀어대는걸. 유신이 뭔데? 산업화가 뭔데? 달려가라는 거야. 규칙도 뭣도 없어. 나는 갈 거야"(1편, 115쪽)라는 그녀의 말은 단지 배신에 대한 변명이 아니라 1970년대 서울의 왜곡된 '근대성'을 비판적으로 가시화한다.

소설은 이렇듯 외모 자본을 밑천 삼아 신분 상승의 사다리에 올라탄 다희와 그녀의 주변 인물을 중심으로 욕망에 미혹되어 서서히 파괴와 죽음을 향해 가는 사람들과 그러한 맹목적 열정의 무대인 서울, 즉 모더니티의 정체를 탐구한다. 다희와 경민 그리고 다희의 남편인 현우는 모두 도시에서 도약과 비상을 꿈꾸지만 결과적으로 자기 삶의 평화로운 근거를 파괴하며 몰락을 거듭해간다. 한때 시인을 꿈꾸었던 경민은 첩의 자식으로 어머니를 외면해온 재벌 아버지에게 복수하기 위해 성공을 꿈꾸지만 결국 좌절해 죽고, 다희는 경민의 아이를 임신한 채 무일푼으로 남겨진다. 그리고 오래도록 짝사랑해 다희 모녀를 거둔 현우는 다희와 시골 생활을 시작하지만 의처증에 시달리고, 도시 입성 후 사업에 실패해 점점 졸렬한 인격이 되어간다. 그러나 다른 한편으로 허영의 시장에 뛰어든 영훈을 중심으로 근대성에 대한 대항적 내러티브가 펼쳐진다. 다희가 떠난 후 실의에 젖어 있던 영훈은 가수로 성공하기 위한 치밀한 각본을 짜고 수련의 시간을 거친 뒤 모든 것이 사고팔리는 시장 사회로 나아간다. 그는 자신의 말라빠진 몸을 유혹의 원천이 되도록 미적으로 가공하고 무쇠 같은 여자의 마음도 녹일 정도의 매너를 습득한다. 또, 포르노와 창부를 통해 탁월한 성적 테크닉을 연마함으로써 잃어버린 남성성을 회복해 유혹적인 상품으로서의 탁월성을 획득한다. 그리고 마침내 영훈은 자신을 가수로 데뷔시켜줄 스폰서인 과부 영실 여사의 환심을 사 그녀의 남자가 된다. 영훈을 허영의 시장에서 매혹적인 상품으로 만들어줄 사육사인 경섭은 "여잔 암내가 나면 붙으려 한다. 탄탄하고 아름다운 근육과 새벽의 댓잎처럼 풋풋한 힘이 필요한 것은 그 때문"이라며 그에게 유혹의 기술을 전수한다.

영훈이 타락한 세계 속으로 나아가기 위한 '수련'의 과정은 얼핏 다희의 그것과 상당히 흡사해 보인다. 두 사람은 마치 샴쌍둥이처럼 감정의 진실을 숨기고 육체와 섹슈얼리티 등 개인성의 내밀한 영역을 거래한다. 그러나 서술자는 영훈과 다희의 욕망이 다르다고 주장한다. 다희가 욕망에 눈이 어두워 자신을 파멸로 몰고 간다면, 영훈은 욕망의 허위를 조롱하고 폭로하기 위해 스스로를 미적으로 가공하고 전시하는 전략적인 행위자, 즉 물신적 모더니티에 대항하는 미적 주체인 "댕디dandy"로 제시된다. "아름다운 목소리와 연약하고 화사한 빛깔로 치장을 하고도 거미나 파리를 잡아먹는 동물성의 황금새. 나는 이제 황금새가 된다"(2편, 36쪽)라는 독백은 그가 보들레르의 페르소나인 '댄디', 즉 물질을 혐오하고 아름다움을 추구하는 예술가임을 암시한다. "수직 이동이 정상적으로 이루어지지 않는 사회"에서 이러한 선택은 선하지는 않지만 불가피하다고 여겨진다. 이렇듯 영훈은 모든 것을 중심으로 끌어당기는 욕망의 도시에서 영혼을 잃어버리지 않은, 즉 분별력 있는 성찰적 주체이다.

그러나 욕망의 도시를 희롱해보고자 했던 영훈은 결과적으로 다희와 마찬가지로 좌절하고 만다. 영실 여사의 마음을 얻어 한순간 유명한 가수로 부와 명성을 거머쥐는 듯 보이지만 별장지기의 딸을 성폭행함으로써 출세의 사다리에서 추락하기 때문이다. 그렇지만 패배는 무능의 증거가 아니라 그가 순결한 인간임을 역설한다. 그는 영실 여사를 자신을 출세시켜줄 도구, 즉 수단으로 여기지 못하고 인간적인 소통을 원한 탓에 게임에서 지기 때문이다. 애초 영훈은 황금에 눈멀어 인간적 감성이 메마른 불감증 환자인 영실 여사를 혐오하지만 차차 그녀의 내면에서 순수의 혼적을 발견하고 그녀를 연민한다. 그러자 "비애는 섹스의 적"(2편, 18쪽)이라고 여기던 '남창'의 불문율이 무너지고 그의 심연에 자리하고 있던 "늙은 스핑크스", 즉 멜랑콜리가 얼굴을 내민다. 그는 다시 "이제부터 너는, 오! 물질이여./ 어렴풋한 공포에 싸여, 안개 낀 사하라 사막/ 저 안쪽에 졸고 있는 화강암에 지나지 않는다./ 무심한 세상 사람 아랑곳없고, 지도에서 버림받고/ 그 사나운 심사, 오직 저무는 햇빛에만/ 노래 부르는 늙은 스핑크스에 지나지 않는다"(보들레르, 「76·우울」)라고 읊조리는 조로한 젊은이로 되돌아간 것이다.

"늙은 스핑크스"는 열정을 잃어버린 채 세계의 허무를 응시하는 늙은 현자, 즉 잿빛 멜랑콜리의 표상이다. 욕망을 달성하는 데 좌절한 패배자가 아니라 욕망의 허위적 본성을 꿰뚫은 사람, 즉 모든 것이 덧없다는 사실을 알기 때문에 오류를 저지르지 않는 현자인 것이다.[4] 스핑크스의 멜랑콜리는 영훈의 성적 불감증, 축적에 대한 혐오, 최소주의적 삶을 연상시킨다. 그러므로 영훈의 좌절은 그가 대도시의 욕망으로부터 초연한 근대의 반항자임을 뜻한다. 가수로 데뷔한 후 영훈은 명성을 얻지만 음악을 상품화하는 엔터테인먼트 산업과 주인과 노예를 벗어나지 못하는 영실 여사와의 비인간적인 관계를 환멸하게 된다. 그는 마치 자신의 파멸을 재촉하려는 듯 영실 여사의 감시에도 불구하고 경제적 어려움에 처한 다희를 돕는다. 그리고 결정적으로 여고

---

4) 김홍중, 「멜랑콜리와 모더니티—문화적 모더니티와 세계감(世界感) 분석」, 『한국사회학』 제40집 3호, 2006, 12~13쪽.

생 인혜를 성폭행함으로서 여사로부터 완전하게 버려져 가수 생활도 그만두게 된다. "하얀 도화지의 여백에, 무조건, 아무것이 됐든, 흉한 낙서를 하고 싶어지는, 그런 파괴 본능"(2편, 236쪽)에 대한 고백은 강간이 자신이 이룩한 부와 명성에 깊은 수치심과 죄책감을 느끼는 민감한 자의식과 순결한 소녀–여성을 통해 구원받고자 하는 왜곡된 욕망에서 비롯된 것임을 암시한다. 파리한 얼굴의 병약한 소녀인 인혜는 영훈의 허위와 기만 그리고 타락으로 가득한 삶을 적나라하게 비추는 거울, 즉 수치의 증인인 것이다. 파국의 완성인 양 그는 영실 여사에게서 온정과 용서를 기대하는 대신에 욕망의 사다리에서 내려와 자멸을 선택한다.

꿈에 그는 카나리아 군도를 보았다.

풀과 나무들이 꿈같이 우거진 그곳엔 저 포악한 군주 같았던 개발독재의 70년대 한복판, 사악한 소비구호, 소비가 미덕이던, 황량한 비인간화의 중심인 서울에서 굶어 죽은 카나리아 한 쌍도 다시 부활, 그곳에서 살고 있었다. 어찌 한 쌍뿐이랴. 얼마나 많은 카나리아들이 그 질주의 관성에 찢겨 죽어갔던가. (……) 죽은 카나리아의 영혼들은 어디로 갈까. 그래그래. 멀고먼 빛의 나라, 아프리카 꿈 같은 신천지 카나리아 제도, 카나리아는 그곳에서 부활, 햇빛과 물과 바람만으로도 얼마든지 행복해질 수 있을 것이다. (……) 카나리아 섬 한복판에서 갑자기 그는 심한 성욕을 느꼈다. 억압이 사라졌다고 그는 생각했다. 그가 있는 곳은 이 땅이 아니라 억압이 없는 질주의 관성이 없는 사육사도 채찍도 없는 신천지였다. 신천지에서 막힘 없이 힘차게 불의 기둥처럼 소리치며 일어서는 것을 그는 보았다.

—2편, 305쪽.

작가는 물질적 축적이 세속적 행복의 미덕이 된 욕망의 도시에서 순수를 추구했기 때문에 살아남을 수 없었던 남자의 죽음을 이야기한다. 영훈은 스스로 음식 먹기를 거부함으로써 언젠가 그가 목격한 새장 속에서 굶어 죽은 카나리아가 된다. 근대화의 반생명성, 비인간성을 상징하는 '카나리아'는 그가 타락한 세계에 의해 짓밟힌 순결한 희생자임을 암시한다. '카나리아'는 근대가 가져다준 물질적 이기를 탐하느라 잃어버린 자유와 인간성을 직시하게 만든다. 가부좌를 튼 채 아사(餓死)한 주검은 다희에 의해 발견되어 그녀를 부끄럽게 만드는데, 이는 자살이 가속도 붙은 개발에 제동을 걸기 위한 희생 제의임을 암시한다. 그러므로 죽음은 단지 패배의 증거가 아니라 진정한 자유를 되찾기 위한 역설적 행위, 즉 저항적 주체가 되기 위한 의지적 선택으로 해석되어야 한다. 영훈은 살아가기 위한 기본적인 욕구의 시중을 드는 것조차 거부함으로써 완전한 자유를 향유하고자 한다. 그것은 존재의 영도zero, 즉 죽음을 통해서만 도달할 수 있다. 자신의 진정성을 속이고 타자를 착취하지 않는 사회적 존재 양식을 발견할 수 없기 때문에 죽음만이 개인의 순결을 증명하는 유일한 방식인 것이다. 그의 죽음은 비장한 결의 혹은 저항으로서 숭고한 슬픔을 자아내며 불온한 청년의 탄생을 알린다.

흥미롭게도 총동원 체제하에서 비판적 주체 위치를 허락받지 못한 청년들의 억눌린 현실과 저항 충동은 남성성이라는 기표를 중심으로 재현된다. 뒤에서 다시 논의하겠지만 남성성은 대항적 주체성과 동일한 의미로 사용된다. 영훈은 애초 남성성을 상실한 불감증 환자로 그려지지만 마치 『고리오 영감』(발자크)에서 야망을 가진 청년 라스티냑처럼 허영의 시장에 들어설 때 남성성을 회복한다. 그리고 그 자신처럼 불감증인 영실 여사에게 감각을 되찾아주지만 그녀의 마음을 점령하지는 못해 주종 관계를 면하자 영훈은 다시 남성성을 잃어버린다. 그리고 자기혐오에 빠져 인혜를 강간하고, 욕망의 미로를 빠져나올 방법을 찾지 못해 급진적 저항의 방식으로 아사를 결심할 때 그는 다시 '남성'이 된다. 반면에 여성은 저항의 주체가 될 수 없다. 서술자는 다희, 즉 여성은 욕망으로부터 초연한 '당디'가 될 수 없는 일차원적인 존재로 규정한다. 다희의 남자들인 영훈과 현우는 "그러므로 혐오감을 일으키지 않을 수 없다. 여잔 배고프면 먹으려 하고 목마르면 마시려 한다. 여자는 암내가 나면 붙으려 한다. 희한한 장점이다"(1편, 51쪽)라는 『파리의 우울』의 한 대목을 곧잘 읊조리는데, 이는 여성은 성찰적 주체가 될 수 없음을 암시한다. 이렇듯 이 소설은 남성성의 상실과 회복이라는 성차화된 내러티브를 통해 가부장적 아버지들의 시대를 사는 아들-청년 세대의 남성성을 향한 혐오와 열망을 모두 보여준다. 사회적으로 주체성을 허락받지 못한 청년들은 여성-소녀들을 통해 남성성을 획득하려 하기 때문에 여성에게 과도하게 매달리는 경향이 있다. 그들은 남성성이라는 고뇌에 찬 기표를 갖지 않은 여성들을 질투하기도 하고 혐오하기도 하는 복잡하고 분열적인 감정 생활을 보여준다.

성찰적 자아와 회귀의 서사*

—『흰 소가 끄는 수레』의 한 읽기

남진우(시인·문학평론가)

1. 아버지의 죽음과 문학의 내면화

1990년대 문학의 특성 가운데 하나로 아버지–교사–지사로 대표되던 사회적 초자아social superego의 현저한 약화를 들 수 있다. 식민지 시대와 동족상잔의 참화와 개발독재의 암흑기를 통과해오면서 우리 문학은 의식적이든 무의식적이든 단호하고도 금욕적인 부성의 압도적인 지배를 받아왔다. 대다수 작가들은 아버지의 법 아래에서 아버지의 목소리를 흉내내며 아버지의 행방을 찾는 문학적 도정에 오르곤

---

* 『숲으로 된 성벽』, 문학동네, 1999, 344~364쪽.

했다. 부재하지만 현존하는 아버지의 목소리는 지상명령과도 같았다. 그 아버지는 때로 이념의 광휘에 둘러싸인 모습으로 현상하기도 했고 때로 복고적 가족주의의 의상을 걸치고 나타나기도 했다. 물론 간간이 부친 살해의 욕망이 금기의 장벽을 뚫고 표출되기도 했지만 그 욕망 또한 깊이 파고들어가보면 아버지에 대한 강렬한 동경과 애착의 역설적 표현이라는 점에서 아버지의 시절은 좀처럼 마감될 기미를 보이지 않았다. 문제는 아버지의 실재성이나 아버지와 자신 사이의 물리적 거리가 아니라 아버지로 상징되는 빛의 찬란함이었다. 그 빛이 저기 빛나고 있는 한 아버지에 대한 추구가 초래할 수도 있는 현실의 왜곡이나 균형의 상실은 대개 무시되기 마련이었다.

그러나 현실 사회주의권의 몰락과 함께 찾아온 1990년대는 우리에게서 돌연 그 빛을 앗아가버렸다. 아버지는 이제 희망이 아니라 억압의 대명사가 되었고 모방의 전범이 아니라 폐기 내지 처형의 대상이 되었다. 신의 일식에 이어 아버지의 일식이 시작된 것이다. 아버지의 빛이 사라진 대신 후기 산업사회의 현란한 인공 불빛이 우리의 시야를 어지럽히며 우리의 의식을 장악해가기 시작했다. 도처에서 아버지를 죽인 아이들의 환호성이 울려퍼지고 아버지의 시신을 분배하는 축제가 벌어졌다. 이를 혹자는 새로운 시대의 개막을 알리는 징후라고 기대감을 표시했고 혹자는 새로운 야만의 도래라고 개탄했다. 아버지라는 초자아가 사라졌다는 것은 모든 금지와 위계가 약화·소멸·철폐되었다는 것을 의미한다. 아버지의 법 바깥으로 미끄러져나간 아이들은 저마다 탈주와 위반의 몸짓을 선보이며 새로운 문학적 지형도를 그려나갔다. 그 결과 1990년대 문학은 지난 연대의 문학과는 여러모로 다른 개성이 출현할 수 있었고 또 거기에 많은 시선이 모이도록 하는 효과를 산출했다. 특정 이데올로기에 포박된 문학적 경향의 쇠퇴와 신세대 문학을 둘러싼 다양한 풍문들은 1990년대 문학의 이러한 측면을 명확히 예시해준다고 하겠다.

1990년대의 또다른 특징인 문학의 연성화(軟性化)와 내면화는 바로 이러한 조건에서 출발한다. 흔히 이야기되는 대로 정치·사회·역사 같은 거시적 주제에 대한 상대적 무관심에 병행해서 일상의 미시적 진실에 대한 천착과 욕망·육체·대중문화·테크놀로지 같은 테마에 대한 형상화가 수면 위로 부상함에 따라 전 시대의 남성적·이념 지향적 문학은 근본적 도전에 직면하게 되었다. 집단적 이념과 관련된 큰 주제보다는 탈이념의 작은 주제가, 흥미로운 사건 중심의 서술보다는 등장인물의 심리에 대한 섬세한 접근이, 강렬한 이야기성보다는 아름답고 정교한 문체가 더 선호되고 더 많은 주목을 끌게 된 것이다.

이러한 문학의 연성화는 자연히 내면화라는 특성과 맺어지게 된다. 여러 평자들이 지적한 대로 1990년대 문학의 다양한 지류 가운데 가장 유니크하면서도 높은 평판을 받은 게 바로 신경숙과 윤대녕으로 압축되는 내성(內省/內性) 문학의 계열이다. 이들은 개인의 고유한 실존에 대한 민감한 인식과 정신적 상처를 감각적이면서도 우수 어린 문장에 담아내 우리 소설을 새로운 단계에 진입시키는 데 결정적인 역할을 했다. 그러나 이러한 흐름에 대한 비판이나 반발이 전혀 없었던 것은 아니다. 최근 1990년대 소설의 내면성을 둘러싸고 제기된 몇몇 비판적 시각은 내성 문학의 시대적 필연성과 미학적 가능성에 대해 원점에서 다시금 사고하게 만드는 계기가 되어주고 있다.[1]

1) 예컨대 이성욱은 「내면, 타자의 복원과 타자의 배제」(『세계의 문학』 1997년 가을호)라는 글에서 1990년대의 문학적 주류로 정착한 내성 소설을 비판적으로 고찰하고 있다. 그는 내성 소설이 탐구하고자 한 '새로운 자아'라는 것이 "단지 독아(獨我) 수준에 머물지 않고 역사 대 개인이라는, 구태의연한 이항대립적 담론을 해체하는 임무를 수행하면서 양 영역의 새로운 접합 가능성을 꿈꾸고자"한 것이었다면 실제 작품에선 그러한 접합이 제대로 이루어지지 못했다고 평가하고 있다. "객관적 현실은 황망히 퇴각해버리고 개체적 개인만이 덩그러니 서 있는 정경"이라는 것이다. 이러한 지적은 어느 정도 1990년대 소설의 한 측면을 평이하게 진단한 내용으로 동의할 만하다. 그러나 이어지는 글에서 그가 자아·내성·내면화 등에 대해 설명하면서 데카르트의 코기토에서부터 헤겔의 주인/노예의 변증법, 바흐친의 대화주의 등을 거론한 것은 전혀 정곡을 찌르지 못한, 현학의 나열로 보인다. 단적으로 이야기해서 신경숙이나 윤대녕 등이 탐구하는 내면은 데카르트에서 헤겔을 거쳐 현상학으로 이어지는 주체나 자아 개념으로는 포획되지 않는 영역이기 때문이다. 오히려 그들은 데카르트를 시발점으로 하는 현대적 주체-합리적 이성이 침묵시켜온 자아의 또다른 부분, 그 유현하고도 심원한 세계를 탐색하고 있다. 신경숙이나 윤대녕 소설에 나오는 신비적 합일의 경험이나 유령 허깨비에 관한 이야기는 데카르트의 이성적 주체나 헤겔의 주인/노예 변증법의 '바깥'에 위치해 있는 것이다. 여기

명백한 것은 우리가 문화사적으로 '자아의 소환'이라고 부를 수 있는 새로운 현상을 눈앞에 두고 있다는 사실이다. 당연하게 거기 그냥 있는 것으로 치부돼왔던 자아가 문제시되고 다양한 각도에서 탐구되는 것은 그만큼 우리 시대에 주체-자아-내면이라는 것이 위기에 처해 있다는 점을 반증해주는 것일 것이다. 안정되고 명료한 자기동일성이라는 것 자체가 환상이 되어버린 시대에 작가들은 다채로운 길을 통해 주체-자아-내면을 가로지르고 그 존재 방식과 의미를 탐문하고 있다. 이때 그 내면이라는 것이 또다른 '허상'이나 '도피처'가 되지 않기 위해서는 성찰의 진정성과 진지성이 담보되어야 할 것이다. 박범신의 연작소설집 『흰 소가 끄는 수레』가 우리에게 특히 유의미하게 다가오는 것은 바로 그 때문이다. 그의 소설은 심층적 자아를 깊이 있게 파고들어가는 투시력을 보여주고 있다. 아울러 그는 아버지의 죽음이 일상화되어버린 시대에 아버지로 남아 세상을 살아나가는 일의 힘겨움을 감동적으로 형상화해 드러내고 있다. 그의 성찰적 시선은 아버지의 죽음 이후 허용된 자유

서 우리는 이성욱이 자아의 단일성에 지나치게 매달려 있다는 점을 지적할 수 있겠다. 신경숙이나 윤대녕 소설의 미적 특수성을 제대로 해명하기 위해선 자아의 복수성을 긍정하고 현대 이후 배제·소외되어온 자아의 또다른 일면에 대한 깊은 천착이 요구된다. (심상대나 김영하의 최근 소설에서 볼 수 있는 '탐미적 자아'의 등장에 대해서도 같은 말을 할 수 있다. 그동안 우리 문학은 자아의 다양하고도 풍부한 측면에 대한 탐구를 '과도한 개인성의 탐닉'이란 미명 아래 지나치게 억압해온 면이 없지 않다.) 현대적 주체-합리적 이성의 '타자'인 자아의 또다른 일면 앞에서 '독백'만 한 것은 정작 평자 자신인 것 같다.

의 공간을 유영하는 대신 한 사람의 가장으로서 대지에 발딛고 서서 생을 계속해나가는 과업의 둔중하고 엄숙한 의미를 헤아리고 있다. 그에 따라 이 소설집엔, 김치수의 지적에 따르면 "과장 없는 진솔함이 잔잔하게 깔려 있"으며 "야성적인 그의 세계가 세련성을 획득하고 있음을 확인할 수 있다."[2] 이제 박범신 소설의 새로운 경지를 구체적으로 살펴볼 차례가 되었다.

2. 회귀와 순환의 여정

잘 알려진 대로 박범신은 1970년대에 등단한 작가 가운데 누구보다도 왕성한 작품 활동을 꾸준히 전개해왔으며 또 광범위한 독자층의 사랑을 받았던 작가이다. 『흰 소가 끄는 수레』는 그런 그가 돌연 절필 선언―작가 자신의 표현을 빌리면 '임종사'―을 발표하고 독자들의 시야에서 사라진 지 3년여의 세월이 지난 후 발표한 일련의 노작들을 묶은 창작집이라는 점만으로도 우리의 주목을 끌기에 족하다. 인기 작가로 한 시대를 풍미한 작가가 절필 선언이란 극단적 방법으로 문학적 사망신고를 발표하고 세인들의 시선에서 몸을 감추기까지엔 남다른 고민과 불면의 밤이 있었을 터이

---

2) 김치수, 「부랑의 세계 혹은 깨달음의 길」, 『흰 소가 끄는 수레』 해설, 창작과비평사, 1997.

다. 그러나 그는 당연하게도 문학 그 자체를 포기한 것은 아니었다. 그는 작가라는 "언제나 무릎 끓어 받고 싶었던 성찬" 앞으로 언젠가는 돌아올 수밖에 없는 숙명을 타고난 사람이었다. 따라서 작가 자신이 서문에서 밝히고 있는 바대로 이 작품집은 "글쓰기를 중단하고 있는 동안 내가 아프게 만났던 자기 성찰의 보고서"인 셈이다. 그 성찰은 자신이 지금까지 열정을 다 바쳐가며 해온 글쓰기가 거의 한계 지점에 도달했다는 자각과 자신이 지금까지 쓴 글들이 어쩌면 전혀 무가치한 허위의 집적에 불과할 수도 있다는 쓰디쓴 회의에 바탕을 두고 있다. 그 자각과 회의는 이 연작소설집의 맨 마지막에 수록된, 그러나 시간적으로는 가장 먼저 씌어진 작품인 「그해 내린 눈 지금 어디에」에 잘 드러나 있다.

이 소설집에 실린 작품 가운데 가장 통렬한 자기반성을 담고 있는 이 소설의 중심인물은 마흔아홉 살에 이른 작가로서 현재 자신의 글쓰기와 베스트셀러 작가로서 지내온 지난 시절에 대해 극심한 자의식과 회한에 사로잡혀 있다. "남다른 문학에의 열정과 소외된 시절에 대한 보상 심리로 무장"한 그는 삼십대를 거치면서 다수의 문제작과 베스트셀러를 잇따라 발표해 사람들로부터 한때 '타고난 이야기꾼' '감성의 황제'라는 칭호를 들으며 세속적 성공을 구가해왔지만 오십을 앞둔 지금 스스로를 가리켜 "늙은 복서"라고

자조적으로 말할 정도로 정신적 위축과 무력감에 빠져 있다. 대중의 환호와 갈채도 이젠 더이상 도움이 되지 않는다. 대중의 인정과 찬사를 고취시키기 위한 노력은 종국적으로 무한대의 자기 착취로 귀결될 뿐이다. "당신 그러다가 죽겠어. 제발 당장에, 지금 당장에, 때려치워, 그 소설"이라는 아내의 부르짖음은 그러한 저간의 사정을 잘 요약해주고 있다. 피폐한 정신과 쇠약해진 육신으로 바라본 세계는 텅 빈 들판처럼 황량하다. 그리하여 그는 새삼 "문학이란 무엇이고 무엇이어야 하는가"라는 고전적이면서도 그로서는 절실하기 이를 데 없는 질문에 맞닥뜨리게 된다.

이런 그에게 몇 년 전 무턱대고 그의 집을 찾아온 정체불명의 한 여인에 대한 기억이 떠오른다. 1980년대 초반 군사정권이 폭압적인 방식으로 세상의 질서를 재편하고 있을 즈음, 그는 한 일간지에 "허망하기 이를 데 없는 비극적 구조 속에서 세 남녀 주인공의 사랑이 어떻게 침몰되는지"에 관한 내용의 소설을 연재하고 있었다. 그해 겨울 어느 날 술집에서 집으로 전화를 걸어본즉 낯선 여인이 찾아와 그를 기다리고 있다는 것을 알게 된다. 전화로 몇 마디 주고받은 끝에 그녀가 자신과 전혀 무관한 사이이며 정신까지 약간 이상한 상태라는 사실을 깨닫고 그는 호통을 쳐서 그녀를 집 바깥으로 내쫓는다. 그러나 그후로도 그녀를 기억에서 완전히 추방하지 못한 그는 실성해서 떠돌아다니는 그 여인의 이미지가 어느새 자신의 내면에 "집구렁이처럼 똬리를 틀고" 있음을 느끼게 된다. 작품은 오랜 시일이 흐른 후 당시 집을 나간 그녀가 얼어 죽었을 것으로 판단한 주인공이 그녀의 신원을 파악하기 위해 노력하는 모습을 보여주고 어쩌면 그녀가 광주 민주화운동의 희생자 가운데 한 사람이었을 수도 있다는 점을 제시하며 끝을 맺고 있다. 시대와 무연하게 글을 써온 직업 작가라는 점에 자부심과 곤혹감을 함께 느껴온 그는 이 경험을 통해 자신의 소설이 "당시의 폭력적 시대 상황과 이야기를 은유적으로 비끄러매"고자 했지만 "그건 겉구조에 불과했다"는 참담한 반성을 하게 된다. 그러면서 그는 "나 정영호는 그 여자를 죽음의 어둠으로 내쫓은 장본인이다. 인중에 점이 있느냐 없느냐는 상관없다. 인중에 점이 있는 여자도 내쫓았고, 인중에 점이 없는 여자도 내쫓았던 나는 죄인이다. 내 죄가 지금도 이렇게 무겁다"는 비장한 심경을 토로하기에 이른다. 원하든 원치 않았든 자신 역시 시대의 가해자 편에 서 있던 사람 중에 한 명이었음을 그는 뒤늦게나마 뼈저리게 인식하게 된 것이다. 이처럼 그가 글을 쓰지 못한 것은 '대중주의'라는 자신이 그동안 고수해왔던 신념이 산산이 붕괴된 대신 그걸 대신할 만한 새로운 신념 체계는 아직 형성되지 못한 것에 기인한 탓이 크다고 할 수 있다. 그러나 그것이 곧 작가로서의 삶에 종지부를 찍는 이유가 될 수는 없다. 소설 말미에 언급돼 있듯이 새롭게 맞이하는 오십대엔 또다른 자아로 다시 태어나 새로운 글쓰기를 시도해야 함을 그는 절감하고 있기 때문이다.

이렇게 본다면 「그해 내린 눈 지금 어디에」는 가파른 상승 끝에 정점에 이르렀다가 한순간에 허방으로 떨어져내린 주인공이 존재의 갱신을 앞두고 쓴 전략의 기록이며, 그에 이어지는 '흰 소가 끄는 수레' 연작은 절필이란 작가로서는 존재의 최저 지점이라 할 수 있는 바닥에서 몸을 일으킨 그가 다시 새로운 상승의 길을 모색해나가는 과정에 대해 쓴 통과제의의 기록이라 할 수 있다. 그러나 우리는 여기서 '흰 소가 끄는 수레' 연작에 대한 분석으로 직진하는 대신 「그해 내린 눈 지금 어디에」에 나오는 다음 구절을 다시 한번 되새겨 읽어볼 필요가 있다. 왜냐하면 작가인 주인공과 무작정 그의 집을 찾아온 낯선 여인과의 통화 장면을 그리고 있는 이 대목은 이 소설집 전체의 주제를 조그맣게 응축해서 담고 있는 '그림 속의 그림' 같은 역할을 맡고 있기 때문이다.

당장 내 집에서 나가시오!

벽시계의 아래쪽에서 작은 쪽문이 열리며 뻐꾸기가 뛰쳐나온 게 바로 그때였다. 뻐꾹, 하고 어린 뻐꾸기는 울었다. 회색 배면(背面)에 갈색 부리가 뚜렷했다. 가택침입이야, 당신. (……)

뻐꾹.

당장.

뻐꾹. 지금 당장.

뻐꾹. 내 집에서 뻐꾹, 나가시오.

이 작품 속에서 여러 번 되풀이되어 동일 선율의 반복 같은 음악적 효과를 거두고 있는 벽시계의 뻐꾸기 울음소리와 주인공의 외침은 이 소설의 씨줄과 날줄을 이루고 있는 시간적/공간적 테마를 함축적으로 보여주고 있다.

먼저 시간에 관한 테마. 작중인물의 말을 끊고 대화 사이에 침입해 들어오는 뻐꾸기 울음소리는 주인공의 시간에 대한 강박관념을 여실히 보여준다. 그는 시간의 파괴적 리듬에 불안을 느끼고 그로부터 벗어나고자 한다. 그는 늙어가는 것에 대해, 육체의 기능이 쇠퇴하는 것에 대해, 원기 왕성하던 상상력이 메말라가는 것에 대해, 그리하여 서서히 죽음 앞으로 떠밀려갈 수밖에 없는 것에 대해 절망적인 무력감을 느끼고 있다. 즉 이 작품집에 수록된 소설들은 젊음을 앗아가는 가차없는 시간의 흐름을 거슬러오르려는 불가능에 가까운 몸부림을 추적하고 있다. 그는 시간이라는 거인과 싸우고 있는 야곱이다. 일방향으로 질주하는 시간의 직선운동과 싸우고자 한다면 어떻게 해야 하는가. 거기에 대한 가능한 답변 중의 하나는 그 직선을 구부려 과거로 흐르게 한다는 것이다. 잃어버린 시간을 찾아서 떠나는 작업이 바로 그것이다. 과연 '흰 소가 끄는 수레' 연작은 오십대에 들어선 작가가 자신의 젊은 날로, 유년 시절로, 육체적 탄생의 순간으로, 그리하여 심지어는 먼 옛날 조상들이 살았다는 민족의 시원으로 거슬러오르는 시간여행을 보여주고 있다. 그 시간여행은 망각에서 기억으로 가는 여정이기도 하다. 주인공은 과거의 자신과 해후하고 잊고 지냈던 사건을 하나씩 반추해나가다가 현실적으로 도저히 기억해낼 수 없는 일까지 의식의 표면으로 떠올리기에 이른다. 「흰 소가 끄는 수레」에서 유년 시절 길렀던 황구의 죽음에 얽힌 삽화나 「골방」에서 자신이 어머니의 자궁을 빠져나오던 출생의 순간을 추체험하는 것은 그 극명한 예라고 할 수 있다.

다음은 공간에 관한 테마. 벽시계라는 둥지(집)에서 뛰쳐나와 뻐꾹 소리를 내는 뻐꾸기와 당장 내 집에서 나가라는 주인공의 외침은 상호 조응하면서 이 소설이 집이라는 공간을 둘러싸고 벌어지는 이야기임을 시사하고 있다. 그런데 여기엔 하나의 미묘한 아이러니가 잠복해 있다. 정작 집을 나가야(=떠나야) 하는 것은 그 여자이기 전에 그 자신이기 때문이다. 주인공은 이 소설집 곳곳에서 문학에 대한 열정 하나만으로 경제적 궁핍과 가족적 불행 및 자살에의 유혹을 견뎌내며 문학에의 꿈을 실현해온 지난날을 '부랑'이라는 단어로 요약하고 있다. 평생 그를 추동하던 것은 "떠나고 싶었던 열망과 신열"이며 "걷고, 달리고, 관성의 바람 속을 솟구쳐 날"고자 하는 욕망이다. 그런 그도 소설의 대중적 성공으로 인해 쉰 살의 초입인 지금에 이르러선 세 아이의 아버지이자 한 여자의 남편으로서 "우뚝한 이층집, 따뜻한 아랫목, 푹신한 침대" 같은 표현이 말해주는 정주의 행복을 누리고 있다. 그러나 이런 일상의 안락이 자기기만 내지 자기 마취 위에 쌓아올린 모래성이라는 사실을 확인하는 순간 그는 다시 "부랑의, 저 잔인한 살의"에 사로잡혀 "조포한 질주"를 하게 된다. 그렇다면 뻐꾸기 울음소리는 전화 저편의 여자에게 보내는 통고이기 전에 전화 이편의 남자에게 전하는, 길을 떠나라는 촉구인 셈이다. 과연 그는 일상적 평안을 박차고 나와 젊은 시절의 방황의 자취가 남아 있는 해인사로, 무주로 떠나는가 하면(「흰 소가 끄는 수레」), 용인 변방에 위치한 굴암산 자락의 외딴집에 칩거해 있기도 하고(「제비나비의 꿈」), 막내아들과 자동차로 밤길을 달려 고향

113

마을을 찾기도 하고(「골방」), 멀리 우리 민족의 시원인 바이칼 호수로 날아가 고국의 딸에게 편지를 쓰기도 한다(「바이칼 그 높고 깊은」). 그의 여정은 기존의 집을 떠나 새로운 집을 찾아가는 도정이며, 이는 항상 미답의 세계를 향해 나아가야 하는 모든 진정한 작가에게 짐 지워진 운명이기도 하다.

이렇게 본다면 이 소설집은 시간적으로는 과거를 향해 떠나며, 공간적으로는 현재 실제 살고 있는 집으로부터 점차 멀어져 보다 근원적인 집으로 가까이 가는 회귀의 서사로 이루어졌다고 할 수 있다. 그 떠남은 앞만 보고 달리는 젊은 날의 직선적인 부랑과는 달리 제자리로 다시 돌아올 수밖에 없는 순환의 궤적을 그리고 있다. 그 회귀와 순환의 여정은 곧 내면의 동반자, 내 속의 여성female in me, 자신의 아니마를 찾아나서는 과정이기도 하다. 「그해 내린 눈 지금 어디에」에서 주인공이 소리를 질러 내쫓았던 여인, 얼굴도 모르고 이름도 모르는, 그러면서도 그의 내부에 똬리를 틀고 있는 그 여성이야말로 그가 작가로서 새롭게 태어나기 위해선 기필코 다시 살려내야 할 영혼의 다른 반쪽, 글쓰기의 수호천사이기 때문이다.

가끔 그 여자가 떠올랐다.

내가 '행복한 작가'로 지내던 몇 년 동안, 모든 죽은 자들이 내 환영의 들길을 떠났음에도 불구하고, 유독 그 여자만 남아 있었다. 그 여자는 원고를 밤새 쓰고 난 어느 새벽, 잡다한 술자리를 파하고 돌아오는 어느 한밤, 좋아하는 설렁탕 국물을 후룩후룩 마시고 난 어느 한낮, 문득문득 떠올라 거꾸로 놓인 압핀처럼 발에 밟혔다. 그 여자는 늘 어둠 속의 눈길을 가고 있었다.

'행복한 작가'와 '불행한 작가'는 사실 종이 한 장의 차이에 지나지 않는다. 자기동일성에 금이 가는 순간 작가는 행복한 무지의 상태에서 고통스러운 지의 상태로 이행한다. 새롭게 자기동일성을 정립하기 위해 집을 나선 그 앞에 저 멀리 가물거리며 가고 있는 여자의 뒷모습이 보인다. 그녀는 누구인가. 위 인용이 나오는 대목보다 몇 페이지 앞엔 "그무렵, 지금 누군가 등을 보이고 그 들 가운데의 수로를 따라 걸어가는 환영이 보이곤 했다. 돌아가신 어머니가 갈 때도 있었고, 젊어 자살한 누이가 갈 때도 있었다"는 구절이 나온다. 슬쩍 지나치듯 언급한 이 구절이 그러나 의미심장하게 보이는 것은 왜일까. 이제 우리는 이 작품집의 지층 저 밑에 도사리고 있는 오이디푸스적 갈등 구조에 대해 알아볼 단계에 도달했다.

3. 오이디푸스, 끝없는 부랑의 길

『흰 소가 끄는 수레』를 흥미롭게 읽는 방법 중의 하나는 이 소설집을 늙은 오이디푸스의 드라마로 치환시켜 읽는 것이다. 소설가 오이디푸스는 인생의 절정기를 지나 황혼을 맞이하고 있다. 그는 자식들도 자기 마음대로 되지 않는 현실에 직면해 있으며 육체적 노쇠가 수반할 수밖에 없는 작가적 능력의 저하에 대한 공포에 사로잡혀 있다. 우리는 이미 앞에서 뻐꾸기 울음소리에 대한 분석을 통해 이 작품을 관류하고 있는 시간에 대한 강박관념을 추출해낸 바 있다. "시간은 저의 존재 증명을 위해 모든 사물에다 사멸의 옷을 입힌다." 시간의 "잔인한 침식"은 가차없이 육체를 부식해 들어오고 상상력의 불을 꺼뜨린다. 남는 것은 주인공이 문학청년 시절 썼다는 소설 제목 그대로 "이 음산한 빛의 잔해"뿐이다.

전엔 그랬었다. 푸르렀던 연대에는. 연필을 들고 원고지와 마주해 앉으면, 천지창조의 마지막 날 아침처럼, 휘황한 광휘의 허공으로 형형색색 수천의 나비떼가 날아올랐다. 상상력은 억겁의 어둠을 뚫는 섬광이 되어, 모든 감각의 촉수들을 열고, 그 촉수들의 황홀한 운행으로 하나씩 열씩 백씩……

지표면을 차고 나는 어휘의 나비떼들. 고통이 있다면 동시다발적으로 떠오르는 그 수많은 나비 중에서 어떤 나비를, 어떤 포충망에 담아 원고지 네모난 우물에 가두느냐 하는 것이었다. 불편해도 여보, 돋보기를 써요. 돋보기를 아무리 써도 나비떼는 차츰 보이지 않고, 바리케이드가 통행금지, 통행금지, 둘씩 셋씩 짝지어 늘어가고, 초조하고 화가 나서 쓰고 또 써보지만, 원고지에 칸칸이 채워지는 부화되지 못한 나방의 시신들. 베갯머리에 빠진 죽은 머리칼들.

문학적 창조력의 고갈에 직면한 작가의 고뇌를 토로한 위 대목에서 두드러진 것은 글쓰기의 좌절이 심리적 성불능 psychic impotence 상태와 겹쳐 있다는 점이다. 젊은 시절 어둠을 뚫는 섬광이 되어 날아오르는 나비떼가 황홀한 성적 오르가슴을 떠올리게 한다면 중년에 도달한 지금 부화되지 못한 나방의 시신은 성적 불능과 생식력의 상실을 암시하고 있다. 그것은 나방의 시신에 이어지는 죽은 머리카락과 원형탈모증에 대한 언급으로 한층 강화된다. 문학적 창조의 원천인 머리에서 빠져나간 '죽은 머리카락'은 다음 문단에서 의지와 상관없이 생식기에서 빠져나가는 정액으로 그 내포를 명확히 드러내고 있다.

사십대 중반이었던가, 정액이 쑤욱 요도를 빠져나가던 첫경험의 불쾌감. 그것은 목표물을 향해 직진으로 날아가는 가미카제로서의 사정(射精)이 아니었다. 정액은 쑤욱, 특별한 긴장감 없이 쑤욱, 배출되었다. 비뇨기과에 가봐요, 여보. 전립선이 안 좋으면 그런답디다. 의사는 전립선에 아무 이상이 없다고 말했다. 정액은 그후부터 자주, 아버지의 이처럼, 쑤욱 빠졌다.

쑤욱 빠지는 머리칼은 쑤욱 빠지는 정액이며 부화되지 못한 나방의 시신이다. 육체적 노쇠의 징후들은 글쓰기의 무력감과 한 동전의 양면을 이루고 있다. 주인공이 원하는 것은 목표물을 향해 직진으로 날아가는 사정, 그 화려한 폭발이다. 그것은 "가미카제가 만나는 통렬한 죽음에의 오르가슴"에 대한 희원이며 "가미카제식 통렬한 산화(散華)"에 대한 갈망이다. 주체와 객체의 경계선이 무화되는 그 황홀의 순간, 글쓰는 주체와 그가 쓴 글 역시 한몸이 된다. 이처럼 젊은 날 밤마다 휘황한 빛깔로 작중인물의 상상력과 직관의 청천을 날던 나비떼는 곧 사정의 순간의 통렬한 산화(散華/散花)와 동일한 것이다. 작가의 무의식 속에서 펜pen과 페니스penis의 은유적 일치가 작동하고 있음을 알 수 있다. 그에게 글쓰기는 단순한 욕망을 넘어 거의 욕정의 대상이며 글쓰는 작업은 성행위에 다름아니다. 화려한 투신과 산화, 그리고 오르가슴 — 이것이 그가 꿈꾸는 '직진 강하' '쾌속 항진'의 글쓰기이다. 하지만 냉철하게 객관적으로 생각해보면 글쓰기란 어휘들이 "원고지 공간마다 불꽃으로 터지는" 폭발적이고 환상적인 절정의 체험이라기보다는 긴 노력과 헌신이 요구되는 수고로운 노동에 더 가깝다는 사실을 알 수 있다. 글쓰기에 있어서도 이상과 현실은 쉽사리 합치되지 않는 것이다. 과연 시간의 흐름과 함께 그러한 산화의 황홀경은 종말을 고하고 모든 존재는 사멸의 어둠 속으로 잠기는 운명에 처해진다. "쑤욱, 소리도 없이, 걸림쇠도 없이 쑤욱쑤욱, 뭔가 빠져나가지만 아랫배엔 죽은 살들이 차오르"는 것을 지켜봐야 할 때의 암담함. 따라서 이 작품에서 작중인물을 위협하는 글쓰기의 무력감은 단순히 문학적 창조력의 저하 및 자신이 지금까지 해온 문학적 작업에 대한 회의의 소산에 머무는 것이 아니라 생로병사로 이루어진 삶의 본질에 대한 물음과 고뇌라는 보다 근원적인 문제에 연결된다고 할 수 있다.

'흰 소가 끄는 수레' 연작의 첫머리를 장식하고 있는 작품에서 주인공은 절필 선언 후 한동안 갈피를 잡지 못하고 방황하다 자살까지 염두에 두고 차를 몰아 서울을 벗어난다. 해인사를 거쳐 문학청년 시절의 추억이 서린 무주 적상산으로 가기 위해 눈길을 달리던 도중 그는 우연히 만난 동갑내기의 낯선 사내를 태우게 된다. 자신에 대해 모든 것을 알고 있는 듯한 그 사내와 대화를 주고받으면서 주인공은 서서히 자신을 사로잡고 있던 미망과 집착의 사슬에서 헤어나오게 된다. "선생이 안쓰러웠소. 글쓰기를 중단한다고 해놓고도 정작 아무것도 버리지 못하는 선생이, 스스로 이르되 임종사를 써 던지고 왔다면서도 정작 죽지 못해 고통받는 선생이 말이오"라는 사내의 말을 통해, 그리고 아버지와 어머니와 막내누나의 덧없기도 하고 끔찍하기도 한 죽음에 대한 회상을 통해 주인공은 자신의 고뇌가 글쓰기에 대한 욕망과 좌절의 차원을 넘어 보다 근원적인 것, 다시 말해 원형적인 것에 그 뿌리를 드리우고 있음을 깨닫는다.

사내가 내게 가르쳐준 것의 하나는 내가 지금 가위눌리면서 짐 지고 있는 것들이 글쓰기, 그 유일한 사랑에의 침식과 사멸 때문이 아니라, 그보다 더 원형적인 것, 원통한 아버지가 만났던, 가출한 어머니가 만났던, 노래 부르는 누나가 만났던, 사멸이라는 말의 허깨비 관념, 혹은 존재의 무위(無爲).

그가 문학을 통해 이루려 했던 불멸의 꿈 또한 덧없기는 마찬가지라는 것, 불난 집[火宅]과 같은 이 세상, 생로병사와 온갖 욕심으로 타고 있는 이 세상에서 불멸이 있다면 "흰 소가 끄는 수레에 실려 있을" 거라는 인식에 도달하는 것이다. 그러나 그렇다고 해서 작가가 명리와 욕망을 초월하여 불교적 달관의 세계로 선뜻 건너가버릴 수는 없는 법이다. 작가인 한 그는 여전히 속세인 이 땅에 남아 글을 써야 한다. 내면의 분신이라 할 수 있는 유령 같은 사내의 도움은 그로 하여금 자살의 꿈을 포기하고 새롭게 삶의 의욕을 되찾게 했지만 이는 문제 해결의 끝이 아니라 단지 시작일 뿐이다. 삶은 계속 새로운 도전의 형태로 그에게 다가오기 때문이다.

자아의 좁은 감옥에 유폐된 단계에서 벗어나 바깥으로 눈길을 돌릴 때 제일 먼저 시선에 들어오는 것은 당연히 가족일 수밖에 없다. 「흰 소가 끄는 수레」에 이어지는 「제비나비의 꿈」 「골방」 「바이칼 그 높고 깊은」 등은 각각 두 아들과 딸과 관련해서 주인공의 마음이 변화해가는 과정을 글쓰기의 고뇌와 겹쳐서 보여주고 있다. 이들 작품은 공통적으로 주인공과 자식 간의 은밀하면서도 절실한 갈등을 섬세하게 포착하고 있다. 「제비나비의 꿈」에서 대학생인 큰아들은 수업중 한 강사가 자신의 아버지의 문학 세계를 폄하하는 발언을 하는 것을 듣고 충격을 받는다. 그는 '전능한 아버지'라는 유아적 환상이 깨진 것에 대한 아픔과 함께 평소 친하게 어울렸던 주위 친구들이 그러한 비판에 암암리에 동조하고 공모의 웃음을 짓는 것에 상처를 입는다. 「골방」에서 십대 후반에 이른 막내아들은 심한 정서적 불안정을 느끼고 밤에 몰래 집을 나갔다가 돌아오는 것을 되풀이한다. 그것은 일단 사춘기적 반항의 외양을 띠고 있지만 아버지에 대한 강한 적대감을 동반하고 있다는 점이 두드러진다. 「바이칼 그 높고 깊은」에선 대학생이 된 딸이 학생운동에 발을 들여놓음으로써 부모의 통제권에서 이탈한다. 자식들의 반항과 아버지의 포용이란 구도로 전개되는 이들 이야기에서 쟁투는 아버지와 자식 사이에서 일어나는 것 못지않게 그의 내면에서 일어난다. 그의 분열된 의식과 무의식이 바로 싸움터인 것이다.

그 싸움이 가장 선명한 양상을 하고 드러나 있는 「골방」을 보도록 하자. 굴암산의 집필실에 머물다 오랜만에 서울에 돌아온 그는 한밤중에 막둥이가 몰래 집을 빠져나와 어머니가 몰고 다니는 차에 오르는 것을 보고 동승한다. 어렸을 적부터 유난히 아버지를 완력으로 꺾어 이기는 데 관심이 많았던 막둥이는 밤마다 어디로 가느냐는 물음에 "그냥 아무데나 가요"라면서 "길이 좋은 곳에선 액셀을 끝까지 다 밟아버려요. 시속 150킬로미터를 넘으니까 차의 앞대가리가 흥분했는지 버르르르 떨리더라구요"라고 대답한다. '앞대가리'라는 상스러운 표현이나 '흥분' '버르르 떨림' 같은 말이 어떤 의미를 띠고 있는지는 막둥이가 모는 게 하필이면 '어머니의 차'라는 점을 생각해보는 것으로 충분하다. 차의 여성성, 그 차를 몰고 질주하는 남성, 절정에 달했을 때의 앞대가리의 떨림. 이처럼 아버지와 아들 간의 성적 경쟁 관계는 고향집을 앞에 두고 둘이 나란히 서서 오줌을 누는 장면에서 다시 한번 환기된다.

모든 아들은 숙명적으로 오이디푸스의 운명을 타고난다. 그러나 여기서의 오이디푸스는 단지 근친상간이나 살부 욕망의 화신으로 나타나는 데 그치는 것이 아니라, 인간이란 그 자체로 하나의 수수께끼이며 해결 불가능한 문제라는 고차원적인 의미를 표상하고 있다. 폴 리쾨르에 따르면 오이디푸스의 죄악은 리비도의 영역에 속하는 것이 아니라 자의식의 영역에 속한다. 그는 유아적 욕망 때문이 아니라 왕의 긍지 때문에 멸망한다.[3] 아버지 넘어서기가 오이디푸스의 한 면을 나타낸다면 유랑과 편력은 오이디푸스의 다른 한

---

3) 프랑스의 철학자 장 피에르 베르낭은 오이디푸스 신화를 고대 그리스 도시국가의 독특한 정치 제도였던 오스트라키즘(도편추방)과 결부시켜 해석하고 있다. 고대 그리스인들은 지나치게 위대한 인물이나 지나치게 비천하고 죄가 많은 인물은 공동체의 결속을 저해하고 그 사회에 화를 초래할 수 있다고 믿었다. 그래서 매년 최악의 인간이나 최고의 인간을 한 명 선출해 지난 1년 동안 그 도시에서 집적된 모든 악을 짊어지워 추방했다는 것이다. 오이디푸스는 최고의 인물(도시의 구원자이며 왕)이자 최악의 인물(근친상간과 근친 살해를 저지른 죄인)이라는 점에서 이 기준에 정확히 들어맞는다. 오이디푸스는 이처럼 욕망과 자아 인식, 무의식과 영혼, 죄악과 숭고한 희생의 접점에 위치한 문제적 인물이다.

면을 나타낸다. 그는 고독하게 무리로부터 떨어져나와 자신에게 주어진 운명의 죄를 대속하기 위해 길을 떠나야 하는 것이다. 「제비나비의 꿈」에서 화자=아버지가 큰아들에게 들려주는, 자신이 자라오면서 겪은, 무리 속에서의 소외감과 관련된 에피소드들은 바로 작가이기 이전에 오이디푸스의 운명을 타고난 한 남성이 거쳐가야만 하는 형극의 길을 잘 말해주고 있다. 추방과 소외, 그리고 고독이야말로 그의 일용할 양식인 것이다. 그렇게 본다면 주인공이 왜 자신의 조부를 아무 근거 없이 절름발이로 상상했는가 하는 의문도 풀리게 된다. 성씨는 같지만 파가 다른 씨족 부락에 끼여 산 조부는 선친의 묏자리 문제로 다른 마을 사람과 대립하다 결국 쫓겨나게 된다.

너의 증조부님이 결국 향리에서 쫓겨나 충청도 변방으로 이주해온 것이 그 때문이었다. 누대에 걸쳐 피붙이로, 이웃으로 살던 사람들 두고 고향 떠날 때, 왜 그런지 모르겠다만, 그걸 상상해보면, 내 머릿속의 삽화에서 할아버님은 자꾸자꾸 다리를 절지 뭐냐. 그분은 물론 절름발이가 아니었어. 그런데도 내 상상 속에서 그분은 절며 절며, 뿌리 뽑혀 흐르고 있어.

신화에서 육체적 장애나 기형은 흔히 그 인물에게 부여된 '선택받은 자'의 표지 구실을 하곤 한다. 그것은 다수를 내세우는 정상인들의 따돌림과 핍박을 불러오며 나아가 공동체의 안녕을 위한 희생양으로 내몰리는 근거가 되기도 한다. 오이디푸스는 어원상 '부은 발'이라는 의미를 지니고 있다는 사실에서 유추할 수 있듯이 절름발이였다.[4] 다리를 절며 공동체 바깥으로 내쳐짐을 당하는 이러한 오이디푸스의 운명은 주인공 집안의 경우, 할아버지대에서 그친 것이 아니라 아버지, 그 자신, 그리고 그의 아들에 이르기까지 대물림하여 이어져 내려왔다고 볼 수 있다(「그해 내린 눈 지금 어디에」의 여인도 주인공의 환상 속에서 "멀고도 험한 길을" "때때로 절룩거리며" 걷는다). 향리에서 쫓겨나 이역의 변방으로 이주해야 했던 할아버지는 물론이고, 시조창이나 그림에 남다른 소질이 있었음에도 불구하고 장돌뱅이로 떠돌다 명을 달리한 아버지나, 어릴 때부터 무리에 편입되고 싶다는 강한 열망을 지니고 있었음에도 불구하고 항상 무리에 섞이지 못하고 고난을 자초하는 씁쓸한 경험을 여러 차례 겪어야 했던 주인공 역시 "면면히 가계(家系)를 따라 내려오는"

---

4) 오이디푸스와 함께 대표적으로 절름발이면서 경배의 대상이 되었던 신화적 인물로 그리스의 디오니소스와 구약성서의 야곱을 들 수 있다. 그들의 불구는 저주받은 출생/영웅적 자질이란 상반된 의미를 보유하고 있다. 그것은 열등성과 우월성을 동시에 표상한다. 운명적으로 정상인들과 어긋날 수밖에 없는 외양의 소유자인 그들은 한곳에 정착하지 못하고 평생을 고단하게 떠돌게 된다.

무리와의 불화—외톨이 의식에 사로잡혀 있다. 그리고 이러한 외부 세계의 소원화(疏遠化)와 자폐적인 의식은 형태를 달리하여 그의 큰아들과 막둥이에게 유전되고 있는 것이다. 그렇다면 "무리 안에 들 수 없는 자가 만나야 되는 살집 저미는 그 무엇, 상처, 고독, 압박" 그런 것들은 무엇으로 치유해야 하는가. 오이디푸스에게 허여된 삶의 가능성은 어떤 것인가. 거기에 대한 답변은 불행히도 '부랑'밖에 없다는 것이다. 그는 스스로를 매질하며 화택 세상에서 '길 없는 길'을 끝없이 가는 수밖에 없다. 그를 태워다줄 흰 소가 끄는 수레는 어디에도 없다. 그 스스로 흰 소가 되어 자신의 삶과 문학과 괴로운 기억들을 끌고 나아가야 되는 것이다. 어머니의 자궁이 그를 내뱉은 그 순간부터 그의 부랑은 이미 시작됐다. 그 부랑의 끝에 또다른 자궁=골방이 기다리고 있다. 그의 조포한 질주는 밝은 세상을 향해서가 아니라 어두운 골방을 향해, "어머니, 옳다고도 그르다고도 말하지 않는 무기(無記)의 자궁 속, 깊고 깊은 골방"을 향해 이루어진다. 그리하여 과거로 거슬러오르던 그는 젊은 시절과 어린 시절을 거쳐 태어나던 순간의 숨막히는 순간과 조우한다.

이미 개구기(開口期)였다.

시시각각 다급해지고 있는 어머니의 심장 박동 소리를 나

126

는 자궁 속에서 들었다. 발작은 더욱더 빈번해지고 내가 열 달이나 살았던 골방 속의 내압(內壓)은 초를 다투어 높아지고 있었다. 어머니는 그렇지만 비명 한 번 지르는 법 없이 고통을 견디고 있었다. 끽소리도 하지 마라들. 뽀드득 이를 갈면서 물어뜯듯이 말하는 낮고 앙칼진 어머니의 목소리가 분명 내 귀에 들렸다.

끽소리도 내지 마라들. 지지배면 엎어놔버릴 것인즉.

어머니가 자신을 낳는 순간을 환상 속에서 다시 체험하는 이 장면은 질식시킬 듯 탐욕스럽고 독점적인 어머니에 대한 유아기의 불안을 반영하고 있다. 오직 아들을 낳기 위해 딸이라면 가차없이 없애버리겠다는 결의로 충만한 그 어머니는 다사로운 모성의 화신이라기보다는 잔인하고 원시적인 '무서운 어머니'의 형상을 하고 있다. 주인공은 선오이디푸스적pre-Oedipal 환상을 통해 거세적인 모성과 조우한다. 그 어머니는 실제의 어머니라기보다는 비개인적인, 원형적인 여성상의 현현이라고 할 수 있다. 이러한 설정은 오이디푸스의 탄생 외상birth trauma을 알려줌과 아울러 그의 정신세계에 강력한 영향력을 행사하는 여성의 본질에 대해 시사해주고 있다. 자기 내부로의 여행journey into myself을 통해 주인공은 그의 정신을 사로잡고 있는 양면적인 여성상과 대면하게 된 것이다. 그 여성은 때로 어머니의 모습을 하고 있기도 하고 때로 누이의 모습을, 때로 아내의 모습을, 때로 딸의 모습을 하고 있기도 하다.[5] 그리고 어느 겨울날 문득 그의 집에 찾아왔다 떠난 미지의 여인으로 출현하기도 한다. 그 여인(들)은 하나이면서 여럿이고 여럿이면서 하나이다. 그 여성=자궁=골방은 눈부신 햇빛이 아니라 "요요(姚姚)한" 달빛의 조명을 받고 있다. 여성의 원형을 세계 각지의 광범위한 달 신화와 관련지어 심도 있게 파헤친 에스터 하딩의 명저 『사랑의 이해』를 직접 인용하고 있는 데서 드러나듯이 「골방」은 작가가 드디어 자신의 무의식을 사로잡고 있었던 힘의 정체를 서서히 의식하기 시작했음을 말해주고 있다. 달은 그의 부랑을 한편으로 추동하면서 다른 한편으로 앞장서서 인도하는 내면의 동반자에 다름아니었던 것이다. 달은 그가 거처하고 있는 굴암산의 오두막을 "푸른 달빛의 양수"로 둘러싸고 있다.[6] 그 힘은 어둡고 음습한 파괴력으로 드러날 수

5) 「골방」 후반부에서 막둥이의 안부가 확인되는 순간, 막둥이의 부재 속에서 이루어지는 주인공과 아내의 정사는 '원초적 장면'의 재현이라 할 만한데 이때 주인공은 아내를 향해 "나야, 엄마. (……) 안아줘"라고 속으로 부르짖는다. 그 순간 아내는 아내라는 단일한 존재이면서 나의 어머니이기도 하고 나의 딸이기도 하다. 역으로 나는 나이면서 나의 아버지이고 나의 아들이기도 하다. 나는 단일자가 아니라 원형적 힘의 담지자로서 무수히 변모하고 무한히 증식하는 변전의 한가운데에 있다. 연작의 대미를 장식하는 작품 「혼잣말」에서 "아아, 엄마. 사정할 것 같아요"라든가 "쭉정이 같은 엄마의 자궁을 열 달이나 내가 온몸으로 충만하게 채웠던 은혜를 언제 갚으실 건가요?"라고 말하는 것(엄마가 나를 잉태한 게 아니라 내가 엄마의 자궁을 채웠다는 이 전도된 인식. 그때 아이는 전신이 남근이다)도 이런 맥락에서 이해할 수 있다.
6) 주인공이 머무는 굴암산 외딴집은 어머니의 무덤과 산등성이 두엇을 사이에 두고 있다. 절필하고 있는 동안 그는 자주 어두운 한밤중 산을 넘어 어머니의 무덤을

도 있고 평안하고 원융한 생명력으로 표출될 수도 있다. 그 힘에 의해, 아니 그 여성의 안내에 의해 아비지옥의 화택 같은 이 세상은 달빛으로 꽉 찬 "거대한 어머니의 자궁 속"으로 탈바꿈하게 된다.

그런 점에서 「바이칼 그 높고 깊은」에서 주인공이 고국의 딸 하나에게 편지를 보내는 곳이 바이칼 호수라는 사실은 매우 의미심장하다. 호면 해발 455미터, 깊이가 최저 1620미터인 그 호수는 "세계에서 가장 높고 가장 낮은" 그러니까 지정학적 위치 자체가 대립적 요소의 통합을 구현하고 있는 호수인 동시에 초승달 같은 형태가 말해주듯 달의 힘을 받고 있는 신생의 땅이기도 하다. "지도에서 보았던 초승달 모양 때문일까, 바이칼이 보여준 첫인상은 아미를 내리깔고 앉은 수줍은 신부의 느낌 그것이었어"라는 표현을 빌린다면 주인공의 바이칼행은 우주적 자궁=여성과의 결합을 위한 여정이기도 한 것이다. 그곳에서 그는 깊은 상념 끝에 학생운동에 몸을 던진 딸의 마음을 이해하고 젊은 이들이 추구하는 대의에 공감을 느낀다는 점을 피력하기에 이른다. 자아 내부의 골방을 파고들던 그는 그 끝에서 보다

찾아가곤 한다. 굴암산의 모성성은 이 산의 중턱에 이름 그대로 굴(대지의 자궁)이 숨겨져 있다는 데서 더 강화된다. 그 굴은 "꽉 막힌 듯하지만 아주 어둡진 않고, 열린 듯도 하지만 아주 밝지는 않은, 부드러운 빛이면서 부드러운 어둠인" 유년의 짚단 더미를 생각나게 한다. 이렇게 본다면 굴암산 기슭에 은거중인 주인공은 모태에 안겨 다시 태어나기를 기다리고 있는 아기인 셈이다.

나은 세계, 보다 바람직한 삶을 위한 숭고한 노력과 그것이
목표로 하는 공동체의 비전을 공유하고 있음을 표명한다.
그의 내면 침거는 내부로의 함몰이 아니라 내면의 열림이며
이 열림을 통해 그는 단자의 고독에서 벗어나 타인을 향해,
보다 나은 세상을 위한 노력을 향해 손을 뻗는 단계에 도달
한 것이다.

4. 길 없는 길

박범신의 『흰 소가 끄는 수레』는 개인적 위기를 거쳐 자기
자신에 대한 성찰적 의식이 점차 심화 확대되어가는 과정을
그린 자아의 서사narratives of self이다. 인생의 후반기에 맞닥뜨
린 다양한 도전을 극복해가는 주인공의 모습은 그 진솔함
만큼이나 절실한 감동을 읽는 사람에게 선사한다. 진정한
자기 발견을 위한 그의 여정은 불교에서 말하는 기사구명
(己事究明)을 연상시키는 바가 있다. 자기를 탐구한다는 것
은 자기라는 존재가 점점 더 깊은 의심의 대상이 되는 것을
의미한다. "찾으면 찾을수록 벗어나게 되고 가면 갈수록 길
은 멀어지"는 것이다. 자기에게로의 여행은 끝이 있을 수 없
다. 때문에 자기 존재에 대한 그 물음을 끝까지 계속 추구
해가는 기사구명의 정신이 요청된다. 이 소설집에서 우리가

볼 수 있는 것도 바로 그러한 순정한 열정으로 가득찬 정신의 고투이다.

물론 연작소설이란 형식상의 제약이 주는 문제점을 비롯해 이 작품집이 완성도에 있어 미흡감이나 아쉬움을 전혀 주지 않는 것은 아니다. 지나치게 독자를 배려한 나머지 작품 결말 부분에 종종 사족이 따라붙어 독자로 하여금 홀로 상상하고 여운을 즐길 수 있는 기회를 사전에 차단한 점이라든가 주인공과 자식 간의 화해가 너무 예정된 것처럼 보인다는 점, 작가의 사유가 대부분 가족이라는 좁은 동심원만을 맴돌고 있다는 점 등을 단점으로 꼽을 수 있을 것이다. 그리고 '흰 소가 끄는 수레' 이야기를 빌려 제시되고 있는 주인공의 깨달음에도 불구하고 과연 그가 장엄한 자아상imperial self-image에 대한 집착에서 얼마나 벗어났는지 하는 의문도 남는다. 그는 여전히 청산 같은, 혹은 청대[靑竹]처럼 직립한 팔루스적 권력에 대한 희구로부터 완전히 자유로워 보이지 않기 때문이다.

그럼에도 불구하고 박범신의 이번 창작집은 1990년대 우리 문학이 거둔 중요한 수확이며 그것이 던져준 신선한 충격은 적지 않은 파장을 불러오리라고 예측할 수 있을 것이다. 우리는 과거의 자신과 결별하고 새로운 문학적 처녀지를 찾아나선 이 작가의 모험을 존중하고 더 큰 기대의 짐을 그의 어깨 위에 올려놓을 마음의 준비가 되어 있다. 소설 속의 인물이 이야기했던 "고통스럽게 찾아가야 할 쉰 살의 새 들길"이 여전히 아득하게 작가 앞에 펼쳐져 있음을 잘 알고 있기 때문이다.

문제적 예인의 반수업시대*

—『더러운 책상』

강상희(문학평론가)

1. 문제적 예인(藝人)의 탄생

『더러운 책상』은 성장소설의 전통적인 서사 문법을 배반한 성장소설이고, 예술가소설의 인습적인 아우라를 파괴한 예술가소설이다. 잘 알려진 것처럼 괴테의『빌헬름 마이스터의 수업시대』나 제임스 조이스의『젊은 예술가의 초상』, 토마스 만의「토니오 크뢰거」는 근대 시민사회와의 긴장·갈등 그리고 교감·조화라는 이중적 관계 속에서 예술가의 이상과 좌절을 구현함으로써 예술가의 성장을 다룬 소설의

* 『문학동네』 2004년 여름호, 289~300쪽.

전범으로 자리잡은 바 있다. 박범신의 『더러운 책상』은 질풍노도 같은 감수성으로 1960년대의 한복판을 돌파하는 이행기의 주인공 '그'가 자신의 반쪽만을 현실세계에 강제 통합시키게 된다는 서사 전개 속에서, 광기와 폭력으로 점철된 한국의 근대성과 결코 화해하지 않겠다는 '문제적 예인'의 원한을 전경화함으로써 그 성장소설의 규범과 지향을 거의 무효로 만들어버렸다. 주인공 '그/나'는 입사(入社)와 통합 대신에 초월과 분열을 선택함으로써 근대 한국 사회의 영원한 상상적 문제아로 남게 되었다. 『더러운 책상』은 진정한 의미에서의 성장이 이곳에서 가능하지 않다고 선언함으로써 '성장 없는 성장소설'이 되어버린 것이다. 그 선언은 일찍이 성장을 완료했다고 확신하는 주인공 '그'의 어둡고 원시적인 내부 세계와 '그'가 내달리는 광기와 폭력의 외부 세계를 고딕적인 분위기로 뒤덮음으로써 강화된다. 고딕적인 분위기는 주인공이 참조하는 장 주네나 보들레르 식의 '저주받은 예술가'의 운명과 주인공의 궤적을 동일시하게 만드는 데에도 기여한다. 원숙기에 이른 작가(임에도 불구하고)는 그 예술가들을 둘러싸고 있는 아우라를 이 소설로 전이시킴으로써 좌불안석의 긴장감을 독서의 시간에 흩뿌려놓았다.

그 좌불안석의 긴장감을 조금 누그러뜨리는 것은 시간적 배경의 한 축인 1960년대를 채우고 있는 풍물과 습속의 재현이다. 1960년대의 풍물과 습속을 부분 재현함으로써『더러운 책상』은 소설이 형상적 사회학일 수 있다는 사실을 새삼 떠올리게 만든다. 복수(複數)의 1960년대들 중에서 작가가 선택·재현한 풍물과 습속은 그 연대(年代)를 경험하지 못한 세대의 빈약한 역사를 보충해주고, 그들에게 추체험의 기회를 제공해준다. 이 소설은 풍문과 이미지밖에 갖지 못했던 1960년대를 풍만한 육체를 가진 시절로 만듦으로써 문제적 예인 탄생의 사회사적 필연성을 마련해둔다. 회고적 영탄을 제거하고 재현한 1960년대의 풍물과 습속은 한국적 근대성의 형상물로서 그 괴기스러운 모습을 드러내고 있다. 이 괴기스러운 형상물과의 쟁투 속에서, 또 비관과 광기로 덧씌워진 비극적 세계관 속에서 이제 문제적 예인이 탄생하게 된다.

『더러운 책상』은 "이미 세계를 다 알고 있던 열여섯 살의 그"가 1963년 11월 22일 케네디 대통령이 암살되었다는 라디오 뉴스를 듣는 장면으로 시작된다. "무엇이 그리운지 알지 못하면서, 그러나 무엇인가 지독하게 그리워서 나날이 흐릿하게 흘러가던, 그런 날의 어느 새벽"(9쪽)에 그는 "야생동물 같은 예감"으로 세계를 뒤덮게 될 '광기'를 알아차린다. 그가 알아차린 광기는 규정할 수 없었던 '무엇'에 어떤 속성을 부여하게 된다. 그 '무엇'은 세계의 광기와의 대결을 통해 비로소 그것으로 가는 길을 발견할 수 있는, 말로 표현할 수 없는 실재the real가 된다. 하지만 광기는 세계를 뒤덮으면서 동시에 그의 내부에도 이식된다. "내 안의 실존적 광기"(45쪽)를 은폐하는 사십 년 후의 '그=나'는 이때 이미 예비되어 있었던 것이다. 문제적 예인은 자아와 세계를 뒤덮기 시작한 두 개의 광기 속에서 탄생한다. 이 탄생의 원초적 장면은 탄생의 의미를 보다 구체적으로 제시하는 다른 몇 개의 장면들과 맞물리면서 주인공이 딛고 서게 되는 존재론과 세계관의 지반을 형성하게 된다.

우선 주인공 '그'는 풀섶에 버려진 아이를 발견하고 미시마 유키오의 소설 「신문지」를 떠올리면서 인간 존재에게 '유기물(遺棄物)'이라는 의미를 부여하는 자신의 존재론을 강화시킨다. 그는 버려진 아이를 싼 "푸르스름한 체크무늬의 개성 베"에서 "피에 젖은 신문지로 된 산의(産衣)"를 본다. 생명의 탄생에 헌정되어온 상식적인 외경이 철회되면서 탄생의 의미는 비극적 세계관으로 수렴된다. 즉 "탄생이란 누구에게나 그런 것이다. 피 젖은 신문지에 싸여 버려지는."(43쪽) 이 원초적 장면은 주인공에게 "살아 있음의 죄업"을 강박관념으로 새겨넣는 동시에 그로 하여금 "선험적 결핍"을 자각하게 한다. "열여섯 살의 상고머리 소년인 그에겐 우는 아기에게 물려줄 젖이 없다. 젖이 없다……라고 그는 절실하게 인식한다. 태생적이면서 치명적인 자신의 결핍을 명징하게 인식하는 순간이다."(28쪽) 그리고 "그가, 자신에게 젖이 없다……라는 사실을 인식했을 때 그는 이미 세계를 모두 인식한 것이다."(29쪽) 그가 "갓난아기였을 때 이미 축 늘어지고 내용물은 전혀 없던" 어머니의 "빈 젖" 대신에 이리시 철인동의 사창가에서 '참나리 누나'의 젖꼭지를 빨아대는 것은 그 선험적 결핍을 보상받으려는 행위인 셈이다.

세상의 모든 우는 아기에게 물릴 수 있는 젖 대신 그가 가지고 있는 것은 '고추'다. 고추는 "마흔한 살, 생산력의 마지막 한 자락을 필사적으로 붙들고서 피폐한 육신으로"(12쪽) 그를 품어 낳은 어머니에게, 피폐한 아버지를 대신하는 남근으로 작용한다. 어머니는 그 고추에게 "포상"과 "성물"을 바치면서 "삶의 희망을 바겐세일"(99쪽)한다. 그러나 그는 어머니의 남근이 되기를 거부한다. 그가 갈대밭에서 자기 검지손가락을 짓이기고, 그 밤에 자학적인 수음에 몰두하는 것 등은 스스로 남근을 거세해버리려는 상징적 행위에 다름아니다. 그는 열여섯 살 이후 줄곧 현실 세계가 요구하는 규범과 경로를 따르지 않음으로써 상징적 남근 되기를 거부하(려 하)는데, 문제적 예인이 탄생하는 지점에는 이 '남근/젖'의 선명한 대비가 놓여 있는 것이다. 아버지가 '아버지의 이름'으로 작동하지 않고, 어머니에게 젖이 없다면 그는 (그리고 이 세상의 모든 아들은) '아버지의 이름'과 '젖'을 찾아 집을 떠나게 될 것이다. 그는 '아버지의 이름'과 젖을 찾아, 그리고 죽은 아기 '재클린'을 대체할 궁극의 여성을 찾아 상상적·실제적 유랑을 떠나는 예인이 된다.

2. 유랑의 기원

그보다 나이가 마흔 살 많은, 그의 연속이자 불연속인 서술자 인물인 '나'는 그의 출생을 그로테스크한 광경으로 상상하여 묘사한다. "계집애면 엎어놔버릴 것"(46쪽)이라고 악귀처럼 다짐하는 어머니의 자궁으로부터 그가 쫓겨나온 직후, 탯줄을 자르기 위해 누나의 손에 들린 '부러진 가위'를 공포감에 잠겨 바라본다는 것이다. 이 '부러진 가위'는 그로 하여금 내내 살인과 죽음의 충동에 휘말리게 만드는 원형 이미지로 작용한다. 여자의 성기 속에 있다고 상상하는 "날카로운 면도칼"(102쪽)이나 대학생이 되어 점퍼 주머니에 숨긴 "면도날"(260쪽), "여심여인숙" 외팔이의 "잘 갈린 칼"(277쪽) 등은 그 '부러진 가위'의 환유들이다. '부러진 가위'는 또한 그에게 파편화된 신체의 이미지를 각인시킴으로써 실제적·상징적 거세를 통해 자기 육체를 산산조각 내려는 자멸 충동을 구체화하는 행위들의 동력으로 작용한다. 문

제적 예인은 이처럼 살인, 자살, 자멸의 충동을 불러일으키
는, 광기와 폭력의 스산한 이미지를 띤 금속들 사이에서 위
태로운 탄생과 재탄생을 반복하게 된다. 또 그의 기억에 각
인된 공포스러운 장면으로 빼놓을 수 없는 것이 걸레질을
하던 어머니가 눈에서 "푸르스름한 인광(燐光)"을 내쏘면서
"이놈의 것…… 발기발기…… 찢었으면"(32쪽) 하고 혼잣말
을 하는 장면이다. 그는 울면서 어머니를 피해 도망친다. 어
머니에게 그를 깃들게 하지 않는 인광과 파멸의 광기가 강
렬하게 자리잡고 있다는 사실을 발견했을 때 그는 어머니가
주재하는 처소에 결코 머물 수가 없게 된다. 유랑하는 예인
의 잠재적 소인 가운데 하나는 이 발견으로부터 나온다.

케네디 암살 뉴스를 듣던 새벽, "피에 젖은 신문지로 된
산의(産衣)" '부러진 가위', 어머니의 인광과 독백 등은 문제
적 예인이 탄생하는 도정에 이정표처럼 서 있는 원초적인
장면들이다. 이 장면들은 세계의 광기와 "생의 공포"에 반복
적으로 직면하게 되는 주인공의 원형적 체험이 된다. 이 광
기·공포와 대결하기 위해, 또 그것으로부터 벗어나기 위해
그는 두 개의 유랑을 준비한다. 하나는 책의 세계로 떠나는
유랑이고, 다른 하나는 가족을 탈출하여 외부 세계로 떠나
는 유랑이다.

그에게 책은 "앞날의 모든 길이 시작되는 길"(159쪽)이고,

"그가 믿는 유일한 길이고 수많은 길"(164쪽)이다. 온종일 책을 읽어대는 주인공은 "그 길을 통해 세계를 날아다니고 시간의 처음과 끝도 본다. 쇼펜하우어를 만난 것도 그 길에서의 일이고, 장 주네의 살의를 부여받은 것도 그 길에서의 일이다".(164쪽) 그러나 대본소 주인인 "뿔테안경"의 말처럼 "책은…… 위험한"(165쪽) 것이다. 책 속의 관념은 그의 실제 행위를 통해 재현됨으로써 실재로 바뀌곤 한다. 책은 그가 광기와 폭력의 세계와 맞서 싸우게 하는 칼이 되는 것이다. 하지만 관념이 실재로 바뀌는 것은 찰나에 불과할 뿐, 쇼펜하우어와 장 주네 등의 관념은 그의 실제 행위를 통해 그 공소함을 드러내게 된다(『더러운 책상』의 서사를 지탱하는 한 기둥인 독서 모티프는 주인공에게 국한되지 않는 정신사적 의미도 갖는다. 이 소설에 등재된 책들의 목록은 1960년대 정신사의 한 면을 엿볼 수 있게 한다). 책의 세계로 떠나는 유랑은 외부 세계의 유랑에 의해 포개지지 않으면, 또 검증되지 않으면 결코 세계의 광기와 생의 공포를 제거할 수 없다. 그런 의미에서 또하나의 유랑은 회색 관념의 성채를 떠나 푸른 소나무가 있는 저잣거리로 나섰던 파우스트의 결행과 비슷한 성질을 갖고 있기도 하다.

그가 외부 세계로 유랑을 떠나기 위해 먼저 치르는 일은 가족으로부터의 탈출이다. 가족의 의미는 그에게 죽음과도 같은 공동(空洞)일 뿐이다. 서술자 '나'는 소설의 처음과 끝에서 집의 "함석대문"이 그가 사용한 "관뚜껑"이라고 쓴다.(18쪽, 347쪽) 앞서 말한 것처럼 그의 집에는 '아버지의 이름'과 '젖'이 없기 때문에, 그는 그것을 집 밖에서 찾을 수밖에 없다. 그 탐색이 이루어지는 최초의 공간은 통학 기차이다. 이 소설에서 기차는 떠나기 위한 수단이 아니라 떠나야 할 이유가 축적되는 공간이다. "열여섯 살, 어두운 자의식의 골방에 엎드린 그에게 기차는 떠나는 것보다 오히려 갇히는 것이고, 섞이는 것보다 오히려 홀로 되는 것. 내달리는 감옥에서 그의 존재는 완전무결한 단독자가 마침내 되는 셈인데, 그럴 때 그는 안정감을 느낀다."(36쪽) 기차는 "어두운 자의식과 밝은 추상의 세상 사이에"(36쪽) 그를 놓으며, "파죽지세로 나가는 기차의 직진 안에 들면 안과 밖의 경계가 더 철옹성이 된다".(37쪽) 기차가 '내달리는 철제 감옥'이라는 생각은 '스무 살의 책상'에서 철로에 앉아 그가 상상적 죽음을 기도하는 장면에서 다시 확인된다. 스무 살의 그는 "세계로의 비겁한 편입을 꿈꾸면서 전주교육대학으로 돌아가고 있는 나의 철로를 베고"(335쪽) 있었던 것이다. 그에게, 기차는 떠나는 것이 아니라 돌아오(가)는 것이고, 목적지가 아니라 원점으로 회귀하는 것이다. 면도칼, 면도날, 군검, 부러진 가위 등과 함께 기차는 세계의 광기와 생의 공포가 물질화

141

된 금속체이다. 그곳에서 주인공은 어느 공고생으로부터 이유를 알 수 없는 폭력을 경험하게 된다. 그것은 그의 자의식에 행사된 폭력인 셈이었고, 그는 장 주네의 규율을 따라 복수를 한다. 그는 이제 "범죄의 길에 인도되는 어린 영혼"(85쪽)이 되어 이리역 광장에서 수면제를 썹어 먹고 자살을 기도한다. 목숨을 건진 그가 한 말은 "집이 싫어요. 어머니도 싫어요"(86쪽)였다. 그는 "자신이 앞으로 걸어가야 할 먼 길, 어쩌면 구름 낀 날들의 유장한 시간 속으로 흘러가는 화류항을" "그 유랑을"(87쪽) 보았을 것이다. 늘 다짐해왔던 바처럼 "떠나지 못하는 사람은 실패한 인생"(24쪽)이기 때문에 그는 이제 열일곱 살의 유랑인이 된다.

3. 육체의 위태로운 유랑

그는 자신이 재클린이라고 명명한 고아원 소녀에게 "만약 먼 도시로 가고 싶다면 내가 데려다줄 수 있어"(72쪽)라고 말한 적이 있다. 그 소녀에게서 "불멸의 빛"(71쪽) 곧 "자유"를 향한 절박한 염원을 보았다고 느꼈기 때문이다. 그것은 그 자신의 염원이 투사된 것이기도 하다. 그 염원을 실현하기 위해 그는 유랑을 선택했고, 자신을 유랑의 진정한 주체로 만들기 위해 음모와 책략을 준비한다. 서술자 '나'는 그

음모와 책략을 "살인에의 황홀한 음모"(65쪽)와 "가짜 커뮤니티를 지향하는 외부 세계와 여전히 하나의 단독자로 남으려는 내부 세계의 구획으로 유지된" "이중성"(108쪽)의 책략이라고 표현하고 있다. "살인에의 황홀한 음모"란 그 자신을 절멸시키고, 그의 미래의 모습일지도 모를 "흰 뼈를 품고 있는 아버지"를 죽이려는, 더 나아가 광기와 폭력으로 점철된 세계 자체를 붕괴시키려는 음모이다. 주인공은 줄곧 자살 충동과 살부 충동, 세계 파괴의 욕망에 시달리며, 그 충동과 욕망을 현실화하기 위한 위악과 패악을 일삼는다. 그 모든 충동, 욕망과 행위는 "단독자"로 남아서 "불멸의 빛" 곧 "자유"를 향한 염원을 실현하는 데로 집중된다.

주인공의 존재론적 지향인 "단독자"는 염상섭의 『만세전』에서 '개성'이라는 이름으로, 김승옥의 소설에서는 '자기만의 세계'라는 이름으로 나타난 바 있는, 개인적 주체성을 발견하고 구성해온 유구한 소설사의 계보 위에 놓일 수 있다. 그러나 『더러운 책상』은 그 개인적 주체성을 극단화한 심미적 주체를 내세움으로써 결국 그 계보를 이탈한다. 그 이탈의 과정을 촉진하기 위해 그는 음모와 책략을 가동시킨다.

열일곱, 열여덟 살의 유랑은 "화류항(花柳港)"으로 흐르는 유랑이다. 이 유랑을 통해 그는 "영원으로 가려고"(88쪽) 한다. 육체와 영혼에 대한 고뇌를 넘어서 영원으로 가기 위해 그는 이리시 철인동의 사창가에 투신하며, 그곳에서 "점박이 참나리꽃"이라고 명명한 창녀를 만난다. 그가 동정을 바친 "점박이 참나리꽃"은 다양한 의미를 갖는 인물—기표이다. 그녀는 어머니에게는 없는 젖을 갖고 있는, 그래서 어머니를 대체할 수 있는 성(聖)스러운 기표이다. 그러나 그녀는 또한 속(俗)된 창녀다. 성과 속이 함께 구현되어 있는 그녀의 몸은 "면도날 같은 날카로운…… 틈"(127쪽)이기도 하다. 그 틈은 면도날이나, 칼처럼 그를 이끄는 매혹이자 동시에 공포이다. 그는 이행기의 질풍노도가 정신적인 동시에 육체적인 것임을, 매혹인 동시에 공포라는 사실을 서서히 자각하게 된다. 그 이중성은 세계의 광기에 맞서는 그의 전략이 된다.

그의 자살 기도를 차단하기 위해 담임 선생님이 그에게 붙여준 친구들을 그는 이중성의 가면으로 상대한다. 그는 '내가 쓴 가면은 가짜이고 진짜는 나의 내부 세계에 있다'는 데카르트 식의 변명을 하지 않고, 두 세계를 철저하게 구획하면서 외부 세계를 향한 가면과 내부 세계의 단독자를 함께 품고 간다. "외부 세계는 숨어 있는 단독자의 실존과 상관없는 가짜 프로그램으로 짜여 있기 때문"(109쪽)에, "영혼은, 바람 없는, 별빛 어린, 허공에…… 집중될 것이기 때문"(100쪽)에, "목숨의 굴욕"을 견디려면 "더 많은 거짓

작가
앨범

1980년 『풀잎처럼 눕다』를 쓸 무렵.

어머니(임부귀), 아버지(박원용)가 남긴 아주 적은 사진 중 하나.
아마 환갑 때였는지.

초등학교 들어가기 직전 고향 두화마을에서 친구들과. 왼쪽에서 네번째가 나.

황북국민학교제11회졸업기념
4292. 3. 24

1959년 나의 모교 황북초등학교. 지금은 폐교가 되었다.

> 1959년 강경중학교 1학년 때
> 강경 읍내 사진관에서.

∨ 1963년 남성고등학교 2학년 때.

∧ 1967년 전주교육대학 친구들과 여수에서. 아랫줄 오른편 끝이 나.

1967년 전주에서.

1968년 내도초등학교에 재직할 때.

1971년 아내 황정원의 원광대 졸업식 때.

∧ 1970년 강경 집 우물가에서의 어느 봄날. 셋째누나와 돌아가신 막내누나.

∨ 1970년 셋째누나와 막내누나, 그리고 조카 영재와. 막내누나는 고인이 된 지 오래고,
 셋째누나는 치매가 깊어 병상에 있다.

1971년 강경여고 제자들과 함께.

1972년 아내와 약혼식 후 정릉 처가에서 가진 피로연. ∨

1972년 결혼식은 혜화동 성당에서 했다. ∧

∧ 1973년 중앙일보 신춘문예 당선 시상식. 뒤에 심사한 서기원 선생이 보인다.

∧ 1973년 중앙일보 신춘문예 당선 기념으로
  익산에서 열린 축하 모임에서.

1980년 『풀잎처럼 눕다』를 쓸 무렵.

∧ 1980년 고려대 교육대학원 졸업식 때.

< 1983년 무렵. 손에 담배를 든 사진이 참 많다.

∧ 1984년 동아일보에 『불의 나라』를 함께 연재한 삽화가 김영덕씨와.

1985년 무렵. 젊을 때는 목공예를 했고, 그룹전에 참여하기도 했다.

1981년 단편 「겨울江 하늬바람」의 희곡을 내가 썼다.

1986년 단편 「덫」을 텍스트로 삼아 내가 쓴 희곡 「그래도 우리는 볍씨를 뿌린다」 포스터.

1988년 「불의 나라」는 영화, 드라마, 노래 등으로 제작됐을 뿐 아니라 여러 번 연극으로 무대에 올랐다. 주요철 연출의 포스터다. 오태석 연출의 「불의 나라」는 일본 파르코 극장에서 공연되기도 했다.

1995년 파스테르나크의 집으로 기억한다.

러시아 여행 때. 박완서 선생님이 보인다.

∧ 금강산 여행 때 작가 이문구, 이문열과 함께.

∧ 작가 안장환, 한수산과 함께한 프랑스 여행.

∧ 1998년 문우 김성동, 이외수 부부와 망중한.

∧ 1988년 아프리카 케냐에서.

∧ 1990년 아프리카 종단 다큐 제작 여행 때. 스와질랜드 음스와티 3세 왕과 함께.

히말라야에서. 히말라야는 내게 초월의 표상이다.
1990년대부터 최소 열 번 이상을 다녀왔다.

∧ 2006년 아프리카의 최고봉 킬리만자로 정상에 오르다.

∧ 산악인 엄홍길과 동남아시아의 최고봉인 말레이시아 키나발루에 오르다.

1999년 대통령자문기구 방송개혁위원
임명장을 받고.

∧ 2003년 문단 데뷔 30주년 기념 및 시집 『산이 움직이고 물은 머문다』 출판
기념회장에서. 왼쪽부터 평론가 백승철, 작가 양귀자, 나, 작가 정규웅, 작가
송하춘 선생이 보인다.

∧ 2006년 KBS 3라디오 북카페 특집 공개방송 〈박범신의 아주 특별한 콘서트〉에서.

∧ 2004년 고별 강연회에서.

2004년 명지대를 그만두고
제자들이 맞춰준 양복을 입었다.

〉

명지대 제자들과 함께 평창동 집에서.

2000년 제자이자 소설가인 김현영, 이기호와 함께.

∧ 2006년 한무숙문학상 시상식. 최일남, 이어령, 이호철, 임헌영
선생님들의 축하를 받으며.

2008년 강경 읍민들이 십시일반 모금해 문학비를 세운 자리에서 스승 홍석영 선생, ∧
원광대 나용호 총장, 후배작가 정영길 등과 함께.

2011년 원고지 앞에서의 나. 한수정이 찍었다.

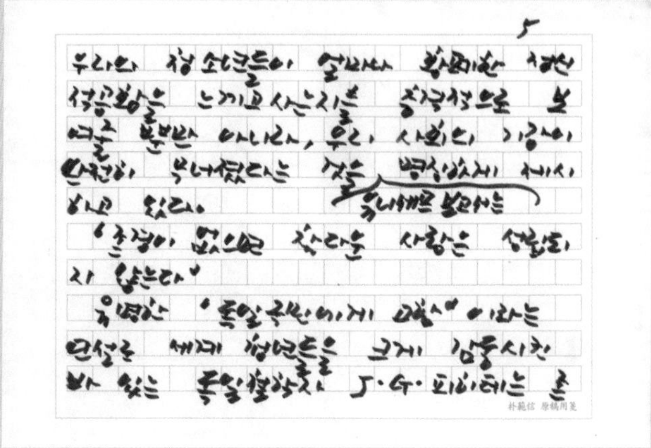

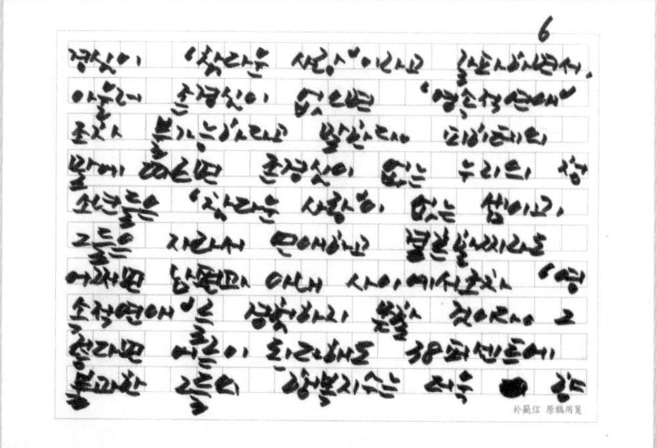

읽고 있는 소설은 아마도 『주름』일 거다.
'끔찍하고 불온하며 역동적인 내면 소설'이라 여긴다.

2015년 논산 집필실 2층에서 내려다보이는 탑정호.

2011년 사진작가 김문정이 찍은 나.

말과 가면이 필요할 것"이라고 그는 확신한다. "순수하고 모범적인 열일곱 청춘"인 K, C, M, G는 "그에 비해 모두 성적도 좋았고, 교복의 호크도 단정히 채웠으며, 이중성의 분열도 없다"(107쪽) 그는 그런 그들이 곁에 있기 때문에 위악적 변신에 대한 욕구를 강렬하게 느낀다. 그는 그들을 "똥자루 같은 것" "미친 책상들"(112쪽)이라고 비난하며, 『데미안』에서처럼 알을 깨고 나온 새가 되라는 위악적인 권유를 한다. 그 새가 "최종적으로 날아가는 아브락사스는 천사이자 악마이고, 짐승이자 사람이다"(104쪽) 그 반인반수의 아브락사스는 바로 그 자신이다. 남성여고 여학생들과 함께 '나르시스'를 만들어 위악의 극단으로 치닫는 그의 논리는 이렇다. "실존의 위태로운 틈에 서보지 않고 어떻게 감히 유장한 인생으로 흘러나갈 것인가. 흘러나가기 위해선 지켜가야 한다고 믿었던 것부터 시궁창 속에 버리는 게 상책"이라는 것. 그 "실존의 위태로운 틈"에서 친구들은 서서히 침몰해가지만, 그는 그곳에 투신하면서 고통 속의 쾌락을 느낀다. 그 틈은 어머니를 대체한 창녀 "점박이 참나리꽃"이 피는 곳이기도 하다. "이편도 저편도 아닌, 아웃사이더들이 절름절름 가는 길, 제 피고름 핥고 빨며 가는 길에, 점박이 참나리꽃이 핀다"(128쪽) 그는 창녀들의 집결지 "부용미용실"을 "사람 냄새"가 나는 곳으로 느끼고, 가족이라는 친밀성의 구조로 생각한다. 박재삼의 시 「울음이 타는 강」을 낭송하면서 눈물과 회한을 공유할 때, 그 일체감은 절정에 도달한다. 그러나 육체의 위태로운 유랑에서 느낀 일체감이 "악마적인 고독의 비탄"(135쪽)을 근본적으로 상쇄시켜주지는 못한다. 특히 그의 친구들이 담임 선생님으로부터 심한 체벌을 받고 그의 곁을 떠나버림으로써 단독자라는 존립 근거도 무너지기 시작한다. 이 부분은 '후일담 또는 사족'에서 서술자 '나'가 회고하는 것처럼 서사적 '문턱'의 기능을 담당하는 장면이다.

그는 "멍청하고, 영혼조차 텅 빈" 친구 K가 철로를 베고 자살했을 때, "자기 살해의 축복받아야 할 찬스를" "K가 날카롭게 가로채갔다는 것을 뼈저리게 깨닫는다"(224쪽). 그리고 그가 염원해왔던 "세계의 광기와 맞설, 유일한, 자기 살해의, 황홀한, 비탄이 벌어진 관 틈으로 흙과 함께 들어가 묻"히는 것을 본다. 이제 "결별이다"(225쪽). 그는 이 지점을 자신이 악마적인 고독과 자기 살해의 황홀한 비탄과 결별했던 시점이라고 생각한다. 그러나 그를 "평생 가장 사랑했고, 또 가장 미워했던" 서술자 '나'의 생각은 다르다. 나는, 선생님으로부터 체벌을 받은 친구들에게 그가 "모두 나 때문이야"(228쪽)라고, 또 "우리들, 희망봉으로 가자"(230쪽)라고 말했을 때 어두운 십대가 끝났다고 생각한다. 친구들에게 위악적으로 부여했던 개인적 주체성을 "모두 나 때문"이라면서 회수해버렸을 때, 또 자신을 한 번도 유적 존재로 간주하지 않았던 그가 "우리들"이라고 말함으로써 단독자로서의 자기를 부정했을 때, 그의 십대는 "무덤" 속으로 들어가버린 것이다. 이 해석의 분기점에서 그와 나 역시 두 개의 상상적 실재로 분리된다. 그토록 부정하고자 했던 광기에 편승하기 위해 이제 그는 전주교대에 입학하게 된다. "구조가 아니라 세계의 본질을 이해하려 하는 자는, 그 구조로부터 아웃사이더의 위치로 나와야 하기 때문에"(234쪽) 그는 본질 대신에 구조를 한번 선택해보려 한다. 하지만 보다 궁극적인 이유는, 자신을, 아버지를, 세계를 "살해할 수 없다면 떠나는 게 좋을 것"(235쪽)이기 때문이다. 살해와 거세의 주체였던 그는 살해·거세의 대상의 자리로 이동 또는 전락한다. 이 이동/전락이 이루어진 곳에서는 육체/영혼의 이분법이 힘을 잃어버리고, 비로소 외부 세계의 현실이 강력한 힘으로 작동하기 시작한다. 그는 대학생이 되고, 오랜 뒤에는 작가 '나'가 된다.

4. 영원히 틈새에 든 예인

움베르토 에코는 『나는 장미의 이름을 이렇게 썼다』에서 시는 언어가 주제를 이끌고, 소설은 주제가 언어를 이끈다

147

고 주장하고 있다. 그 주장을 조금 변형시켜 규정해본다면 『더러운 책상』은 '틈'이라는 단 하나의 주제어로부터 쓰여진 소설이라고 할 수 있다. 이 '틈'은 유사한 속성을 갖는 '사이, 이중성, 틈새, 분열, 분리, 구획, 경계' 등으로 이루어진 단어 계열체를 이끌고 있다. 그는 "각성(覺醒)의 성긴 빛 사이로"(9쪽) 케네디 암살을 알리는 라디오 소리를 듣는다. 외부 세계와 내부 세계로 주체를 이중 구획하고, 친구들에게 "반인반수의 아브락사스"의 이중적 형상을 가르친다. 그들을 "실존의 위태로운 틈에 서보"게 하기 위해서이다. 그는 "면도날 같은 날카로운 틈"인 "점박이 참나리꽃" 누나의 젖과 성기에 스스로를 투신하며, 여심여인숙 여자의 욕정에 휘둘리면서는 외팔이 사내가(에게) "보고, 보여주는, 그 틈"(286쪽)에 자기를 있게 한다. 또 '틈'은 시간화되어 "전주에서 머물렀던 열아홉 살의 짧은 봄날들도 어쩌면 유장한 시간의 면도날 같은 틈이었을지 모른다"(260쪽)는 표현으로 나타나기도 한다. 틈과 그 유사어들은 대부분 '삶 충동과 죽음 충동의 절박한 투쟁'을 중심으로 의미화되고["면도날은 너무 얇아서 삶과 죽음 사이의 틈과 같다"(260쪽)는 문장, "면도날 같은 틈"으로 스며들어 사람들을 "죽음의 길"로 데려가는 연탄가스의 후각 이미지(316쪽) 등], 또 육체/영혼, 선/악, 영원/순간, 미래/현재, 외부/내부 등의 대립항에 그어진 경계선

'/'의 작용을 한다. 경계선 '/'는 좌우 대립항의 매혹과 공포가 뒤섞여 있는, 그와 나로 하여금 각성과 성찰을 요구하는, 말 그대로 '면도날' 같은 위태로운 공간이다. 그 공간에서 그와 나는 각각 분열된 주체 'S/'가 되고, 또 그/나로 분열된다. 경계선 '/=틈'에 대해 그와 나는 같은 생각을 하지만, 그곳에 깃드는 방식은 다르다. 그가 "투신하는 것에 비해" 나는 "그 틈새 운명의 비극성과 고절함에 가눌 길 없는 비애를 짊어지고 비비적비비적 들어간다".(127쪽) 이 차이는 그와 나를 단절시키는 동시에 둘 사이의 소설 내적 대화를 가능하게 만든다. 『더러운 책상』의 "이상한 문법으로서의 서술"(66쪽)이란 그 단절과 대화가 교차하면서 구조화되는 특이하고 매혹적인 서사 구성을 일컫는 표현인 셈이다.

 "틈새 운명"이 그/나로 확연히 분열되는 것은 전주교대에서의 짧은 봄날이 지난 뒤 상상의 거북선이 있는 바다로 떠나는 '그'와, 서울로 떠나는 '나'가 나타나는 부분부터이다. 그가 여수항의 여심여인숙에서 마지막 초월을 꿈꾸고 임화의 시를 베껴쓸 때, 나는 서울에서 버스 계수원, 허드렛일꾼을 전전하며 세상을 불태워버리는 방화의 혁명을 꿈꾼다. 그와 나는 각각 1960년대의 정치적 폭압과 산업화의 산물인 가난에 찌들리면서 그 시절의 근대성을 참혹하게 경험하고, 또 외팔이 사내의 살해 위협과 세계 살해의 충동에 각각 시달리며, 창녀가 되어 다시 나타난 고아원 소녀 재클린의 환각을 다른 곳에서 동시에 만난다. '실제로 가지 않았으나 상상적으로 간 길'인 그의 행로와 '실제로 갔으나 상상적으로 가지 않은 길'인 나의 행로가 다시 만나는 것은 여수행 열차에서이다. "세계로의 비겁한 편입을 꿈꾸면서 전주교육대학으로 돌아가고 있는 나의 철로를 베고, 나와 똑같은 스무 살의 그가, 바다 밑 내 책상……처럼 누워 있었다." (335쪽) 이것은 물론 상상적 자기 살해이지만, 그/나의 분열이 나로 강제 통합되는 이 장면은 매우 비극적인 자학의 정조를 띤다. 그를 살리기를 그렇게도 갈망했던 나는 그를 죽임으로써, "그리운 저곳과 버릴 수 없는 이곳의 아득한 거리에, 혹은 기계처럼 짜여진 외부 세계와, 단독자의 카오스로 견디고 선 내부 세계의, 촌각을 다투는 위험한 틈새"(119쪽)를 빠져나와 결국 '버릴 수 없는 이곳' '기계처럼 짜여진 외부 세계'로 진입한 것인가? '무한한 세계/유한한 세계, 통일된 세계/카오스의 세계' 사이의 불일치로 인해 초래되는 존재론적·인식론적 곤경과 모순을 해소하려 했던 집요한 시도=낭만적 아이러니는 여기에서 중지되는 것인가? 『더러운 책상』끝부분의 서술 초점이 되고 있는 나의 사유는 이 물음에 대한 해답을 찾는 데에 집중된다. 나는 그와 나를 잇는 접점을 발견하게 되는데, 이 발견은 소설의 앞부분에서

150

이미 가능성으로 제기되었던 것이기도 하다. "그의 내부에 눈빛 형형한 짐승들이 깃들어 있듯, 나의 내부에도 아직 그것들이 다 죽지 않고 있다고 나는 믿는다. 그 짐승을 통해서 우리가 다시 만날 길이 있긴 않을까"(65쪽)라고 자문(自問)했던 나는 "늙지 않는 야생의 짐승이 아직껏 내 안에 깃들어 있으니 시간에 의해 내 한밤의 질주가 어찌 완전히 멈추겠는가"(340쪽)라고 말할 수 있게 된다. 이제 나는 "내부의 놀라운 희열"을 느끼며 "우주에서 울부짖는 늑대들의 울음소리보다 더 생생하게 그가 내 영혼의 과녁으로 들어오고 있"는 "황홀하고 끔찍"(341쪽)한 우주적 일체감을 느낀다. 그렇다면 이 소설의 표제는 바뀌어야 할 것 같다. 나와 그가 영혼의 교감과 일체를 이루는 황홀한, 그러나 끔찍하지 않은 이 이야기는 다시 보니 나의 '더러운 책상'으로부터 비롯하였지만, 그 책상을 서사 전개 과정 속에서 정화시켜버린 것이다. 그 책상은 '더러우면서도 깨끗한 책상'이 된 것이다. 소설의 결말은 서두의 장면을 거의 그대로 반복하는 것 같지만, 사실은 '깨끗한 책상' 위에서 쓰여지고 있는 것이다. 이 소설의 원환 구성의 의미는 거기에서 찾아야 한다.

『더러운 책상』은 희귀하고도 매력적인 구성으로, 한국 근대사와 개인사에서 대개 지워버리곤 했던 '지하실의 경험들'을 아득한 깊이와 정교한 넓이를 가진 서사로 통합함으로써 매우 새롭게 문제적 예인의 탄생과 (반)성장을 다룬 기념비적인 소설로 기록될 것이다. 사유의 심도와 더불어 웅변적인 서정을 느끼게 하는 문장들은 박범신의 예인 지향적 소설의 가능성을 『더러운 책상』을 통해 현실화하는 데 결정적으로 기여하고 있다. 이 소설에 이르러, 근대성의 자장 그 끝 경계선 위에서 고뇌하는 젊음의 의미는 보다 명확해진 듯하다. 그동안 읽어온 한국의 성장소설에서 느끼곤 했던 어떤 결핍감의 많은 부분을 『더러운 책상』을 통해 비로소 해소한 듯한 경험은 비단 필자만의 것은 아닐 것이다. 이 판단들이 만약 과도하다고 지적하는 독자가 있다면 나는 그 지적을 기꺼이 감당하고 반박할 용의가 있다. 『더러운 책상』이 가지게 될 기념비적 성격과 영원히 틈새에 있으려 하는 예인의 의지를 확신하기 때문이다.

문학 그 높고도 깊은*

김미현(문학평론가)

한 작가가 말한다. "데뷔 초기에 나는 사회비판적 성향이 강한 단편들을 열심히 썼으나 발표 지면조차 확보하지 못하는 소외를 겪었고, 소위 인기 작가의 이름으로 살던 십 몇 년간은 많은 독자의 사랑을 받았지만 내가 내 작품으로부터 유리되는 고통을 경험했으며, 작가로서 죽음이나 다름없었던 '절필'을 통해 나는 급기야 나의 문학적 기득권을 반납했다."(「작가의 말」, 『향기로운 우물 이야기』, 창작과비평사, 2000) 이 작가는 박범신이다. 스스로 밝힌 대로 박범신은 베스트셀러와 문제작을 동시에 썼지만, 서로 다른 이유로

* 『제비나비의 꿈』 해설, 민음사, 2005, 413~424쪽.

찬사와 비난을 동시에 받았다.

　그래서 그의 대표 중·단편 10편을 시간 순서대로 수록한 이 책은 '절필 이전 - 절필 기간 - 절필 이후'의 흐름을 보여주는 세 부분으로 크게 나눌 수 있다. 절필을 전후로 데칼코마니처럼 좌우가 바뀐 등가물과 비슷한 구조를 지닌 것이 그의 작품들이기 때문이다. 「겨울 아이」 「역신(疫神)의 축제」 「읍내 떡뻥이」 「그들은 그렇게 잊었다」 등이 절필 이전인 1970년대 말부터 1980년대 초까지의 작품 세계를 보여주는 작품들이다. 그리고 절필 시기의 경험과 고통을 담고 있는 「제비나비의 꿈」과 「바이칼 그 높고 깊은」이 1990년대 중반의, 작가가 절필했던 시기를 대표하는 작품들이라고 할 수 있다. 나머지 「그해 가장 길었던 하루」나 「내 기타는 죄가 많아요, 어머니」 「항아리야 항아리야」 「감자꽃 필 때」는 작가가 다시 글을 쓰기 시작한 이후인 1990년대 말부터 2000년대 초까지의 작품 세계를 보여주는 작품들에 해당한다.

　작품들의 면면에서 드러나듯이 이 작가는 '왜 쓸 수 없는가'라는 문제조차 소설이 되고, '왜 계속 쓰고 있는가'가 삶의 이유가 되는 천형(天刑)의 작가이다. 때문에 위의 인위적인 시기 구분이나, 그런 구분의 기준이 되는 '절필'이라는 단어 자체가 무의미하거나 모순적인 작업일 수밖에 없다.

그러나 그 자체로 한 작가의 문학적 연대기이자 산업화나 근대화 이후의 한국 소설사에 해당한다면, 이 소설집을 이런 시각에서 바라봄으로써 그의 문학 속 '밀실'과 '광장'을 상호 소통시켜주는 창이나 문을 달 수도 있을 것이다.

박범신의 초기작들은 『죽음보다 깊은 잠』이나 『풀잎처럼 눕다』 『밤이면 내리는 비』 『물의 나라』 『불의 나라』 등의 베스트셀러 장편소설로만 그를 평가하거나 기억하는 사람들의 뒤통수를 치는 수준과 경향을 보여주고 있다. 소외되고 억압받는 자들을 내세워 1970년대의 산업화나 독재를 비판하는 사회성 짙은 소설들을 씀으로써 '잠수함 속의 토끼'와 같은 민중과 작가의 모습이 강조되고 있기 때문이다. 첫 창작집의 표제작이기도 한 「토끼와 잠수함」에서도 드러나듯이 이 작가에게 1970년대 사회는 밀폐되고 억압적인 잠수함에 다름아니다. 이런 잠수함 속 공기의 움직임이나 변화를 가장 예민하게 알려주는 것이 바로 토끼이다. 잠수함 내의 공기중 산소 포함량을 진단하기 위해 태운 토끼의 호흡이 정상에서 벗어날 때부터 여섯 시간을 최후의 시간으로 삼기 때문이다. 이런 맥락에서 한 사회의 억압 정도나 위험 수위를 가장 정확하게 알려주는 인물 군상이 바로 토끼로 대변되는 1970년대의 '뿌리 뽑힌 자'들이다. 그리고 그런 토끼들의 호흡에 가장 민감하게 반응하는 작가 또한 게 오르규의 「25시」에 나오듯이 잠수함 내의 토끼에 다름아님을 박범신의 초기작들은 여실히 보여준다.

「겨울 아이」에서 군 수리 조합장의 아들 '나'가 귀향길에서 만난 아이로부터 확인하게 된 것은 '나'의 아버지로 인해 소읍 사람들이 삶의 터전을 잃었다는 사실이다. 경제의 발전 논리에 입각해 농토를 목장이나 유원지로 만드는 과정에서 주변부로 내몰린 아이의 가족들은 읍의 분뇨 탱크가 바로 집 앞에 세워지는 수모까지 당한다. 급기야 그 분뇨 탱크 속에 아이의 어린 여동생이 빠져 죽자 '나'의 죄의식과 부끄러움은 더욱 커진다. 아이의 가족들이 항변하는 것은 "똥깐보다 사람살이가 더 귀하다"는 것이다. 이런 기본적이고도 인간적인 원칙이 지켜지지 않는 사회에 대한 분노가 아이로 하여금 '나'가 투숙해 있던 자신의 여관집에 불을 지르는 행동으로 발전한다. 이를 통해 강조되는 것은 도시화에 따른 농민의 해체와 심화된 빈부 격차 및 계급 간의 갈등이다.

보다 구조적이고 체계적인 입장에서 권력의 문제에 천착한 작품이 「역신의 축제」이다. 10여 년 후에 「틀」이라는 작품으로 확대 개작되기도 한 이 작품에서는 세계의 폭력성이나 권력의 편재성에 대한 작가의 신랄한 비판이 이루어지고 있다. 전근대적이고 씨족적인 권력을 대표했던 강진사의 세력을 타파한 뒤 새롭게 등장한 전도사의 권력은 근대적이고 합리적인 지배의 외양을 갖추고 있다. 그러나 전도사가 내세운 "이제 곧 잘살 수 있게 된다"라는 당의정(糖衣錠) 속에는 마을 사람들을 희생 제물로 삼는 권모술수가 숨겨져 있다. 전도사에 의해 이용당한 후 자살하는 어린 화자 '나'의 누나로 대표되는 마을 사람들의 희생을 대가로 치르고 '새로운 강진사'로 재림한 것이 바로 전도사이기 때문이다. "우리 동네에선 강진사가 자유를 정하는 거랬어요"에서 "마을의 모든 일은 전도사가 결정했다"로 바뀌었을 뿐, 혹은 아이들의 우두머리가 강진사의 손자에서 타자이자 약자였던 '나(성재)'로 바뀌었을 뿐 마을 사람들의 지위나 삶에서 달라진 것은 없다. 오히려 합법화되거나 자발적인 복종을 강요한다는 측면에서 더 고급화되고 무서워진 권력이 재생산된 것일 뿐이다. 그래서 작가는 신을 위한 진정한 희생이나 제의는 없고, 가짜 신인 역신들을 위한 허황된 축제만 있는 병들고 타락한 사회, 지배하는 사람은 바뀌었지만 권력의 틀은 바뀌지 않은 억압적인 사회에 대해 불신과 허무를 느끼고 있다.

이와 연관되어 희생양이나 제물에 해당하는 억압받는 소수, 뿌리 뽑힌 자, 소외된 계층, 밑바닥 인생 등에 대한 작가의 관심과 애정을 대변하는 인물이 바로 「읍내 떡뻥이」의 떡뺑이다. 떡뺑이는 거지인 굴노인의 보살핌을 받는 정신적 · 육체적 불구자이다. 그런데 이처럼 정신도 모자라고 꼽추이기도 한 떡뺑이의 유일한 보호처인 굴노인의 집이 철거될 위기에 처한다. 동네 유지이자 발전 세력을 대표하는 극장 주인 만상의 돈 되는 버드나무를 보호하기 위해 힘없는 굴노인의 30여 년이나 된 보금자리가 헐리도록 도시 계발 계획이 변경된 것이다. 굴노인은 집의 보상금으로 받은 3만 원을 거지 왕초인 이쁜이에게 주면서 떡뺑이의 앞날을 부탁한다. 그러나 단지 돈이 탐났던 이쁜이는 떡뺑이가 만상과 그의 부하인 성구의 성적 노리개였고 임신까지 한 사실을 알고는 떡뺑이를 내친다. 다시 굴노인을 찾아간 떡뺑이는 강물에 빠져 죽으려는 굴노인을 따라 생을 마감한다. 이쁜이 또한 만상의 극장에 불을 지른 후 사라진다. 이처럼 사라진 '강경읍의 명물들'을 대신하는 것은 산업화와 도시화의 물결이다. "커다란 불도저가 한입에 토굴을 잡아먹고, 사람들은 살기 좋아졌다 환호하고, 결국 금강물을 뽑아 올리는 터빈이 밤낮없이 돌아가며, 기계 소리가 몸서리를 쳐댈 것이다"라거나, "때마침 읍에서 새마을운동의 일환으로 페인트칠이다, 간판을 새로 단다, 읍내 미화 운동을 개시했다"라는 말이 함축하는 바는 과연 읍내 명물들의 희생으로 인한 개발이 누구를 위한 것인지 그리고 진정한 발전인지에 대한 근본적인 회의라고 할 수 있다.

이와 다른 맥락에서 사회의 폭력이나 발전 논리에 의한 희생을 4·19세대의 변모로 형상화환 작품이 「그들은 그렇게 잊었다」이다. 사회에 의한 억압에서 예외자란 있을 수 없다는 사실을 혁명의 주체이자 지식인인 인물들을 통해 보여주고 있는 것이 이 작품이다. 고1때 정의감과 건강함에 불타 4·19혁명에 참가했던 '나'는 지금은 38세의 실직자가 되어 무기력한 삶을 영위하고 있다. 그러다가 혁명 때 목숨을 잃은 친구의 묘지 앞에서 우연히 재회한 선배를 통해 '나'는 4·19혁명으로 대표되는 희망과 생명력을 되찾으려 한다. 이것은 "잊지 말아야 할 것을 잊지 않고 사는 방법"을 찾기 위한 몸부림에 다름아니다. 그러나 '나'가 확인한 것은 먹고살기 위해 개장수로 변신한 선배의 모습이다. 더욱더 비극적인 것은 선배를 이처럼 세속적이고 속물적인 생활인이나 정의와 신념을 상실한 변절자로 만든 것이 바로 거부할 수 없는 자본주의적인 현실이라는 사실이다. '초전박살'이나 '하면 된다'는 자본주의의 논리 자체가 흉기가 되어 선배의 삶을 훼손시키고 있었던 것이다. 원하지 않았으나 피할 수 없었다는 점에서, 그럼에도 불구하고 가족들에게조차 오히려 개처럼 취급당한다는 점에서 선배는 가해자가 아닌 피해자이다. 정의나 자유, 순수가 오히려 독소가 되면 패배자가 될 수밖에 없다. 그리고 가해자로 살아도 이길 수 없다면 피해자가 된다. 이처럼 이 소설은 과거의 영광을 잊지 않고서는 살 수 없는 사람들에게는 희망이나 신념 자체가 오히려 흉기가 된다는 것을, 그리고 그 흉기가 바로 폭력적인 사회가 획책한 '자살을 빙자한 타살'에 사용되고 있는 무형의 무기에 다름아님을 아프게 전하고 있다.

이상의 4편의 초기작들은 "나는 급속한 산업화로 무질서한 장터 같았던 당시에 그 산업화의 필연적 산물인 구조적 불평등과 계급 간의 갈등 문제에 나의 중·단편을 바쳤다"(「그해 내린 눈 지금 어디에」, 『흰 소가 끄는 수레』, 창작과비평사, 1997)라는 작가의 고백이 진실임을 확인시켜준다. 비판적이고 비관적인 사회나 세계에 대한 인식을 통해 베스트셀러만이 아니라 문제작을 쓴 작가로서의 면모를 확실하게 보여주고 있기 때문이다. 이로써 박범신은 독자 혹은 평론가가 안(못) 읽은 것이 아니라 작가가 쓴 것, 베스트셀러냐 아니냐가 아니라 좋은 소설인가 아닌가가 전체적인 문학 평가에 있어서 중요하다는 것을 강조한다. 그리고 이 시기를 관통하는 작가의 관심이 '인간주의 이데올로기'였음도 보여준다. 기존의 거칠거나 직접적으로 사회를 반영하는 소설들과 박범신의 초기작이 갈라서는 지점도 바로 이 부분이다. 그는 사회를 말하기 위해 인간을 말하지 않고, 인간을 말하기 위해 사회를 말한다. 때문에 이 작가에게 리얼리티는 현실이기도 하지만 영혼이기도 하다. "우리는 누구나 풀잎 같고, 그렇지만 세상은 늘 우리에게 칼날이 되라고 한다"(『황야』 3권, 청한문화사, 1990)라는 문제의식이 이 시기의 작가를 지배했기 때문이다.

하지만 이처럼 풀잎처럼 자른 칼날에 대해 "재미있고도 향기롭게 말하는 대중성과 현실 비판 의식을 저버리지 않는 문제성이라는 두 마리 토끼"(「그해 내린 눈 지금 어디에」)를 모두 잡으면서 문학화하려 했던 작가에게 위기가 찾아온다. 절필 직전에 쓴 작품인 「그해 내린 눈 지금 어디에」에서 드러나고 있듯이 1980년 광주로 대표되는 현실적 억압의 무게에 짓눌려 있던 작가에게 상상력의 고갈이라는 문학에서의 파산 선고까지 내려진 것이다. 현실과 일정한 거리를 유지하면서 자신의 사막 혹은 골방에서 피 흘리는 구도자처럼 소설을 쓰던 작가에게 '실제 작가'의 모습과 '풍문 속 작가'의 모습 사이에서 발생하는 괴리도 커다란 고통이었겠지만, 더 심각한 고통은 '골방'과 '광주' 사이의 거리, '글'과 '삶' 사이의 거리에서 오는 분열과 회의이다. 그래서 펜을 놓게 된 작가는 3년이 흐른 후에 "글쓰기를 중단하고 있는 동안 내가 아프게 만났던 자기 성찰의 보고서"(「작가의 말」, 『흰 소가 끄는 수레』)에 해당하는 「흰 소가 끄는 수레」 연작 5편을 쓴다.

그중 한 편인 「제비나비의 꿈」은 절필한 소설가가 베스트셀러 작가였던 자신을 비판한 교양 국어 강사로 인해 상처 입은 스무 살 아들과 나눈 대화체로 진행되는 소설이다. 하지만 이 소설이 단순한 작가의 자전적 고백에서 그치지 않는 이유는 '무리'로부터 튕겨져 나온 '제비나비의 꿈'을 문제 삼고 있기 때문이다. 문학의 절대적 힘을 강조하는 것은 이 작가에게 전혀 새로운 것이 아니다. 박범신에게 작가란 문학을 하지 않으면 죽을 수밖에 없는 존재이기 때문이다. 여기서 더 나아가 작가는 '무리'로 대변되는 지배적이고 억압적인 제도나 질서, 폭력적인 집단성이나 전체성을 거부함으로써 소외될 수밖에 없는 소수의 공포를 강조하고 있다. 소설 속 '나'가 폭력적인 교사에게 저항했었던 고등학교 때의 체험, 힘있는 교장의 권력에 외롭게 저항했었던 전임 강사 시절의 체험, 신문사 입사 시험 때 경험한 소수자로서의 체험 등을 열거하는 것도 이런 공감을 강조하기 위함일 것이다. 그에게는 수치심이나 모멸감이 아니라 무리에서 떨어져 나왔을 때 겪게 되는 이런 공포감이 문학적 트라우마와 연결된다. 무리로부터의 소외로 인한 공포감이 절필의 동기가 되는 것도 이 때문이다. 유명 작가라는 소문이나 단정으로 인해 자신의 문학의 실체를 규명조차 하지 않으려는 '무리'들로부터 느낀 소외와, 자신이 지금까지 일궈온 문학 전체라는 '무리'로부터 자기 자신의 삶이 벗어나 있을 때 느끼는 소외가 동시에 공포를 유발시킴으로써 그를 절필로까지 몰고 간 것이다. 하지만 그는 다시 무리 속으로 돌아가 무리 속에서 무리를 위한 문학을 하기 위해 절필을 철회한다. '문학을 위한 삶'에서 '삶을 위한 문학'으로, '운명의 문학'에서 '일상의 문학'으로 무게중심을 옮기기 위해 필요했던 어둠의 시간을 극복했기 때문이다. "길고 고통스러운 어둠의 시간을 꿈꾸며 인내하고 나서 마침내 그 무명(無明)을 일시에 무너뜨리는 나비의 탈피와 비상"이 진정한 작가의 임무로 비유되고 있는 것도 이런 이유 때문이다.

「바이칼 그 높고 깊은」에서는 딸에게 보내는 편지 속에서 이런 작가의 임무가 변주되어 나타나고 있다. 글쓰기를 멈추었음에도 불구하고 사라지지 않는 집착과 탐욕, 번뇌에서 벗어나기 위해 작가는 "시베리아 대삼림 가운데 물 맑은 영혼의 심지로 밝혀 있는 바이칼"을 찾아간다. 이 여행에는 "내가 쓴 소설들은 삶을 여는 것이었던가, 한정지어 닫는 것이었던가"에 대한 작가로서의 회의가 작용한 것이다. 그래서 자신의 문학하는 자세와 운동권 딸의 시위하는 자세를 대비시키면서 두 가지의 자세가 합일될 때 물과 불, 수심과 수면, 심신(心神)과 색신(色神) 등도 하나가 될 수 있음을 강조한다. "네가 불타는 아비(阿鼻)의 거리에서 꿈꾸듯이, 나 또한 세상 속으로 돌아가 보다 높고 보다 낮은, 보다 고독하고 보다 깨끗한 나의 사랑을 꿈꾼다"라는 작가의 말이 이런 합일을 위한 기초가 된다.

이처럼 세상 속에 적극적으로 들어가 '열린 문학'을 하고 싶다는 작가가 다시 초심으로 돌아가 쓴 '또다른 처녀작'들이 바로 「그해 가장 길었던 하루」와 「내 기타는 죄가 많아요, 어머니」 같은 작품이다. 작가 스스로도 첫 창작집인 『토끼와 잠수함』을 연상시킨다는 소설집 『향기로운 우물 이야기』에 실려 있는 작품들로서, "서사의 길을 닦아 세상 속으로 가고 싶다"(「작가의 말」)는 작가의 의도가 잘 드러나 있기도 하다. 여기서 작가가 강조하는 서사의 회복은 1990년대 문학의 내면화 경향에 대한 비판에서 비롯되었기에 의미심장하다. 그가 강조하는 서사가 단순히 이야깃거리나 줄거리 중심의 소설이 아니라 독백이 아닌 대화, 고립이 아닌 관계, 본질이 아닌 실존을 회복시키려는 문학의 권리장전으로 읽히기 때문이다. 초기작들을 강하게 연상시키면서 전통적이고 정통적인 계열에 속하는 「그해 가장 길었던 하루」가 이 지점에 자리잡을 수밖에 없는 것도 이 때문일 것이다.

특히 「내 기타는 죄가 많아요, 어머니」에서 작가가 다시 한번 확인시켜주는 것도 바로 현실과의 실제적 관계에서 발생할 수 있는 문학의 유죄성이다. 이 소설에서 동일 인물인 '우대산'과 '서우빈'의 이중성은 그 자체로 문학과 현실, 작가와 문학이 관계 맺는 방식의 은유라고 할 수 있다. 유명 작가인 '나'를 사칭하면서 '나'의 시까지 도용하는 사기꾼 우대산은 문학을 통해 비뚤어진 호사 취미를 누리려 하거나 자신의 열악한 신분에 대한 불안감을 편법으로 해소하려는 '가짜'에 불과하다. 그러나 진짜 예술을 지향했다가 그런 자신으로 인해 오히려 굶어 죽었던 카나리아로 인해 가짜의 길로 들어선 후 그런 가짜를 보고 열광하는 가짜 애호가들을 비웃으며 굴복시키려고 하는 서우빈은 '진짜'일 수도 있다. 가짜를 비판하는 가짜는 진짜이기 때문이다. 이처럼 평가가 전도될 수 있는 우대산 혹은 서우빈을 통해 작가의 분신인 '나' 또한 자신의 문학을 되짚어본다. 이것은 문학이 유죄인 경우가 과연 '가짜 같은 진짜'일 때인가 아니면 '진짜 같은 가짜'일 때인가라는 심오한 질문과 연결될 수 있기에 이 소설을 뒤집어진 '예술가 소설'로도 읽히게 한다. 우대산이 아무리 추상적인 이미지에 불과할지라도 힘들고 배고팠던 시기에 자신의 등불이 되어준 것처럼, 아무리 가짜일지라도 서우빈의 문학이 그에게 한순간의 진실이나 감동을 준다면 비난만 할 수 있을 것인가. 이것은 그대로 우대산 혹은 서우빈에게 죄를 짓게 한 '나'의 문학은 과연 진짜이자 무죄라고 확언할 수 있는가에 대한 회의로까지 발전한다. 이런 자신의 문학에 대한 도저한 회의주의와 결벽증을 통해 이 작가의 문학에 대한 숭고한 열정은 더욱더 깊어진다.

이토록 힘들게 제자리를 되찾아가고 있는 이 작가에게 진짜 중요한 것은 죽음에 대한 욕망과 불멸에 대한 의지 사이에서 느끼는 갈등과 괴리와의 싸움임을 알려주는 작품이 「항아리야 항아리야」이다. 이 작품에서 늙은 여류 작가나 무기력증에 빠진 화가 '나'의 비생산성은 "아이를 밸 수 없는 자들의 쓸쓸하고 참혹한 퍼포먼스"(「작가의 말」, 『빈방』, 이룸, 2004)를 유발시키고 있다. 작가는 이를 통해 생명력으로 가득찬 별과 빛을 품고 있는 우주조차 아무런 생명력이 없는 "무기물의, 커다란 투구"(「작가의 말」)로 여기는 현대인들의 불임성을 고발한다. 이 소설 속에서 반복되어 등장하고 있는 씨앗을 품고 있는 해바라기, 큰 젖가슴을 가진 여성의 몸, 임산부의 자궁을 닮은 항아리, 완형(完形)의 달(月)이나 모래 언덕, 부풀대로 부풀어오른 여성의 음부를 닮은 산골짜기 등은 모두 생명력과 풍요로움의 상징이다. 원형(圓形)을 통해 생산적인 창조력을 지향하는 원형(原型)들에 해당하기 때문이다. 반면 '나'의 헛배나 중심이 텅 빈 항아리, 옛 애인 혜인의 가짜 젖가슴, 무기질의 호피티hoppity 등은 모두 불모와 불임의 상징이다. 대조되는 이 두 상징을 통해 작가

166

는 죽음과 생명, 소멸과 불멸, 공허와 충만 사이의 갈등을 문제 삼고 있다. 때문에 필생의 야심작을 쓰려고 했던 늙은 여류 작가의 자살 이후에 "나는 남몰래 대형 항아리 속을 들어갔다"라는 말로 끝나고 있는 이 소설은 고래 뱃속으로 들어가 다시 태어나고 싶은 수많은 요나들의 재생 혹은 신생에 대한 염원을 형상화한 것이라고 볼 수 있다.

「감자꽃 필 때」는 지금까지 살펴본 작가의 중·단편들이 지향하는 바가 무엇인지를 잘 보여주는 결정판에 가까운 소설에 해당한다. 두 갈래의 길이 있다. 밭둑길로 대표되는 벙어리 농부의 길과, 시멘트길로 대표되는 용암사 주지의 길이 그것이다. 두 길 모두 "묘지로 이어지는 길" 혹은 "삶으로부터 저승으로 빠져나가는 길"이다. 물론 그 길의 모양이나 끝은 서로 다르다. 농부의 밭둑길이 텅 빈 듯하지만 분주한 반면, 주지의 시멘트길은 분주하지만 공허하다. 농부의 길이 외롭지만 순수하고 정갈하다면, 주지의 길은 활달하지만 집착과 미련으로 인해 춥고 추하다. 때문에 "언제나 이것과 저것, 삶과 죽음의 경계가 없고 일체의 결핍도 없는, 불멸의 삶을 살 수 있는 이상향"인 '샹그리라'로 갈 수 있는 사람은 시멘트길로 죽음에 이른 주지가 아니라 밭둑길로 죽음에 이른 농부이다. 이를 통해 작가는 불멸에 이르기 위해서는 제대로 죽어야 한다는 것, 제대로 죽기 위해서는 제

대로 살아야 한다는 것, 제대로 살기 위해서는 제대로 아프
거나 많이 버려야 한다는 것을 보여준다. 죽지 않고서는 불
멸에 이를 수 없는 삶의 모순을, 그렇기에 더욱더 치열한 삶
을 포기할 수 없다는 낭만적 아이러니를 강조한 것이다.

　이렇게 볼 때 박범신 문학은 시간을 통과시키는 문학이
아니라 시간과 함께 흘러가는 문학임을 확인하게 된다. 무
엇을 위한 문학이 아니라 그 자체로 문학인 문학, 수면의 변
화나 흐름을 수용하고 합일시키려는 심해의 불변성과 영원
성을 동시에 추구하는 문학이 바로 이 작가의 문학이라고
할 수 있다. 따라서 이 책에 실린 거의 대부분의 작품 속에
서 죽음에 이르는 인물을 등장시키면서 작가가 탐구하고자
했던 것은 통렬한 죽음에 이르고 싶은 작가의 근원적인 욕
망임과 동시에 죽음 이후의 삶마저 문학화하려는 지독한
소명 의식이기도 하다. 이런 그의 문학은 앞으로 변하면서
도 변하지 않을 것이다. 죽음의 유한성을 인정함으로써 불
변의 불멸성에 도달하려는 부랑(浮浪)의 문학이기 때문이
다. 소포클레스의 『필록테테스』에 나오는 작가의 은유처럼
그는 독사에 물린 고약한 상처를 지녔기에 집단으로부터
유리되기도 하고, 활을 잘 쏘는 특별한 재능 때문에 어쩔
수 없이 집단의 부름을 받기도 하는 존재이다. 또한 남을
아프게 하기 위해 자신이 먼저 앓는 환자이자, 자신의 항원

체로 그 병을 치료할 수 있는 유능한 의사이기도 하다. "내 몸 안엔 늙지 않는 예민하고 포악한 어떤 짐승이 살고 있다" (「작가의 말」,『빈방』)라고 말하는 작가라면 그 엄청난 업(業)을 감당할 수 있을 것이다. 여기 모인 작품들이 바로 그가 사회나 인생 혹은 문학을 겨냥해 정확하게 쏘아댄 화살들이다.

4부

작가
초상

이순원
한지혜
이기호
백가흠

그의 기차는 지금 어디로 가고 있을까?*

이순원(소설가)

1. 어느 날의 느닷없는 통화

확실히 사람은 머리가 좋아야 한다. 꼭 그래야 할 이유는 없지만, 그래도 머리가 좋으면 여러 가지로 편한 점이 많다. 그런데 나는 그렇지가 못하다. 내 소설 어디에서도 잠시 얘기했던 것처럼 나는 이미 열두세 살 때 형으로부터 "머리가 안 좋으면 손발이 일찍 고생한다"는 구박을 받으며 살아왔다. 나는 지금도 이 말을 내 삶의, 또 내 운명의 한 부분처럼 받아들이고 산다.

---

* 『숲은 잠들지 않는다』 2 발문, 세계사, 2003, 251~258쪽.

소설가 박범신 형 얘기를 하는 자리에서 왜 이 이야기부터 꺼내는지, 그 이유를 말하면 이렇다. 내가 그 양반을 언제 처음 만났는지, 갑자기 그게 떠오르지 않는 것이었다. 아주 예전의 일도 아닌데 말이다. 그래서 처음 서로 얼굴을 봤던 때는 뒤로 제쳐놓고, 우리가 처음 전화로 통화를 했던 때가 언제인가, 그것부터 떠올려보기로 했다.

1997년 봄인가, 아니면 아직 봄이 시작되기 전의 겨울인가, 아무튼 그때였던 것 같다. 그날 나는 그동안 미처 읽지 않은 지난해의 어떤 계간 문예지에 실린 중편 「흰 소가 끄는 수레」를 읽었다. 그때 그는 3년 동안 절필중이었다. 그 얘기도 나는 신문에서만 봤을 뿐 이제까지 단 한 번도 그의 얼굴을 본 적이 없었다. 보다 젊은 시절에 그의 작품을 꽤나 많이 읽었던 것말고는 실제로는 전혀 상관없이 살았다.

그러나 한 작가가 절필을 한다는 것. 글의 자살까지는 아니라 하더라도 그동안 글을 쓰며 남에게 입은 상처든 스스로에게 입힌 상처든 그 생채기가 아플 대로 아파서 이제 그것을 그만 잊자거나 치유하자는 뜻으로 '절필 선언'을 하는 경우란 없을 것이다. 그보다는 오히려 그래, 어디 얼마나 더 아픈가 보자, 하는 식으로 그 상처에 다시 자기 자신이 상처를 더하며 시간을 견뎌보는 일일 것이다.

작가가 다른 작가의 소설에 감동을 받는다는 것은 그렇

게 흔한 일이 아닐 것이다. 그런데 그날 나는 그가 절필 선언 후 3년 만에 내놓은 「흰 소가 끄는 수레」를 뒤늦게 읽으며 나도 모르게 가슴이 싸해져왔다. 그러고는 '문인 주소록'을 뒤져 그에게 전화를 걸었다. 그러나 주소록에 나온 대로 집으로 건 그 전화는 첫번에 연결되지 않았다. 용인 집필실에 있다고 했다. 그래서 집에서 불러주는 전화번호를 받아 적어 다시 걸었다.

"여보세요."

그가 전화를 받자 나는 첫마디에 내 이름을 댔다. 그냥 이름만 대면 혹시 그가 모를지도 모르겠다는 생각에 "후배 소설가, 이순원입니다"라고 말했다. 그리고 한 시간쯤 소설에 대한 이야기를 했다. 꽤 오랜 시간 통화를 하다보니 처음의 어색함이 걷혀져 이런 얘기도 했던 것 같다. "1970년대 말과 1980년대 우리 문단은 선생님한테 왜 그렇게 냉담했습니까?" 그는, "냉담하기는 뭘, 내가 제대로 못했으니까 그랬겠지요"라고 대답했다.

1970년대엔 1970년대의 문학이 있고, 1980년대는 1980년대의 문학이 있다. 더구나 그 시기, 우리 문학이 사회 변혁의 주도적 입장에 섰던 것도 알고, 그 몫도 알고 있다. 그러나 근거 없는 내 느낌이었는지 모르지만 이상하게 그 시간 동안 나는 그가 좋은 작품을 끊임없이 발표하면서도 어느 한편 문단 주류로부터 냉대를 받고 있다는 생각을 했다. 더 솔직히 말하면 그 시기, 작가로서 그가 거둔 대중적 성공에 대한 주류들의 시기와 질투도 직접 대놓고 말을 못해서 그렇지 그런 '냉담'의 한 기초가 되지 않았겠는가, 하는 것이었다. 나는 이것도 그를 힘들게 했던 이유 중의 하나였을 것이며, 또 절필 선언 당시 여기에 대해 그도 마음속으로 할 말이 많았을 것이라고 생각해왔던 것이다. 어쨌거나 그는 3년 만에 다시 펜을 잡았고, 그날 우리는 소설을 쓰는 선후배 간에 허심탄회한 이야기를 꽤나 오랫동안 했던 것 같다.

2. 기억 속의 하숙집 옆집 여자

박범신, 하면 또 한 명 떠오르는 사람이 있다. 이젠 정말 얼굴조차 다시 그려낼 수가 없는, 기억 속의 한 여자가 있다.

1979년, 그때 나는 춘천에서 공부를 하고 있었다. 우리 하숙집엔 하숙집 아주머니만 여자였고, 그 집 식구들과 또 하숙생 모두를 포함해서 열두 명쯤의 남자가 살았다. 아침에 자고 일어나면 소주병만 한 박스씩 대문 앞에 쌓였다. 그런데 우리 하숙집 옆집도 우리집과 똑같은 하숙집이고, 거기에도 열두 명쯤의 남자 하숙생이 있었는데도 소주병 같은게 전혀 나오지 않았다.

유신 말기였고, 그때 야당이었던 신민당 내부에는 '주류' 와 '비주류' 얘기가 연일 신문을 장식하던 때라 우리는 우리가 하숙하는 집을 '주류집', 또 옆집을 '비주류집'이라고 불렀다.

그렇다고 '비주류집' 하숙생들이 전혀 술을 마시지 않느 냐면 그건 또 아니었다. 이들도 엄청 마시기는 하는데, 자기 하숙집에서 마시는 게 아니라 집앞 골목에서 술을 사와 우리 하숙집으로 와서 마시는 것이었다. 왜냐면 그 '비주류' 하숙집 아주머니가 술만 보면 질색을 하기 때문이었다. 한번 두번은 봐주지만 세번째에 걸리게 되면 여지없이 "속초 학생, 강릉 학생, 다음달에 방 비워줘" 소리가 나오기 때문이었다. 그런데도 그 하숙집이 자유 널널한 우리집보다 훨씬 인기가 있었다.

우리 하숙집에는 없는 '하숙집 딸'이 있었기 때문이었다. 부엌에서는 어머니가 밥상을 차리고, 그렇게 차려진 밥상을 방으로 들여가는 것, 이것이 하숙집 딸의 주임무였는데, 그 하숙집 딸의 나이가 우리와 비슷했던데다가 얼굴도 소문나게 예뻤기 때문이다.

그게 또 벌써 이십여 년 전의 일이다. 그렇게 시간이 흐르고 나니 그때 그녀가 예뻤다는 것만 기억날 뿐 다시 떠올리려고 해도 얼굴은 조금도 기억나지 않는다. 그렇다고 아주 떠오르는 게 없는 것도 아니다. 내가 지금도 기억하고 있는 것은 그녀의 예쁜 손과 그 손에 들려 있던 가위이다.

그 '비주류집'에도 같은 과 친구가 있어 놀러가면 마루 끝에 앉아 신문을 오리고 있는 그녀를 볼 때가 종종 있었다.

"뭘 오려요?"

그러면 그녀는 "아무것도 아니에요" 하고 살짝 얼굴을 붉히며 가위와 신문을 치웠다. 아무튼 학기가 시작되던 봄부터 그랬는데, 가을까지도 그녀는 가끔씩 그렇게 마루 끝에 앉아 신문에 가위질을 했다.

그러다 그해 가을 내가 학교 신문사에서 주최한 '대학문학상'에 소설이 당선되었다. 이때까지도 이 '비주류' 하숙집 딸은 나를 기억하기로 3월부터 가을까지 하숙비가 밀린 옆집 '주류집'의 골칫덩어리 하숙생 정도로만 여겼던 것 같다 (이런 것은 하숙집 간의 서로 정보 교류를 하는 모양이다. 그 하숙비는 그해 겨울 '교련 거부' 후 느닷없는 입대와 동시에 우리집에서 올라와 몫돈으로 갚았다).

그렇게 소설이 당선된 다음 어느 날 내가 그 '비주류집'에 놀러갔을 때, 신문을 오리던 그녀가 먼저 학보에 실린 내 소설 얘기를 하는 것이었다. 그러면서 이렇게 말했다.

"이다음에 꼭 이런 소설 하나 써요. 그러면 내가 동네방네 자랑을 할게요. 내가 아는 사람이라고."

"그게 뭔데요?"

"박범신이라고 알아요?"

"예. 알죠."

"그 사람 소설이에요."

그때야 알았던 것이다. 그녀가 마루 끝에 앉아 가위를 들고 오렸던 것이 바로 그때 중앙일보에 연재되던 박범신의 『풀잎처럼 눕다』였던 것이다. 나는 그녀에게 일찍이 내가 보았던 박범신의 「여름의 잔해」 「토끼와 잠수함」 「시진읍」 이야기를 했다. 그중 「토끼와 잠수함」은, 지난해 이제 정식으로 작가 공부를 시작해야 되지 않나 마음먹었을 때, 그리고 70편 가까운 단편소설을 필사했을 때 내 손으로 원고지에 옮겨 써본 작품이기도 했다.

그때 나는 그녀에게서 그녀가 10개월 가까이 오려 모은 (그러나 연재가 아직 끝나지 않은)『풀잎처럼 눕다』를 빌려 읽었다. 그리고 이것이 앞으로 다가올 1980년대를 지배하게 될 '도시적 감수성'이 아닐까 하는 생각을 했다.

지금 그 '비주류집' 딸은 어디에서 무얼 하며 나와 같이 나이를 먹어가고 있는지.

후에도 나는 그런 사람 몇을 만났다. 그 시절 박범신의 『풀잎처럼 눕다』를 오리는 것으로 1970년대의 마지막 해를 보냈다는, 문학처녀 혹은 문학숙녀들을……

3. 기차가 가슴을 밟고 지나간다

내 형이 일찍이 말했던 것처럼 나는 확실히 머리가 안 좋은 것 같다. 이 글을 여기까지 써왔는데도 그후 박범신 형을 어디에서 처음 얼굴을 마주대했던 것인지 도대체 기억나지 않는다. 언제 무슨 일로는 기억나지 않는데, 그날 의기투합해서 술 한잔 나누었던 것은 생생하게 기억한다.

나는 예의가 발라서 (이해하라, 스스로 이렇게 말함을) 선배들을 깍듯이 대한다. 나보다 두 살만 많으면 그 자리에서 '형'이고, 다섯 살쯤 위면 '선배님' 하고 부르고, 열 살 위면 무조건 '선생님' 하고 부른다.

그런데 소설가 윤후명씨와 박범신씨에 대해서는 '형'이라고 부른다.

먼저 윤후명씨에 대한 얘기. 처음엔 윤후명씨에 대해서도 '선생님'이라고 불렀다. 그러자 어느 날 이분이 화를 내듯 내게 이렇게 말하는 것이었다.

"나, 태어나서 일찍 올라오긴 했지만 너하고 같은 강릉에서 태어났어. 거기 임당동 천주교회에 가면 어릴 때의 내 적(籍)도 있다구. 앞으로 선생님이나 선배님이라고 부르지 말어. 거리를 두는 거 같아 싫다구. 그냥 형이라고 불러. 알았지? 형이라고."

그리고 또 한 사람 박범신씨가 그렇게 말했다.

"선생님은 무슨 얼어죽을 선생님이야. 야, 너 앞으로 내 앞에서 무조건 형이라고 불러. 그래야 사람이 가까워지지. 그러잖으면 부르지도 마."

그런데도 그뒤 몇 번 선생님이나 선배님이라고 불렀고, 그때마다 같은 통을 맞았다. 처음엔 어색했는데 지금은 익숙해져서 '형' 소리가 편하다. 처음 한번 서로 얼굴을 보기 힘든 것이지, 일단 서로 얼굴을 보고 나자 후에도 자주 어울릴 기회가 있었다.

그중에서도 가장 기억에 남는 것은 '민족문학작가회의'에서 함께 동해안으로 여행을 갔을 때였다. 그때 박범신 형은 '민족문학작가회의 소설분과위원회 위원장'이었고, 나와 최인석 형이 부위원장이었다. 그리고 소설가 심상대씨가 이 이름도 긴 분과위원회 간사였다. 금강산 관광이 막 이루어질 때였고, 그 배가 떠나는 동해시에서 '통일문학 심포지엄'을 가졌다.

하루 심포지엄을 끝내고 다음날 서울로 돌아와야 했으나 그날 우리는 그곳 바닷가에서 술판을 벌였다. 묵호항에서도 한번 술판을 벌이고, 다음날 강릉 경포대에 올라와서 다시 한번 술판을 벌였다. 묵호항에서 갓 잡아올린 오징어와 한치, 광어, 멍게, 해삼 따위를 커다란 일회용 접시 위에 펼쳐놓고, 또 일회용 종이컵(소주컵이 아니라 커피컵)으로 그 동네 말로 하자면 '사발떼기' 소주를 마셨다.

그때 술을 마시던 중 박범신 형이 말했다.

"지금 내 가슴으로 기차가 지나간다."

술을 마셔 가슴이 쿵쾅거린다는 얘기였다. 그렇게 다음날도 낮술을 걸치고, 다시 경포대로 올라와 저녁 술판을 또 한차례 벌였는데, 그가 내게 물었다.

"여기 경포대는 기차가 없지?"

나는 전에는 있었지만 지금은 기찻길과 역만 있을 뿐 기차가 다니지 않는다고 대답했다.

"그럼 나는 다시 묵호로 돌아가야 해."

"왜요?"

"기차가 있는 데로."

그는 여전히 "지금 내 가슴으로 기차가 지나간다"며 그 기차를 맞으러 다시 묵호로 가겠다고 했다.

"그럼 내일은 어떻게 하려구요? 일행하고 떨어져서."

"기차 타고 가지 뭐. 서울로."

그 밤, 그는 기어이 기차가 있는 묵호로 돌아갔다. 후에 그가 어떻게 서울로 돌아왔는지는 묻지 않았다.

그의 연보에 보면 이런 구절이 있다.

"1960년 강경읍으로 이사. 금강 부근 기찻길 옆에서 살았으므로 강과 기차는 후에 그의 소설에서 주요 모티프로 빈번히 등장하게 되는 계기를 이룬다."

그의 나이 올해로 쉰여덟이다.

열다섯 살에 기찻길 옆에 살기 시작한 그는 아직도 기찻길을 떠나지 못한다.

마음으로도, 소설로도.

그러나 우리는 안다.

그는 언제나 그만의 기적을 울려왔고, 또 그만의 승객을 자신의 소설 속에 태워왔다. 그리고 그가 펜을 잡고 있는 한 기차는 언제나 그의 가슴을 밟고 지나갈 것이다.

10년도 더 지난 이야기[*]

한지혜(소설가)

기억하는 첫 장면은 1991년 어느 봄이다. 아니 여름이었나. 양평 어디쯤으로 1,2학년 문학 워크숍이 있었고, 막 학교로 부임했던 선생이 워크숍의 초청 강사였다. 솔직히 나는 작가 초청 강의를 그다지 좋아하지 않았다. 왜냐하면 그들이 우리에게 주는 가장 강렬하고 공통된 메시지는 문학이 얼마나 힘든 것 줄 아느냐, 웬만하면 문학을 하지 말아라였기 때문이다. 스무 살의 문청에게, 그토록 바라마지 않는 길에 먼저 가 있는 사람들의 권태나 힘겨움은 허세처럼 보였다. 그렇게 힘들면 쓰지 말지, 한창 문학에 매혹되어

[*] 김병덕 외 27인, 『소설가 박범신 등단 30주년 기념 문집―연애』, 2003, 29~35쪽. (부분 인용)

있는 우리들에게 뭐하러 그런 이야기를 하지 하는 마음도 많았다.

　그날도 나는 큰 기대를 하고 있지 않았다. TV에 나오는 인물과 실제 마주앉았다는 호기심 정도가 그 나른한 오후를 견디게 하는 힘이었다. 강의실에 들어온 선생은 일찍 늙어 구부정하고 어깨 때문에 다소 쓸쓸해 보이는 외모였다. 목소리는 낮았고, 조금 피곤해 보였다. 앞서 말했듯 작가들의 초청 강의에 대해 크게 기대하지 않고 있었으므로, 강의 시간 내내 나는 다른 공상에 빠져 있거나 공책에 낙서를 하고 있었다. 그러나 무료하고 지루한 어느 한순간 나는 선생의 목소리 하나를 들었다. 정확하게 문장으로는 기억나지 않으나, 문학이라는 거 해볼 만하다는, 열심히 해보라는 말. 피식 웃으며 속으로 진작 그렇게 나올 일이지, 하고 중얼거렸던 것 같다. 그런데 아이러니다. 맹렬하게 글을 쓰던 작가들이 우리에게 와서 웬만하면 다른 길을 찾아보라며 문학을 하지 말라고 할 때, 해볼 만하니까 열심히 하라고 말했던 선생은 절필을 선언했다. 선생은 그때 대체 무슨 생각을 하고 있었던 걸까. (……) 선생에게 소설 수업을 듣던 2년을 떠올리면 배경은 강의실보다 술집인 경우가 많다. 학생회관 옆이었나, 이공대 사이였나. 산언덕에 자리잡은 학교에는 담이라는 게 없었고, 어느 건물 사이에 위치한 언덕을 넘고, 텃밭을 지나면 낡은 시골집들과 엉성한 술집이 있었다. 소설 이론이 끝나고 본격적인 창작 수업에 들어가면 선생은 40명도 안 되던 인원을 그나마 이원화시켜 수업을 진행했다. 많으면 열댓 명이 참여하는 수업, 선생은 가끔씩 그 술집의 안방을 통째로 빌려 수업을 진행했다. 막걸리와 소주와 맥주가 오가고, 소설에 대한 질책과 호평이 날아다니고, 누군가 울면 선생이 우는 학생의 손을 잡고 노래를 불러줬다. 요즘에야 연분홍 치마가 봄바람에……가 단골 레퍼토리지만, 그때는 최신곡을 배우는 일에 열중해서 알아듣기도 힘든 서태지 곡 빼고는 거의 모든 최신곡을 연습해서 부르고는 하셨는데, 특히 자주 부르던 노래는 "처음엔 그냥 걸었어, 비도 오고 기분도 그렇고 해서……"로 시작하는 가요였다. 선생이 그 노래를 좋아해서 학생 가운데 한 명이 테이프 앞뒷면을 모두 그 노래로 채워서 선물을 하기도 했는데, 운전을 하는 동안 내내 틀어놓고 연습을 하셨다면서도 여전히 트로트처럼 구성지게 꺾어 불러서 들을 때마다 키득키득 웃음이 나곤 했다.

자궁 속인 듯 똬리를 틀고 앉았다는 굴암산 글방이 생기기 전에 선생은 읍내 어느 빌라에 전세를 살기도 했다. 해지는 시간이면 근처에 살고 있는 자취생들은 종종 선생의 전화를 받았다. 모여서 술이나 마시자, 는 전화. 내가 친구와 함께 한 칸 방 얻어 자취하던 연립의 안주인은 밤늦은 시간에 여제자에게 전화 걸어 술 마시자는 교수의 도덕성을 의심해서 나와 친구를 난감하게 하기도 했다. 안주인에게 그런 게 아니라고 해명 아닌 해명을 하고 술 마시러 가보면 선생은 일찍 취해 잠들어 있는 경우도 많았다. 자취생끼리 모여 쌀 씻어 밥해 먹고 사모님이 해다 주신 김치 넣어 찌개 끓이고, 오가는 술잔에 취하고 말에 취해 있다보면 어느새 잠 깨어 일어난 선생이 부스스 설거지를 하고 서 있기도 했다.

선생은 우리들의 연애에도 관심이 많았다. 통학 거리가 멀다보니, 캠퍼스 커플이 유난히 많았는데, 누구의 애인이 무슨 과에 있는지, 그 애인과 같은 과에 또다른 누구의 애인이 있는지, 누가 누구랑 언제 만나고 언제 헤어졌는지를 늘 상세히 꿰고 있었다. 나는 너희들만 보고 있는데, 다른 녀석들하고 연애한다고 투덜거리면서도 그 애인들에게 우리와 똑같은 관심을 나눠주기도 하고, 연애 못하는 몇몇을 걱정해주기도 했다. 선생이 연애에 젬병인 몇몇의 손을 잡고 격려곡이라고 신해철의 〈절망에 관하여〉를 부르던 장면도 기억난다. 연애 못하는 게 무슨 잘못이라고 애들 앞에서 이런 망신을 준담 투덜거리면서도 그때 나는 선생이 불행하다고 상상하지 못했다.

나는 선생이 산고를 치른 굴암산 글방에 거의 가본 적이 없다. 고작 두 번 정도였던 것 같은데, 그중 한 번은 선생이 여전히 글에 손을 대지 못하고 계실 때였다. 졸업 무렵이었나. 선생은 평소 관심을 가지고 대하던 몇몇 학생들에게 돌연 신춘문예를 준비하게 하고는 모든 신문사의 마감이 다 끝난 날 굴암산 글방으로 그들을 초청했다. 선생의 격려에 원고를 낸 이도 있고, 결국 못 낸 이들도 있었지만 어쨌거나 거의 대부분이 그 방에 모였다. 넓은 거실에 앉아 술을 마시고 노래도 부르고, 한쪽에 있는 미니 당구대에서 당구도 치고, 건반도 슬쩍 눌러보다가 선생이 잠시 잠든 사이였나, 몇몇이 사소한 말다툼을 벌이기 시작했다. 목소리를 높인 사람은 없는데 웅성거리는 기운에 잠을 깬 선생이 방문을 열고 나왔고, 그들을 차가운 겨울 마당으로 불러냈다. 내용을 알아들을 수 없는 호통 소리가 들렸고, 그들을 마당에 엎드리게 했다. 장작용 불쏘시개로 선생이 그들을 몇 대 때리는 소리가 아주 잠깐 들리는가 싶더니 다 큰 남자들이 울기 시작했다. 그때 그 캄캄한 밤에 푸짐하게 나리시던 하얀 눈을 어떻게 잊을 수 있을까. 마당에 쏟아지던 형광 불빛, 그 불빛에 외롭게 반사된 눈빛에 마음이 멀어 잠시 다들 미혹되었던 그 순간, 아주 낮게 노래를 부르던 목소리. 동네 사람들 깬다 조용히 해라 하면서 역시 조그맣게 따라

부르던 선생의 노랫소리. 문학에 재주와 열정이 남다른 이
들을 불렀지만, 그들 대부분이 결국은 생활 전선으로 들어
가 문학을 잊게 되리라는 걸 선생도 알고, 우리도 알아 어
딘가 마음 한구석이 애잔하던 밤, 그 밤을 새우고 손수 해
장국을 끓여주실 때, 그 따뜻한 등 어디에 아픔이 숨어 있
었을까.

그의 눈물에 대하여 먼저 말해야겠다*

이기호(소설가)

내가 선생의 눈물을 처음 본 것은 지금으로부터 약 10년 전쯤의 일이었다. 뭐, 별다른 일도 아니었다. 선생의 용인 작업실에서 벌어진 술자리였고, 선생의 제자 여럿이 모인 자리였다. 밤은 깊었고, 분위기도 꽤나 화기애애했다. 한데, 선생이 느닷없이, 말 그대로 아무런 예고나 징후도 없이, 눈물을 흘리기 시작한 것이었다. 자리에 모였던 제자들은 모두 당황한 빛이 역력했다. 서로서로 자신이 무슨 말실수를 한 것은 아닐까, 좀전까지의 대화들을 복기하고 되짚어보았지만, 뚜렷한 이유는 찾을 수 없었다. 선생의 눈 밑은 점점 흑요석

* 「눈물의 배후」, 『수요일은 모차르트를 듣는다』 발문, 세계사, 2006, 344~352쪽.(부분 인용)

처럼 번들번들해졌고, 아무도, 아무도, 말을 건네지 못했다. 그리고…… 어느 정도 선생의 눈물이 진정될 때쯤, 선생의 입에서 흘러나온 이유란 것이 이랬다.

"저기…… 저 붉은 전등이 너무 슬프잖니……"

선생의 턱이 가닿은 곳은 어두운 창에 비춘, 붉은 갓을 씌운 전등이었다. 그 전등 아래 술자리에 모인 우리들의 모습이 희미하게 음각되어 있었고, 그 너머로 다시 적요한 숲이, 불규칙하게 잎사귀를 떨어뜨리는 밤나무가 자리잡고 있었다. 사람들이 여럿 자리잡고 있는 풍경이었지만, 소리가 거세된 유리창 풍경은 뭐랄까, 안과 밖이 뒤섞인, 그래서 더 애잔하고 쓸쓸한 무성영화의 어느 한 컷을 닮아 있었다. 하지만, 그게 뭐…… 눈물까지 흘릴 정도라고…… 나는 선생의 눈물이 낯설고, 또 낯설기만 했다. 쉰을 넘긴 중년 남자가, 그것도 대학 교수가, 풍경 하나에 눈물을 흘린다는 것이 내겐 분명 기이하고, 생경하게만 다가왔다. 자고로 선생이란, 제자들 앞에서 눈물 따윈 흘리지 말아야 한다는 것이, 사내란 속으로 울어야 한다는 것이, 그때까지 내가 가지고 있던 관습론적 지론이었다. 문학소녀도 아니고, 선생도 참…… 뭐, 그렇게 생각하고 넘어갔던 것 같다.

그 이후로도 나는 선생의 눈물을 많이 보게 되었다(후에 알게 된 사실이지만, 문단에서 가장 울리기 쉬운 두 사람이 바로 선생과 선생의 오랜 문우이신 김성동 선생이란 것을 알게 되었다). 선생은 노래 가사 때문에도 울었고, 제자의 소설 때문에도 울었고, 평소 아무런 교류가 없었던 시인의 부음 때문에도 울었다. 어떤 날은 술을 마시다가 울었고, 또 어떤 날은 노래를 부르다가 울었고, 또 어느 날은 당신의 소설을 읽다가 울었다. 선생이 울 때마다 나는 번번이 어찌할 바를 몰라 허둥대기만 했다. 딱히 위로의 말이 떠오르지 않은 까닭도 있었지만, 아아, 사실을 고백하자면, 그 순간 마치 선생이 내 연인이 된 것만 같아, 내가 상처 입힌 여자친구로 변한 것만 같아, 그 느낌이 스스로도 불경스러워 마음이 흔들렸던 것이었다. 이 무슨 커밍아웃(?)과도 같은 분위기더냐, 의아해하겠지만, 모르겠다. 내가 선생의 눈물을 옆에서 보면서 느꼈던 심사들은 분명 그런 것이었다. 손대면 금세 툭, 하고 눈물을 떨굴 것만 같은 선생, 곁에 있던 사람들의 성적 정체성마저 모호하게 만들어버리는 선생의 눈물, 나는 그것이 선생의 진정성이고, 선생이 평생 견지해왔던 삶의 한 양식이라고 믿게 되었다. 또 그 눈물 때문에 선생이 좀 불행한, 결코 화해할 수 없는 문학 인생을 살아온 것은 아닐까, 의심하게도 되었다. (……) 박범신 문학이 만개했던 시대는 사실, 저 유명한 1970, 80년대 리얼리즘의 시대였다. 그 시대에 있어 문학이란, 객관적 현실을 총체적으로 반영해야만 했고, 인물의 전형성이라는 것을 통해 인간적 삶의 새로운 가능성을 찾고자 매진해야만 하는, 예술 장르였다. 이른바, '주관에 대한 객관의 우위'가 작용했던 시절이다. 소설은 늘 총체적인 견지에서 한국 사회를 조망해야 했으며, 총체적인 견지에서 역사의 합법칙성을 신뢰하는 시선을 견지해야만 했다. 계급적 당파성은 극에 달해 어느 한 평론가는 '소부르주아지는 죽었다 깨어나도 그 계급 체험의 한계 탓에' 진정한 '문학을 할 수 없다'는 논리를 펴기도 했다. '진정한' 문학이란, 진실한 체험과 역사의식, 비판의식과 같은 리얼리즘 취향의 개념으로 설명되어졌고, 그 외의 것들은 진정하지 못한, 부도덕하고 비윤리적인 문학들로 치부되어졌다. 박범신 문학이 시대와 화해하지 못한 까닭은 바로 그런 것이었다. 그에게 있어 인물의 전형이란(리얼리즘에 있어 인물의 전형이란, 일종의 '법칙의 구현체'인 까닭에), 언제나 불가능하고 변화하는 것이었다. (……) 그의 문학에선 때론 질투가 밥보다, 역사보다, 투쟁보다, 더 중요하게 작동되었고, 더 긴박하게 연결되는 서사의 한 축으로 작용했다. 노동운동을 하다가 감옥에 들어간 남편을 하염없이 기다리거나, 빨치산이 된 남편을 향해 절개를 지키는 여성이 아닌(그녀들은 사실 모두 남성 중심의 서사로 만들어진 인물들이다. 여성이 곧 남성인 여성), 발가벗겨지고, 전형에서 이탈해버린 여성들, 그녀들이 바로 박범신 문학에서 '객관에 대한 주관적 경험'을 말하는 자리이다. 이른바 비전형성의 자리.

그 비전형성은 또한 철저하게 '당대적 삶'에 기반을 두고 있기도 하다. 그의 소설을 읽으면서 우리는, 누가 전형적인 인물인지는 알 수 없더라도, 누가 당대의 삶을 살아가는 사람인지는 알 수 있게 된다(한국적 현실에서 당대적 삶을 그리는 작가는 흔치 않다. 과도한 역사는 작가들에게 곧잘 퇴행과 관성을 요구한다. 그게 더 안전하기 때문이다). 그의 소설이 누군가를 가르치는 인문학적 소설이 아닌, 끊임없이 몸을 바꾸는 '당대의 민중들'의 삶과 세계를 그리고 있다는 것 자체가 바로 그 증거일 것이다. (……) 나는 얼마 전에도 선생의 눈물을 본 적이 있었다. 그때도 별일은 아니었던 듯싶다. 시절이 변하고, 세상을 보는 눈들도 달라져, 선생의 문학 역시 예전과는 다른(그러나 이제야 좀 제대로 된) 평가를 받고 있지만, 선생은 여전히 눈물을 보이고 있다. 변함없이 제자 소설 때문에, 날씨 때문에, 사람 때문에, 눈물을 흘리고 또 흘리고 있다. 그러면서도 어느 순간 당신은 "난 리얼리스트야!"라고, 완강하게 발언하기도 한다.

그러나, 이제 10년 가까이 선생을 옆에서 지켜본 나는, 때

때로 그 말을 정정해드리고 싶어진다. 선생은, 문학하는 자
세에 있어서는 리얼리스트였을지 몰라도, 문학 안에선 뼛속
까지 모더니스트였다고. 가정을 지키고, 부모님의 봉분 앞
에 묘비를 세우고, 제자를 가르치는 일에는 리얼리스트였을
지 몰라도, 소설 안에선 철저하게 모더니스트였다고. 그래
서, 그 부조화로 인해 선생의 소설에 그리도 자주 눈물이
출몰했다고…… 그것이 선생의 눈물의 배후였다고…… 선
생은 조금 쓸쓸하고 눈물겨운 모더니스트였다고……

그저 우리는 소설로 맞짱뜨는 사이야*

백가흠(소설가)

그는 내 스승님이시다. 대학 들어가던 해에 처음 만났으니 뵌 지 햇수로 20년이 넘었다. 가족과 친구 조 대리를 빼고 이렇게 오랫동안 꾸준하게 연을 이어온 사람은 선생님밖에 없다. 이제는 대학 동창도 만나는 이가 없고, 선배나 친구도 문학한답시고 다 잃어버렸다. 스물에서 마흔이 될 때까지 꾸준히 문학으로 밥 먹고 술 마시고, 소설로 연애하고 울고 화내고 삐치고 잘못을 빌고 용서를 하고, 간혹 여행을 같이한 사람이 선생님 한 분밖에 없다. 쓸쓸한 일인가, 아닌가. 뭐, 상관없이 그 20년간의 그를 떠올려보니 마음이 축축

---

* 백(白)형제의 문인보(3)─소설가 박범신, 경향신문, 2014년 4월 4일.

하게 내려앉는 것은 어쩔 수 없는 일이다. 그렇다, 쓸 말이 없는 것도, 할말이 없는 것도 아니다. 하지만 한 달여 아무것도 쓰지 못해 끙끙댔다.

뭔가를 쓰려 한 그때부터 마음은 울기 시작했다. 감정과 기억이라는 것은 온전하지 못하여 자꾸 어떤 한곳으로만 향하곤 했다. 그렇게 많은 사람들이 기억 저편으로 사라진 것처럼 내 스승도 마음속에서 점점 희미해져가고 있었다. 마음이 쓰리고 시렸다.

어제 초저녁에 잠깐 잠들었을 때, 꿈에 소설 쓰는 여자 선배 둘이 나왔다. 우리 셋은 어떤 시장 같은 곳을 헤매다 각자 택시를 타고 헤어졌는데, 선생을 만난 후였든가, 만나러 가는 길이었든가 그랬다. 그녀들은 잘 지내는지 갑자기 궁금해졌다. 선생과의 기억은 언제나 다른 사람과의 기억을 불러오곤 한다.

이렇게 글을 쓰고 있는 이른 아침은 내게 드물다. 지난밤 꿈 때문인지 홍은동에 살 무렵, 한 새벽이 떠올랐다. 나는 며칠 밤을 뜬눈으로 헤매다가 그저 그런 소설 하나를 마감하고 상실감과 절망감에 터덜터덜 아무렇게나 걷고 있었다. 진이 다 빠진 몸은 자주 가곤 하던 어느 설렁탕집으로 향하고 있었다. 마감 후엔 뭐라도 좀 먹어야 한다는 강박증이 일곤 했다. 막 설렁탕집 앞에 들어서려는데 익숙한 차가

한 대 서더니 선생이 내렸다. "새벽부터 여기서 뭐하냐?" 그
는 물었고, 나는 상황이 현실적이지 않아서 멀뚱히 그를 바
라보았다. "너도 소설 썼구나? 같이 아침 먹자." 몰골이 그랬
나, 쥐어뜯은 머리를 들켰나, 그는 내 상황을 훤히 본 사람
같았다. 선생도 밤새 소설을 쓰고 학교로 향하던 중이라고
했다. 밤새 쓴 원고를 프린트해서 퇴고를 보러 가는 중이라
고 했다. 수업해야 할 학생들 소설이 연구실에 있어 읽으러
가는 중이라고 했다. 별말 없이 선생과 나는 설렁탕을 빠르
게 비웠다. "나만 글 쓰며 날을 샌 게 아니어서 위안이 된다.
야, 어서 가서 좀 자라." 선생은 바쁘게 학교 쪽으로 사라졌
다. 나는 홍제천을 조금 더 걸었다.

　선생을 만난 다른 새벽, 네팔의 안나푸르나를 오르는 한
마을에서였다. 같이 산에 올랐으나 우리는 헤어졌다가 다시
만났다. 보름째 함께 산행을 하던 중 한 마을에서 선생이
사라졌다. 일행은 산에 온 지 보름이었지만 이미 선생은 에
베레스트를 석 달째 걷던 중이었다. 선생은 표정과 눈빛도
뭔가 좀 달랐는데 내가 한국에서 알던 사람이 아닌 것처럼
느껴졌다. 그는 자주 먼 곳을 바라보거나 전속력을 다해 따
라갈 수 없을 정도로 산길을 올랐다. "선생님 발에도 당나귀
처럼 굽이 달렸나봐요." 꽁무니를 쫓아다니기도 버거운 내
가 볼멘소리를 뱉었다. 선생은 어디에 홀린 듯, 먼 허공과

허무를 걷고 있는 듯 눈빛이 낯설기만 했다.

그가 우리를 버리고 길을 떠나는 것을 본 사람이 없었다. 선생이 사라졌다는 것을 밤이 되어서야 일행은 알아차렸다. 얼마나 멀어진 것인지 알 길이 없었다. 길은 하나뿐이라, 올라가거나 내려가거나 둘 중 하나였다. 산을 내려가려고 혼자 길을 떠난 것은 아닐 것이었다.

뒤늦게 선생을 찾아나선 길, 마을을 벗어나 30분쯤 걸었을까. 좁은 산길 한가운데 편지가 놓여 있었다. 비에 젖을까 비닐로 싸고, 날아갈까 돌로 눌러놓은 편지 몇 장이 작은 오솔길 한가운데 놓여 있었다. 그가 잠시 가방을 내려놓고 편지를 쓰는 모습이 보이는 것 같았다.

"어차피 문학은 혼자 가는 거야. 동반자도 없고 앞서 걷는 사람도 없어. 고독의 길을 그저 멈추지 않고 걷는 거지. 이렇게 걷고 헤매고 갈팡질팡하다가 죽는 거야."

그가 수업 시간이면 젖은 눈으로 말하던 모습이 길 가운데 놓여 있었다. 겁이 났는데, 편지에 적은 글이 꼭 어떤 마지막 말처럼 비장하게 읽혔기 때문이다. 그가 강인하지만 한없이 여린 감성을 가진 사람이라는 것을 잘 알고 있었기 때문에 무서웠다. 내게 적은 말은 추신 하나뿐이었는데 한국으로 돌아가면 사모님에게 전해달라는 몇 마디가 적혀 있었다. 그것은 도저히 전할 수 없는 말들이었다.

다음날 이른 아침, 반나절 거리 떨어진 마을에서 우린 조우했다. 선생은 일행을 보자마자 미안해서 눈물을 글썽였다. "왜 그러세요, 선생님." 묻지 말아야 할 말이었지만 내 경솔함은 항상 생각보다 앞섰다. "도대체 내가 왜 이런지 모르겠다." 선생이 나지막하게 말했다.

선생은 적막하고 깜깜하고 고독한 또다른 산길을 걷고 있었다. 동행도 없고 앞서는 이도 뒤처진 이도 없는 길. 그의 굽은 등이 보였다. 하얀 운동화 뒤축을 꺾어 신고 뒷짐을 지고 묵묵하게 어떤 산을 오르는 그를 나는 좇았다.

그는 타고난 선생이다. 강의는 언제나 감동적이었다. 문학처럼 모호하고 애매한 학문이 있을까만 그는 성격 때문인지 그런 법이 없었다. 질문에는 항상 답이 있고 확신이 있었다.

"문학은 가르치고 배우는 것이 아니야. 선생과 제자로 만났지만 그저 문학으로 대화하고 노는 것이지. 우리는 그저 서로 소설로 맞짱뜨는 사이야, 소설 동료이고 친구고 질투하는 연적인 거지. 그러니 소설은 니들이 알아서 써라. 핥핥핥."

그는 권위 없는 선생이었다. 소설 선생은 소설을 쓰는 것으로 모든 권위가 선다는 것을 보여주었다. 문학 수업은 강의실보다 술자리에서가 더 좋았다. 밤새 싸우고 화해하는 우리를 그저 놔두고 바라보는 배려는 사랑이 없으면 불가능하다는 것을 겨우 깨달을 수 있는 나이가 나는 되었다.

　요즘 같은 때, 꽃잎이 바람에 날려 눈처럼 내리면 그는 이토록 환하고 눈부신 햇살을 참을 수 없어 줄곧 눈물을 보이곤 했던가. 오래전 늦봄 이맘때, 함께 삼천포에 간 적이 있다. 섬진강을 따라 전라도로 넘어가는 길, 그가 창밖으로 고개를 내밀고 바람을 맞으며 흩날리는 꽃잎을 향해 외쳤다.

　"진짜, 행복하고, ×같이 아름답다."

5부

좌담

평생
사랑과 눈물 사이에서
살고 쓰다

조용호
최재봉
정유정
박상미
박상수

우리가 만난 박범신, 박범신이 만난 우리

박상수   반갑습니다.(웃음) 이 자리는 『작가 이름, 박범신』
이라는 제목의 선생님 문학앨범을 위한 자리로 마련됐습니
다. 오늘 함께하시는 분들이 모두 선생님과 깊은 인연이 있
는 분들이신데요, 선생님과의 추억이나 인상적으로 남아 있
는 이미지, 그리고 선생님과 관련된 주변 얘기들을 통해서
선생님의 모습을 입체적이면서도 진솔하게 그려보면 어떨까
합니다. 편하게 이야기 들려주셨으면 좋겠습니다. 먼저 첫
만남, 첫인상에 대해서 들어보고 싶어요. 직접 만나기 전의
이미지가 있으셨을 테고 만난 다음의 이미지가 있으셨을 텐
데 어떤 차이가 있었는지 그런 얘기로 풀어나가면 좋겠습니
다. 박범신 선생님께서 오늘 이 자리 멤버를 직접 선정해주
셨는데요, 선생님의 간단한 소회를 먼저 듣고 시작하면 좋
을 것 같습니다.

박범신   소문은 들었겠지만 문학동네에서 내 단편 전집이
나와, 기념으로 문학앨범 책을 하나 만들기로 했고, 편집자
가 이번 책을 위한 좌담이 하나 있었으면 하는 거야, 나는
이것까지 일로 하기는 싫더라고.(웃음) 그냥 친한 후배 문인
들이랑 술 한잔하자는 마음으로 이렇게 멤버를 꾸렸어, 최
재봉하고 조용호 기자, 그리고 정유정 소설가, 문화평론하

는 박상미까지. 내가 사랑하고 아끼는 사람들이니까. 이렇게 같이 술 마시면 되겠다 생각한 거야. 실은 문학앨범을 하는 비하인드 스토리가 있어요. 내가 올해 일흔이야. 나는 문학앨범을 칠순 잔치로 생각하고 있어. 그 기념으로 이런 책 하나 갖고 싶다, 생각이 들었지. 첫인상이 어땠는지가 질문이지?

조용호　제가 먼저 말해볼까요. 저는 1993년부터 문학 담당을 시작했으니까 선생님을 익히 알고 있었음에도 불구하고 선생님과 사적으로 친해진 계기는 2004년 토지문화관에 들어가면서였지요. 토지문화관이 그 당시만 해도 겨울에 난방비가 많이 들어가니까 작가들을 안 받았어요. 그런데 그때 특별히 박경리 선생님이 박범신 선생님이 오신다고 그랬는지는 몰라도 박선생님하고 저하고 소설가 차현숙씨, 그리고 토지문화관 장기 하숙생 김민기 선생을 받아주셨지요. 이렇게 넷이서 그해 겨울 3개월을 같이 있었던 거예요. 그때 선생님과 깊어진 겁니다.

박상수　당시 기사를 보니까 그때 글만 쓰셨고, 작가들끼리 왕래를 안 했다고 하던데요.(웃음)

박범신　그때 토지문화관은 진짜 조용호 말대로 손님을 안 받을 때야. 특수하게 들어간 건데. 나는 거기 가면 글만 열심히 쓰는 줄 알았어요. 조심했지. 이 친구들도 다 글 쓰는

지 방에 들어가서 안 나오고. 그때 드라마 〈대장금〉이 열풍이었잖아. 텔레비전이 부엌에 있었어요. 〈대장금〉 할 시간이 돼서 싹 열었더니 글쎄 셋이 다 있는 거야. 〈대장금〉 보러 다 나왔더라고. (웃음)

박상미　선생님을 실제로 뵌 시간이 제일 짧은 사람이 저일 거예요. 2014년 상상마당에서 〈와초문학제〉 할 때 대담자로 처음 뵀어요. 저는 부모님을 통해서 박범신 작가를 만난 경우예요. 아버지는 공대 출신이었는데 문학을 좋아하셨고, 특히 박범신 선생님 모든 작품을 돌아가실 때까지 다 읽으셨어요. 저는 중1 때부터 아버지 서재에 몰래 들어가서 아버지가 읽는 속도에 맞춰서 선생님 작품을 따라 읽었죠. 『죽음보다 깊은 잠』을 시작으로 박범신을 만났어요. 제가 문창과 학생들을 데리고 강연하시는 곳에 많이 다녔어요. 리뷰도 여러 번 썼죠. 그걸 보고 〈와초문학제〉 기획 팀에서 저를 대담자로 불렀어요. 실제 뵌 순간 너무나 떨렸죠. 선생님 통해서 아버지 모습을 보기도 하는데, 두 분이 참 비슷하시고, 동갑이기도 해요. 작가 박범신을 만난 건 행운이지만, 덕분에 삶과 사랑을 너무 빨리 알아버린 것 같아요. (웃음)

박범신　『주간경향』에 아버지 얘기로 나에 대해서 글을 썼는데 나로서는 굉장히 감동적인 글이었어.

박상미   저는 선생님 소설을 통해서 학창 시절부터 지금까지 성장해왔다고 말해도 과언이 아닐 거예요.

조용호   만난 기간은 짧지만 이미 오래전부터 작품을 통해서 알고 계셨던 거네요.

박상미   20년 넘게 준비하고 만난 거죠. 선생님은 논산에서 오픈 하우스도 자주 여시고, 독자들과 만나는 걸 좋아하세요. 저는 거의 다 참석하는데, 독자들 연령대가 초등학생부터 칠십대까지 다양해요. 그들을 통해서 박범신이라는 작가를 새롭게 느끼죠. 독자로서 작가 박범신의 문학 인생을 기록하고 싶어요.

박상수

박상수   그렇게 말씀해주시니까 또다른 각도에서 선생님과, 선생님을 사랑하는 독자들에 대한 시야가 열리네요.

박상미   저희 아버지가 57세에 돌아가셨는데요, 병상에서 마지막으로 본 책이 『침묵의 집』이었어요. 박범신 소설 중 최고라 하셨죠. 선생님을 실제로 뵌 지 만 1년이 안 됐지만 앞으로 더 많이 알고 싶어요.

최재봉   저는 옆에 있는 조용호 기자보다 문학 담당을 조금 먼저, 그러니까 1992년 가을부터 담당했는데요. 그전에는 선생님 작품들이나 선생님이 어떤 작가인지는 알고 있었지만 담당을 하면서 볼 기회는 없었죠. 왜냐하면 그 직후에 선생님이 바로 절필을 하신 거예요. 1993년부터. 그때 문화일보 연재를 하시다가 절필하셨죠. 문학 담당으로 처음 시작을 하던 시기에, 중요한 작가가 절필을 했다는 것이 강렬하게 다가왔죠. 그래서 진짜로 현역 작가로 만난 건 1996년 다시 작품 발표하시면서부터인데요, 1997년에 『흰 소가 끄는 수레』 책으로 묶여 나오면서 비로소 뵙기도 하고 기사도 쓰고 그렇게 된 셈이죠. 아무튼 처음의 느낌, 인상은 '절필 작가 박범신'이었다고 할까요.

박범신   내가 야밤에 최재봉한테 전화 걸어서 짜증낸 적 있잖아.(웃음)

최재봉   그 에피소드가 『킬리만자로의 눈꽃』이라는 책의 해설로 들어가 있죠.

박범신   절필 후의 기사라면 대개 인기 작가 시절을 얘기하게 되거든. 아무래도 인기 작가 시절은 조금 낮춰서 얘기하게 되잖아. 그래야 기사도 극적이지. 최재봉이 쓴 기사에도 그런 뉘앙스의 말이 들어 있어서 내가 짜증나서 야밤에

취한 채로 전화했지. 그 기사 앞부분을 빼달라고 말이야. 그런 일이 있었어.(웃음)

정유정　저도 박상미씨랑 비슷한 경우인데요. 중학교, 고등학교 때부터 팬이었어요. 수업 시간에 교과서 안에 책을 숨기고 읽을 정도로요. 이른바, 문학소녀였는데 여차저차한 사정으로 간호대학에 가게 됐어요. 내 평생에 선생님을 만날 일은 없겠구나, 하면서도, 꼬박꼬박 책을 사 보고, 신문 칼럼을 스크랩해두고 그랬어요. 선생님과의 인연이 만들어진 건, 제가 '세계문학상' 받았을 때예요. 당선자 인터뷰를 끝내고 조용호 선배와 술 한잔하는 자리에서 우연찮게 선생님을 뵙게 됐어요. 『고산자』를 막 탈고한 참이라고 하시더라고요. 허겁지겁 인사를 드리면서도 이게 꿈인가 생시인가 했죠. 그 와중에도 어떻게 해서든지 제 얼굴과 이름을 선생님 기억에 남겨놔야겠다 싶더라고요. 그래서 수첩을 꺼냈죠. 그 안에 선생님 칼럼을 스크랩해놓은 게 있었거든요. 히말라야 이야기였는데, 은색 볼펜으로 좋은 문장에 밑줄을 죽죽 그어뒀더라고요.

박상수　와, 그걸 가지고 다니셨어요?

정유정　네. 제일 좋아하는 칼럼이라 늘 수첩에 가지고 다녔거든요. 그걸로 저를 '인증'한 거죠. 선생님 인상이 되게 강렬했어요. 쭉 청년 작가로 불리기는 했지만 연세가 있으시니 이제 중년 작가쯤 되지 않았을까 상상했는데 그게 아니더라고요. 그날 낡은 청바지에 체크무늬 남방에 야구 모자를 삐딱하게 쓰고 나오셨어요. 흰머리 몇 가닥이 브릿지처럼 앞으로 튀어나와 있고요. 되게 섹시했어요. 그래서 저는 선생님이 스님 바지 같은 거 입으면 싫어요. 청바지가 멋진데 왜 그런 옷을 입으시는지 이해가 안 돼요.

박범신 편해서 그래.(웃음)

정유정 여하튼, 그때 칼럼으로 팬 인증을 했는데, 하필이면 그 수첩에서 함께 딸려 나온 게 이기호 작가 칼럼이었어요. 제가 이기호 작가도 좋아하거든요. 어쨌거나 한순간에 점수를 확 깎아먹은 거죠. 그게 왜 나왔는지 몰라요. 잘 숨겨놨는데.

박범신 아니야. 잘 나왔어, 이기호.(웃음)

박상수 갑작스러운 이기호 소설가 수난기네요.(웃음) 네, 그럼 여러분들의 말씀을 받아서 이번에는 선생님이 기억하시는 첫인상, 첫 만남에 대해서 들려주시면 좋겠습니다.

박범신 조용호는 보니까 인물이 우중충하더라고.(웃음) 만나서 내가 무슨 얘기를 했냐 하면 자기가 동아일보에 응모했대, 아들 이름으로. 내가 떨어뜨렸다는 거야, 최종심에서. 그게 무슨 소설이었지?

조용호 구글링 하면 다 나오는데요. 최종 마지막 두 편 중의 한 편이에요.

박범신　내가 박완서 선생하고 심사를 해서 나는 최종 결
정을 박완서 선생한테 미뤘지. 나는 지지했는데 박완서 선
생님이 반대했다 이랬던 거야. 내가 그렇게 얘기했지?

조용호　박완서 선생님 말씀은 박범신 선생님이 떨어뜨렸
다고.

박범신　그랬나? 이래서 심사는 함부로 할 일이 아닌 것
같고.(웃음) 그 소설이 선연히 기억나더라고. 소설 제목이
'녹슨 철도'는 아니지?

조용호　'수수 바람.'

박범신　하여튼 녹슨 철도가 나와.

조용호　철도도 나오죠.

박범신　녹슨 철도가 나오는데 조용호 문학의 어떤 핵심이
잘 나타난 소설이야. 좋았어. 쓸쓸한 바람 소리가 들리는 그
런 소설이었어. 최재봉이는 아까도 얘기했지만 문학 기자로
우수하거든. 내가 우수하다고 생각하는 것은 문학 기자들
은 대체로 문학 기자를 한 2~3년 하면 평론가가 돼요. 옛날
문학 기자들 보면 기자와 평론가의 포지션 중간쯤 가 있어.
나는 그게 늘 싫었어. 최재봉의 미덕은 기자라는 관점을 수
십 년 동안 안 버리는 거야. 그건 굉장히 우수한 미덕이라고
보거든. 문학을 전혀 모르는 사회부 기자를 하다가 문학 기

자가 되어도 한 3년 있으면 기사도 그렇고 관점도 약간 평론가 행세를 한다고 그럴까?

　나는 최재봉을 지금도 문학 기자 정신이라고 그럴까, 그걸 견고하게 유지하고 있는 매우 소중한 문학 기자의 하나로 생각해. 아까도 이야기했지만 기사에서 인기 작가 시절을 최재봉이 거론하는 거야. 그래서 야밤에 전화를 했지. 왜냐하면 나는 인기 작가 시절을 버리기 위해서 절필한 게 아니야. 그런데 기사마다 인기 작가 시절을 걸고 나오니까 독자들은 절필한 이후 작가의 세계가 달라졌다는 걸 기억하는 게 아니고 앞부분에 나온 것, 그걸 기억하거든. 그러니까 짜증이 늘 났어. 그래서 경향신문 누군가하고 싸움도 크게 했어. 경향신문 젊은 기자가 있었어. 내가 편집국에도 갔어. 기사의 논조는 옛날에 박범신이 패륜아였다가 개과천선하고 돌아왔다는 거야. 매우 극적인 기사인데 내가 고소한다고 그랬어. 명예훼손으로 고소하겠다. 나는 패륜을 저지른 적이 없다, 이러면서. 그때 기사는 대부분 그거였거든. 그런데 최재봉이는 마음에 드니까 야밤에 술 취해서 짜증을 좀 냈지. 수원에 살 때야.

　유정이는 내가 소설을 심사했어. 『내 심장을 쏴라』라는 소설. 좋았어요. 한국 문학에서 느껴지지 않는 힘이 있었어. 한국 문학이라는 게 좀 왜소하잖아. 편협하고 왜소하거든. 그런데 이건 종자가 다르다는 느낌, '품종이 다른데?'라는 느낌이 있었어. 유정이를 딱 보니까 비쩍 말랐는데 에너지가 느껴지는 거야. 나는 왜소한 사나이니까 그런 것에 대한 경외감이 있더라고. 소설에 반했지. 그뒤에 『7년의 밤』 표 4에 추천의 글을 쓰라고 하더라고. 거기다가 내가 진심을 다해 썼어. 정유정은 소설 아마존이다! 정유정이 문학을 대하는 전투력, 자세, 물론 한국 문학에서 정유정을 평가하는 여러 층위가 있을 거야. 다른 평가는 나올 수 있지만 나는 우리 문학판이 이런 친구들로 수혈을 해야 된다는 생각이 강해. 그리고 상미는 『주간경향』에 나에 대한 인터뷰 기사를 썼는데 그게 참 좋았어. 글에 설득력이 강한 사람이야. 문학평론가이기도 한데 고답적인 글이 아니라 독자와 같은 눈높이로 내려와서 독자를 따뜻하게 설득하는 글이었다고 나는 봤어. 글 자체가 감동이었어. 나를 칭찬해서가 아니라 아버지 얘기부터 하는데 어떤 진실성, 나는 모든 글의 기본은 감동이라고 생각하거든. 이를테면 글 쓰는 사람들이 단상에 올라가기 쉬워. 기자든지 평론가든지 단상에서 외치는 거 아니야? 상미는 그게 아니고 따뜻하게 단 밑으로 내려와서 쓴 기사였거든. 또 사회를 보러 왔는데 일단 미모가 되고.(웃음) 상상마당에서 문학제라는 걸 해, 내가. 1년에 두 번 독자들이 우리집을 찾아오는 오픈 하우스로 하다가 외지에서 너무 사람들이 많이 오니까 논산시에서 돈을 좀 대가지고 문학제 비슷하게 바뀌었는데 사회 보러 왔더라고. 느낌이 좋았어.

박상수　인연이 색달라서 모두 재미있습니다.(웃음) 최재봉 기자님 얘기를 먼저 들어야 될 것 같은데요. 아까 갑자기 밤에 선생님과 통화를 하게 된 얘기, 그때 이야기를 좀더 들려주세요.

최재봉　선생님이 1997년에 『흰 소가 끄는 수레』를 내셨고 그 기사를 제가 썼죠. 그 책 자체도 무척 감동적이었지요. 거기에는 절필했다가 돌아온 작가의 고뇌 같은 게 진하게 담겨 있었으니까. 그래서 저도 독자로서 좀더 선생님을 이해하게 됐고요. 통화의 계기가 된 건, 제 기억으로는 청소년 대상 문학 잡지에 실린 글이었어요. '이 계절의 작품'이라고 단편 하나씩 뽑아서 재수록하고 짧은 평을 쓰는 코

최재봉

215

너였죠. 선생님 작품을 실었어요. 「그해 가장 길었던 하루—들길 1」이었는데 그 작품이 워낙 좋아서 그 연작이 조금 더 이어졌으면 하는 아쉬움도 있어요. 저로서는 좋다는 느낌을 쓴 것인데, 도입부에서 인기 작가 시절에 대해 언급한 거죠. 인기 작가였다가 복귀해 문학으로 돌아온 박범신의 소설, 이런 식으로요. 나는 선생님 말씀대로 그것이 반가웠고 그 과정이 나름대로 의미가 있다고 생각했기 때문에 그런 표현을 쓴 것이지만 선생님으로서는 그렇다면 그전에 쓴 소설은 뭐란 말인가, 이런 느낌이 있으셨을 거예요. 그때는 빠른 사람들은 핸드폰을 쓰던 시대지만 저는 핸드폰을 안 쓰던 무렵, 아직 삐삐 시절이에요. 수원 단칸방에 세 식구가 살았는데 밤에 삐삐에 계속 031로 시작되는 번호가 뜨는 거예요. 모르는 번호가. 모르는 번호라 전화를 안 하고 내버려뒀죠. 그런데 거듭거듭 오는 거예요. 031-4로 시작하는 번호 아닙니까?

박범신　　몰라. 잊어버렸어.

최재봉　　그래서 할 수 없이 전화를 했어요. 누구시냐고 했더니 선생님인 거예요. 그래서 통화를 한 거예요. 1시간 정도. 아주 차분하게 설명을 하시는데, 저는 그때 통화를 하면서 반성도 하고 선생님을 더 잘 이해하게 됐어요. 그때 하신 말씀 중에 특히 저에게 아프게 다가왔던 것은 "내가 그

때 인기 소설들을 쓰면서 잘못을 하고 죄를 저지른 게 아니고 그것으로 다 가장 역할을 했다", 그런 말씀이었죠. 그때 저는 '쿵' 하는 느낌이었어요. 선생님 말씀이 맞다. 나는 선의로 그런 표현을 쓴 것이었지만 조금 더 섬세하게 쓸 필요가 있었겠구나, 그런 생각이 그때 새삼 들더라고요. 그러면서 선생님이 그런 말씀을 하는 것이 내키지 않을 수도 있을 텐데, 어른이 젊은 사람한테 그런 속의 얘기를 해주시는 게 고맙다는 생각도 들었고. 그 일이 저한테는 선생님과 더 가까워지는 계기였던 것 같아요.

정말 안 팔리기를 바랐다

박범신   나는 전화할 때 내가 어른이라는 생각이 전혀 없었거든. 나는 젊을 때 인기 작가 시절의 소설을 지금도, 절필하고 새로 작가로 태어나겠다고 선언도 했지만 그전 소설을 부정하지는 않아. 여전히 다 사랑하고 있어. 왜냐하면 그건 내 밥벌이였을 뿐만 아니고 그때는 젊어서, 사랑받고 싶었어. 작가가 사랑받고 싶은 게 죄인가? 또 소설을 독자의 입장에서 쓴 것이, 나는 여전히 나쁘다고 생각 안 해. 그때 인기 소설이 1970년대, 80년대 대중들에게 굉장히 중요한 위로였다고 생각해. 의미가 있어. 내가 『불의 나라』 쓸 때는

217

숨가쁜 시대에 너무나 많은 지식인 독자들도 신문을 매일 기다리면서 『불의 나라』를 봤다고 들었어. 한국 문학은 너무 현학적이고 고답적이잖아. 위로는 받으면서 공개적인 장소에 와서는 정작 위로받은 그 작품을 비판하는 그런 풍토였어, 1980년대라고 하는 게. 나는 그게 너무나 가슴이 아팠어요. 독자들이 대부분 정직하지 않거든. 그래서 위로는 나한테 받고 공개적인 장소에서 딴소리하는 엘리트 독자들을 내가 너무 많이 겪은 거지. 인기 소설도 내 나름대로 진정성 없이 쓴 것은 아니고 그때 내가 겨우 그 수준이었겠지만, 내 수준에서는 나름대로 진정을 다 바쳐 글을 썼고. 근데 절필하고 돌아왔는데도 계속 그때 인기 작가 시절만 같은 방식으로 얘기들을 하는 거야. 최재봉이는 그래도 기자들 중에서는 신뢰감이 갔고, 당시 내가 용인에 있었는데 최재봉은 수원에 산다고 그러니까.

박상수　　얼른 뛰어오라고 하신 건 아니죠?(웃음)

박범신　　오라고는 안 했어. 내가 크게 실수는 안 했을 거야.(웃음) 야밤에 기자한테 기사를 가지고 전화한 것은 그때가 유일한 것 같아. 내 평생에. 특히 「들길」이라는 소설에 대해서 최재봉이 쓴 글은 좋아. 매우 객관적이고 좋은 글이라고 지금도 기억하고 있어. 나에 대한 평론 중에서 베스트 중의 하나야. 길지는 않았는데 앞부분이 마음이 아파서. 좋은 글이니까 내가 전화도 한 거지.

정유정   우리 또래는 선생님 책하고 한수산 선생님 책을
가장 많이 보고 자랐어요. 그거 부정하시면 안 돼요. 그 사
람들 슬퍼해요.

박범신   그런데 한국의 엘리트 독자들은, 일부 맞는 말인
데 매우 이중적이거든. 그런 걸로 젊을 때는 상처를 많이
받았는데 지금 나는 어떻게 생각하느냐 하면 그게 나를 작
가로 살아남을 수 있도록 한 거 아닌가 싶어. 끊임없이 나
를 경계하게 하고 조심하게 하고 더 열심히 하게 하는 데 굉
장한 촉매제가 됐어. 그래서 그 당시 비판받은 것에 대해서
지금은 너무 감사하게 생각하고 있어. 그 이후로 내 소설이
본질적으로 더 좋아졌는지에 대해서는 의문이지만 말야.
약간의 방식은 바뀌겠지만 내 본의가 어디 가는 게 아니야.
내가 『흰 소가 끄는 수레』를 창비에서 초판 5만 부 찍었어.
그 당시 5만 부는 대단한 거야. 창비는 50만 부 팔 작정으
로 초판을 5만 부를 찍은 거야. 사실 팔린 거야 7만 부 팔
리고 말았어. 읽기도 어려우니까 안 팔리더라고. 그런데 창
비에서 5만 부를 찍었다고 하니까 나는 그때 두려운 거야.
50만 부 팔리면 안 되는데…… 나는 그때만 해도 정말 안
팔리기를 바랐어. 다행이다. 그렇게 생각했어.

박상수   지금 문학 시장을 생각하면 그런 시절이 있었다는

게 놀라워요.

최재봉　절필했다가 돌아오신 것에 대한 기대감이 있었을 것이고, 그 책 자체가 독자들로서는 궁금한 걸 해소하는 효과도 있었을 거예요.

정유정　이전의 박범신을 기대했다가 실망한 사람도 있어요.

최재봉　그럴 수도 있지.

박범신　지금도 실망하는 사람들 많아. 일반 독자들은 옛날처럼 쓰라는 얘기야. 너무 나빠졌다고 말하는 사람 많아. 옛날 독자들은 당신 소설 눈물나게 읽었는데 왜 요즘은 그렇게 안 쓰냐고 하는 사람들 많아. 직접 만날 때. 내 마음이 여리니까 계속 상처받고 있었어. 내가 제일 상처받은 건 그거더라고. 아군들이 나를 격렬하게 비난할 때 상처받았어. 내가 사실은 본질상 반체제를 해야 맞아. 내 본질은 그거야. 인기 소설을 쓰지만 소설들 밑바닥에는 그게 있어. 변함없이 그게 있으니까 나는 아군이라고 생각했는데 적군들은 나를 비난을 안 하는데 내가 기대고 내가 내 편이라고 믿고 싶었던 사람들이 나를 제일 앞서서 비난하는 거야. 1980년대에는.

　나는 촌에서 와서 문단이 뭔지도 몰랐어. 나는 가방끈도 짧고 문단이 뭔지도 모르고 문단이라는 것에 어떤 엘리트주의가 있는지도 몰랐어. 나는 그냥 청탁이 오면 감사하게 생각하고 열심히 썼는데 아군들이 너무 격렬하게 비판하는 거야. 왜 그럴까? 문단을 모르니까. 지금은 알지만 그때는 너무나 상처가 되더라고. 그러다가 소설을 써서 밥 먹고 사는 게 굴욕적인 느낌이 들었어. 그래서 내가 절필할 때는 진짜로 안 쓰려고 했어. 나는 부지런한 사람이라 자식새끼는 먹여 살릴 수 있다는 생각이 있었어. 막노동을 해서 먹고살지 소설 써서 굴욕적으로 먹여야 되나? 이런 느낌. 우리 큰애가 대학을 갔는데 내가 용인에 있을 땐데 집사람한테 전화가 왔어. 큰아이가 대학을 자퇴한다고 한대.『흰 소가 끄는 수레』에 그 얘기가 나와. "왜 그래?" 그랬더니 모르겠대. 말을 안 한대. 대학을 그만둔다고 그런대. 동국대 연극영화과를 다녔거든. 올라왔지. 올라와서 아들을 불러서 깊은 얘기를 나눴더니 교양 국어 시간에 우리 아들 친구가 질문했나봐. 소설가 박범신을 어떻게 생각하시냐고. 사람의 미묘한 심리가 있지. 동료들도 얘 아버지는 유명한 작가라던데 어떤가 한번 보자, 그래서 물어본 거야. 그때가 1990년대 초반인가 그랬으니까, 젊은 문학 강사는 무조건 인기를 얻은 소설, 소설가에 대해서 일단 비판적이지. 그러니까 비판을 한 거야. 나중에 우리 아들 얘기는 뭐라고 그러냐 하면 그 교수가 비판한 건 상처가 없었대. 나하고 똑같은 상처를 받은 거야. 대학교 1학년 들어가서 평생을 같이 하자는 분위기로 늘 어울려 다니던 대여섯 명이 나란히 앉아서 그중의 한 명이 질문을 한 거야. 강사가 나를 비판할 때 우리 아들은 마음이 아팠는데, 왜냐하면 자기 친구들이 너무나 행복하게 웃더라는 거야. 아버지를 비판하는데 내 친구들이 웃었다는 것. 그래서 그 상처가 깊더라고. 학교를 다른 데로 들어가겠대. 그 학교를 안 다닌대. 내가 사실 가장으로서 책임감이 강하거든. 그러면 내가 문학 관둬야 되겠다. 그러고 한 달쯤 지나서 절필을 선언한 거야. 그게 직접적인 계기였어. 『흰 소가 끄는 수레』에 나오는데. 그랬어요.

정유정 저는 『은교』를 밤새워서 읽었어요. 책에서 느껴지는 작가의 광기와 열정에 경외감이 들었죠. 새벽에 마지막 장을 닫으면서 책을 창가에 세워놓고 올려다보고 싶더라고요. 그러고 나서 얼마 후에 세계문학상 시상식이 있었어요. 그 해 당선자가 임성순 작가였고, 선생님이 심사위원장이었는데, 시상식장에 늦게 오셨어요. 어디서 술을 한잔하셨더라고요. 사회자가 늦었지만 한말씀해달라고 하니까, 한말씀 대신 노래를 부르시겠대요. 설마 했는데 마이크 잡고 정말로 〈봄날은 간다〉를 부르셨어요. 그때 임성순 작가가 나가서 옆에서 같이 불러주는데 그 모습이 되게 쓸쓸해 보였어요. 그래서 식이 끝난 후에 여쭤봤어요. "선생님, 오늘 기분 안 좋은 일 있으세요?" 일인즉, 누군가 『은교』 서평을 '포르노그래피'라고 써서 올린 거예요. 그거에 대해서 상처를 받으셔서 술을 한잔하셨다더라고요. 저도 사실 비슷한 상처를 많이 받는 사람이기 때문에, 동질감이라면 굉장히 외람된 말이지만, 어떤 상처인지 알 수 있을 것 같다는 생각이 들었어요. 그 순간에 저 혼자 선생님하고 굉장히 가까워진 느낌이었고요.

박범신 『은교』는 사실 포르노그래피로 봐도 나는 상관없다고 생각해요. 그럴 수도 있지, 본질에서는. 그런데 그걸 포르노그래피처럼 느끼는 것은 나한테 너무 낯설고, 나는 나름대로 인간 본질에 대해서 쓴다고 생각하고 썼고, 소설이라는 것은 인간 본질을 말할 때 포르노그래피처럼 쓰는 거라고 나는 생각하고 있어. 문학이라고 하는 것은 인간 본질을 인간 본질처럼 말하는 건 나는 문학이 아니라고 보거든. 소설이라고 하는 것은 대중들이 쉽게 자기 눈높이에서 같이 울며불며 읽어가는 것이 아닐까. 고답적인 걸 하려면 내가 학자를 해야지 소설 쓰겠어? 그런데 그날 노래한 것은 그냥 취해서 한 거야. 상처를 받았는지는 모르겠는데, 취했는데 심사위원이라고 축사를 하라고 하니까 뭐라고 그러겠어. 민망하니까 축가로 노래나 한 곡 하겠다고 돌출 노래를 했지. 기억이 안 난다. 나한테 무슨 일이 있어서 술을 마셨는지 잘 기억이 안 나. 틀림없이 있었겠지.

정유정　　그런 일에 상처를 받는다는 게 여린 거잖아요.

박범신　　나는 수없이 겪었는데도 아직 상처를 받더라고.

정유정　　단련이 안 돼요?

박범신　　단련 안 돼. 내공이 없어. 내가 '네이버'에 『촐라체』를 연재했잖아. 원고료를 꽤 받았거든. 내가 꿈꿨던 것은 네이버에 내가 첫 연재를 하면 그 이후로 내 후배 작가들이 천만 원씩 원고료를 받으면서 이어 쓰게 되고, '다음' 같은 포털에서도 소설 연재가 막 생길 줄 알았어. 내가 젊은 시절에 인기 작가로 밥을 먹었잖아. 그래서 지금은 신문에서 연재를 안 하니까 포털에 내가 연재를 만들 수 있다는 꿈이 있었어.

박상수　　그때 후배 작가들 생각을 많이 하셨어요.

박범신　　그랬지. 그런데 얼마 있으니까 네이버 연재가 없어지고 '예스24'니 이런 데 연재하는데 고료로 장당 만 원 준다는 거야. 그것도 출판사에서 준대. 마음이 상했지. 인터넷 서점이 부도덕하다고 생각했어. 그래서 『은교』를 쓸 때 "나 원고료 쪽팔리니까 안 받고 쓸 거야" 하고 쓴 거지. 그러면서 블로그에 인터넷 서점 조지는 얘기를 길게 썼지. 원고료를 왜 안 내냐. 그랬더니 어느 신문사에서 전화가 왔어. 기사를 크게 한번 쓰고 싶은데, 선생님 글 보고 기사를 쓰겠다 이거야. 승낙하려고 했더니 후배 작가가 그러는 거야. 선생님 같은 분은 연재도 많이 밀리는데 우리 같은 작가는 인터넷 기사 나면 그나마 인터넷 서점 연재마저 없어진대. 사실 내가 네이버에 연재할 때는 후배 작가들 생각에 십자가 지고 간 건데. 그래서 내가 그 글을 바로 내렸어. 기사도 안 나갔지. 『은교』에는 그런 비하인드 스토리도 있어. 원고료 안 받고 연재했지. 그러니까 어떤 때는 하루 원고가 30매, 40매가 올라가버려. 그걸 한 달 반 만에 썼어. 폭풍같이 썼지.

박범신을 통해 위로받은, 이 평범한 사람들

박상미　제가 이때까지 문화 예술계 인물 인터뷰를 마흔 명 정도 했는데요. 오랜 시간에 걸쳐서 작품과 관련 기사 다 보고 진심을 다해서 써도 본인을 만족시키기는 어려워요. 가장 오랜 시간 준비한 게 선생님이었고, 기사 나가고도 많이 긴장했어요. 마음에 안 드실까봐. 그런데 기사를 보신 후에 너무 고마워하셔서 몸 둘 바를 모르겠더라고요.

박상미

예민하고 예리하고 마음도 약하시고…… 인간 박범신에 대한 매력을 인터뷰 후에 많이 알게 됐죠. 박범신 팬클럽 〈와사등〉 모임에 오는 사람들을 만나보면 명함을 가진 사람이 거의 없어요. 정말 소박한 사람들이에요. 사실 선생님이 오늘 이 자리까지 오신 건 엘리트 비평가들의 도움이 아니라 일반 대중들의 사랑 덕분이잖아요. 서울서 내려온 재수생, 취업 못한 청년, 명예 퇴직한 오십대 남성, 경상도에서 온 아기 엄마, 무명 가수, 칠십대 노인까지 골고루 모이는데, 그들이 박범신의 작품을 통해서 받은 위안과 감동이 각자 다른 거예요. 이 사람들의 이야기가 정말 진솔해요. 어떤 지면에서도 보지 못한 일반인들의 감상평을 수집하고 기록해야겠다는 생각을 하게 됐죠. 거기는 유명한 사람이 오면 오히려 대접을 못 받아요. 선생님 옆자리인 상석엔 늘 평범한 얼굴들이 앉아 있죠. 인간 박범신을 만나보니까 소문 속에서 만난 박범신과 많이 달랐어요. 유명 작가들이 흔히 경험하는 일이지만, 박범신의 소설을 읽지도 않고 읽었다고 착각하고 얘기하는 사람들 많잖아요. 『은교』도 내용을 오해하는 사람들이 많죠. 그런데 대학생들과 선생님 강연회를 가면 애들이 선생님께 사인 받으러 가서 서로 "제가 은교입니다!" 이래요. 은교는 불멸하는 꿈같은 존재라는 걸 아는 거죠. 애정을 갖고 읽은 독자들은 오해하지 않죠. 선생님 작품을 제대로 읽은 독자들은, 화려한 명함이 없는 사람들이 아닐까. 논산에 모이는 팬클럽이 다 그래요.

박범신　나는 그런 사람들한테 다가가.

정유정　제가 〈와사등〉 가서 팬클럽 등록을 했거든요. 그런데 저하고 이름이 똑같은 사람이 글을 올린 거예요. 저도 글을 남기려던 참이었는데, 곤란하더라고요. 보통 팬클럽에 가입하면, 첫인사를 남겨야 카페 등업이 되고 그러는데. 본의 아닌 혼란을 줄까봐, 결국 못 남기고 말았죠.(웃음)

박상수　조용호 기자님은 어떠세요?

조용호　제 기억은 오로지 소설만을 쓰기 위해서 명지대 교수직을 때려치우고 머리를 깎고 어느 날 밤 토지문화관에 들어올 때의 기억이죠. 머리를 상고머리로 깎고 명지대 사표 내고. 그러니까 제자들이 '선생님 돌아오세요!' 이렇게 말하던 때의 일이죠.

박범신　그때 우리 제자들은 학교에서 데모하고 있었어. 교수가 그만뒀는데 제자들이 돌아오라고 데모하는 건 처음 있는 일이었어.

조용호　그때 선생님이 저를 불렀거나 아니면 제가 갔거나 했던 것 같은데요. 내가 지금 명지대에 사표를 내려고 하는데 이걸 어떻게 하면 좋겠냐, 하시더라고요. 그때 이런저런 얘기가 많이 오갔던 것 같아요. 물론 저도 신문사에 휴직계

227

를 내고 토지문화관에 들어가 있는 상황이긴 했지만 선생님이 정년도 제법 남아 있던 상황이고 그중에서 모든 걸 던지고 소설만 쓰시겠다는 게 엄청난 자극이었고 아름다운 모습이었죠. 지금 선생님이 칠순 나이에 이르기까지 계속 작품을 생산해내고 있는데 거의 한국에서는 독보적인 거죠. 그리고 선생님과 자리를 갖다보면 어느 시점에 이르면 선생님 긴 속눈썹에 눈물이 맺히면서…… 저 눈물이 진짠가? 어떻게 선생님은 마음만 먹으면 눈물이 날까? 이런 생각을 할 정도였죠. 선생님 눈물에 대해서 해명을 해주십시오.

박범신　인생에서 내가 후회하는 게 딱 두 가지더라고. 늙어서 논산에 있으니까 내 발등을 찍고 싶고. 그런 것이 딱 두 가지인데 인생의 말년에 내가 잘못한 것 하나는 명지대학으로 돌아간 거야. 명지대학에 돌아간 걸 내가 발등을 찍고 후회하고 있어. 내 제자들을 많이 잃었거든. 다음으로는 『흰 소가 끄는 수레』 마지막 소설이 「그해 내린 눈 지금 어디에」라는 작품인데, 그건 절필 이전에 쓴 단편이야. 1970, 80년대에 사건도 많았잖아. 내가 가장 트라우마로 기억하는 건 광주야. 그때 내가 『풀잎처럼 눕다』라는 연재를 하고 있었어. 그때는 연재소설을 써서 신문사에 갖다줘야 돼. 팩스도 없어. 일주일에 한두 번은 신문사를 나가야 되거든. 연재가 끝났을 때 매일 울근불근하는 거야. 우리 마누라가 나를 제일 잘 알겠지. 그러니까 연재소설 들고 나가려면 바짓가랑이를 붙잡는 거야. 자기가 갖다준다는 거야. 세월이 흉흉하니까. 나도 그걸 알지. 집사람이 왜 그러는지. 아는데 매번 집사람이 애원하면 내가 비겁하게 타협을 하더라고. 나도 배운 게 있으니까. 한 서너 달을 집사람이 원고를 날랐어요. 내가 밖으로 나가면 광주로 갈지도 모르고 하니까 집사람이 붙잡은 거야. 그때 내가 아무것도 못하고 있다는 그 스트레스 때문에 1980년대 말에 안양천에서 동맥을 끊고 자살 시도를 했어. 우리 집사람이 아파트 관리인들 동원해서 나를 찾아 안양병원에 이송하는 사건이 그 광주 때문이야. 나는 나름대로 피투성이가 되고 있었어. 그것이 나는 너무, 한 시대를 살아서, 내가 운동권 작가가 아니었다는 것에 대한 반성은 없어. 그런데 광주 때 원고료나 벌고 있었던 것이 내 마음속 깊은 트라우마야. 나는 그래도 거기에 갔어야 된다고 지금도 생각하거든. 한 국민으로, 다른 사건은 난 모르겠어. 그때 나는 거기에 갔어야 해. 너무나 비겁하게 마누라한테 원고를 맡기고 있었던 것이 나한테는 너무나…… 남들은 잘 모르지만 그때 나는 고통이었어. 그게 결국 절필로 가는 지점으로의 시작이야. 「그해 내린 눈 지금 어디에」라는 소설이 광주의 후유증을 앓는 여자의 이야기거든. 우리집에 실제 찾아왔던 여자 이야긴데 나랑 직접적인 관련이 없는 여자였어. 다른 사람을 찾기 위해 나한테 찾아온 여자였지. 바로 그 여자가 광주의 상처가 있는 여자였어. 그것은 지금도 내 트라우마야. 그건 영원한 내 마음의 빚으로 생각하고 있어. 나도 여러 가지로 변호할 수 있지. 변호할 수 있겠지만 그건 절체절명의 사건처럼 느껴졌기 때문에 이건 무슨 말을 해도 변명이 안 된다, 그래도 거길 가든지, 붙잡히더라도 광주에 갔어야 됐다는 그런 생각이 들어. 눈물의 근원이라면 그런 것들이 아닐까.

박상수 그러셨구나. 그런 기억이 남아 있는 눈물이라는 걸 이제야 알게 되네요. 저는 제자로 선생님을 뵈었으니까 제일 놀랐을 때가 선생님이 갑자기 학교를 그만두셨을 때였어요. 이게 대체 무슨 일인가 했거든요. 왜냐하면 그 이전까지 멀쩡하게, 방학 끝나면 "이번 방학 때 나는 단편 세 편을 썼는데 너희들은 얼마나 썼냐?" 이렇게 물어보시던 선생님이셨거든요.

박범신 양으로 조졌거든. 노인이 500매 썼는데 너는 몇 장 썼냐? 이러고.(웃음) 암튼 학교로 돌아간 걸 후회하고 있어. 진짜 후회해. 그러니까 결국 옛날에 사랑했던 여자한테 다시 가서 두번째 프로포즈를 하면 안 되는 거야. 그때 다른 학교에서 오라는 말이 있었어요. 나는 평생 작가로 글 써서 벌어먹고 살았지 명지대 교수 월급으로 산 것도 없어.

애들 술 사주고 남는 것도 별로 없었지. 그런데도 아이들이 너무 보고 싶었어. 그게 문제였지. 마침 3년쯤 됐나, 이사장님이 서신을 보냈더라고. 뭐라고 보냈냐 하면 크리스마스카드에 당신이 만년필로 썼는데, 한 3년 놀았으면 되지 않았냐고. 좋은 후임을 아직도 못 구해서 그 자리가 비어 있으니까 돌아오라고 그러는 거야. 보고 싶은 애들이 주마등처럼 스쳐 지나가는 거야. 그래서 갔던 거였어.

조용호　잠시 사진을 한 장 보여드려야겠네요. (아이패드에서 박범신의 삭발 사진을 찾아 보여주며) 이 사진이 토지문화관 옆방에서 교수직을 그만두겠다고 소설만 쓰겠다고 머리 깎고, 조용호가 쓰고 있던 원고를 감수하는 선생님의 모습입니다. 사진 잘 찍었죠? 독방에 들어 있는 죄수……

박범신　나는 모르는 사진이야. 처음 봐.

조용호　제가 신문에 여러 번 썼어요. 이게 2004년 겨울이었죠.

박범신　내가 머리 손질을 못해서 삭발한 게 몇 번 있어. 맨 처음에는 중학교 국어 선생 할 때. 그때는 유신 때잖아. 맨날 교감 선생님이 장발이라고 깎고 오래. 귀 덮을 듯 말 듯했는데 깎고 오라는 거야. 박통 시절에. 하루는 갔더니 교감 선생님이 그러는 거야, 수업 시간표를 바꿔놨대. 나한테 허락을 안 받고 바꿔놓으면 내가 자존심 상하지. 그래서 왜 바꾸셨냐고 그랬더니 두 시간을 빼놨으니까 이발소에 갔다 오라는 거야. 그래서 할 수 없이 이발소에 가서 아예 머리를 다 밀어버렸어. 내 인생 최초 삭발을 중학교 국어 선생 할 때 한 거야. 문영여중이라는 학교인데 점심시간 끝나면 전교생이 운동장에서 보건체조를 해. 오후 수업 시작되기 전에 한 10분 동안. 머리를 깎고 들어갔더니 보건체조 시간이야. 머리를 확 깎아버리고 중처럼 하고 들어가니까 보건체조가 안 됐어, 전교생이 나만 쳐다보느라고. 그게 내가 최초로 삭발한 케이스고 이때도 삭발한 케이스야.

박범신 소설이 그려낸 인간 군상들

박상수　인간 박범신에 대한 이야기에서 소설가 박범신에 대한 얘기로 살짝 넘어가볼까요. 여기 계신 분들은 그동안 선생님을 오래 곁에서 지켜봐오셨는데요. 아, 이분은 정말 작가구나, 소설가로구나 하고 진하게 느꼈던 순간을 꼽아주신다면?

정유정　저는 『은교』를 제일 좋아하는데요. 『풀잎처럼 눕다』에 버금가는 충격을 줬던 책이에요. 아까도 말씀드렸지만 새벽에 창가에 세워놓고 경배하고 싶은 소설이었는데 그중에서도 호텔 캘리포니아 나오는 장면이에요. 그걸 읽으면서 선생님의 의식을 따라갈 수가 있었어요. 따라가는 내내 광기로 쓴 이야기라는 생각이 들었고요. 또 울컥했어요. 좀 이상한 데서 운 건데, 내용하고는 상관이 없이 그 부분이 어떻게 쓰였을지 느껴지니까 울컥했던 것 같아요. 작가로서 박범신을 가장 가까이에서 피부처럼 느꼈다고 할까요. 책을 읽으면 스토리를 따라갈 때가 있지만 때로는 작가의 의식을 따라갈 때가 있거든요. 『은교』 같은 경우는 후자예요. 호텔 캘리포니아 부분은 완전히 함께 가는 기분이었고요.

최재봉   제가 좋아하는 작품은 『더러운 책상』이에요. 이 작품은 다 아시겠지만 성장소설이면서 예술가소설이죠. 한 예술가가 어떻게 탄생하는지 보여주는. 여러 가지 장점들이 많지만 문장도 대단히 감각적이고, 예술적인 감수성과 소명을 타고난 소년의 내면과 사회구조, 이런 것들도 엿볼 수 있고. 박범신이라는 작가가 이런 환경에서 이렇게 성장해왔구나 하는 것을 볼 수 있다는 장점이 있다고 생각해요. 책의 중간쯤 보면 아이가 창녀촌을 들락거리면서 어리거나 나이든 창녀들하고 어울리고 미용실을 거점 삼아서 육백도 치고 이런 장면이 있어요. 그러다가 어느 순간 이 아이가 박재삼 시를 낭송하는 거예요. 그 장면입니다. 이 책이 다 그렇지만 저는 이 대목에서 뭉클하고 눈물도 찔끔 났는데. 한번 읽어볼게요. "육백 치기 화투판을 잠시 미뤄두고 배달되어

온 자장면을 와자지껄 육자배기 어우러지듯 이리 찧고 저리 까불면서 먹고 있다가, 참나리 누나의 반 강요에 못 이겨 마지못해 그가 낭송해 보인 시가 바로, M이 좋아하는 박재삼의 「울음이 타는 강」. 배운 바 없고 익힌 바 참나리꽃이 되어 발랑 까뒤집혀 피는 것이 전부인 어리고 늙은 창녀들이, 시를 어찌 알고 시적 비애를 또 어찌 공감할까 했는데, 시의 반도 읽기 전에 열여섯 나이 어린 창녀 9의 볼에 눈물이 주르륵, 그리고 이내 뚝뚝뚝, 검은 자장면 면발 위에 떨어지고 만다. 사람 환장할 일이 아닐 수 없다. '씨발년이 자장면 일부러 불릴 일 있나, 왜 울고 지랄이랴?' 한 것은 선화 누나이고, 선화 누나 다음은 침묵이다. 한사코 입술을 깨물어보지만 선화 누나의 눈도 이미 젖어서 속수무책이다. 젓가락 들 때 와자지껄하던 밝은 소란은 온데간데없고, 시는 곧 마지막 연으로 넘어가 '저것 봐, 저것 봐, 네보담도 내보담도, 그 기쁜 첫사랑'으로 나아가는데, 부용 아줌마는 이미 젓가락을 탁 놓고 코 풀러 나가고, 참나리 누나는 눈가를 앙세게 쥔 주먹으로 씻고, 씨발씨발, 낮은 공염불로 추임새를 넣는 우유통 창녀 2와, 돌아앉아 머리를 무릎 사이에 이미 박아버린 창녀 3, 그리고 장난삼아 시를 암송하기 시작한 그도 어느덧 목젖이 담뿍 젖어 쉬고 갈라진 소리, '소리 죽은, 가을, 가을강을, 처음, 보, 겄네.' 간신히 시낭송의 아퀴를 짓

234

는다. 창녀 9는 어느새 고향 어머니를 만난 것처럼 부용 아줌마 출렁한 가슴속에 코를 비벼대며 소리내어 울고 있다." 문학이 이런 장면에서 이렇게 드러난달까요? 문학의 역할을 한달까. 이런 것은 여느 소설에서는 보기 힘든 장면이라고 저는 생각해요. 절필 전후에 대해서 말씀하시면서 내가 어느 편인지, 1980년 광주에 대한 생각도 밝히셨는데, 이 장면이 바로 그런 점들과 연결되는 지점이라고도 봅니다. 소설이 꼭 엘리트만의 몫이 아니고 밑바닥 사람들과 같이 갈 수 있고 같이 가야 하는 것이라는 것을, 이 대목에서도 확인할 수 있다고 봐요. 그런 면에서 더더욱 감동적이지요.

정유정　제가 선생님을 좋아하는 첫번째 이유가 그것인 것 같아요. 살롱 문학이 아니라는 거잖아요.

박범신　내 소설인 줄 잊어버리고 눈물나는데.

조용호　저는 오늘 문학 마감하는 날이라서 1시까지 노동에 시달리다가 급하게 제가 썼던 선생님 기사, 그리고 타이핑 해둔 자료를 한번 찾아봤어요. 그러다보니까 어느 책에 있었던 건지는 잘 모르겠으나 제가 두 문장 정도 찾았습니다. 하나는 "너를 만나고 나서 깨달았구나. 이 애들이 내 몸속의 가시라는 것. 소설이라는 게 사람들 몸뚱어리 속에 박힌 가시들에 대한 세밀한 보고서와 진배없다는 것." 이런 문장도 있습니다. "육체는 때로 영혼의 야영지가 된다. 아니,

ㄴ을 만나기 전까지의 육체는 내 영혼의 감옥이었을지도 모른다. 나의 육체가 감옥으로부터 야영지로 변이되는 것은 경이로운 경험이다. 몸뚱어리 속에 가시가 내장돼 있었던 게 아니라, 선과 악으로부터 놓여난 강물도 남몰래 흐르고 있었다는 것을 나는 그를 통해 자각한다."

박범신　　『소소한 풍경』에 나오는 구절이야. 몸속에 쟁인 가시에 대해서 쓴 거지.

박상미　　저도 『더러운 책상』을 좋아하는데요. 최재봉 기자님이 잘 설명해주셨고, 쓰신 기사도 잘 읽었습니다. 프랑스 드크레센조 출판사에서 『더러운 책상』을 출간했는데, 프랑스에서 주목받으면서 독일 사람들도 관심 갖기 시작했거든요. 권위 있는 평론가 모리스 무리에가 '위대한 한국 작가, 위대한 소설'이란 제목으로 서평을 길게 썼어요. 그걸 선생님께 보여드리고 싶어서 지금 전문가 도움을 받아서 번역중이에요. 외국에서 박범신의 작품이 주목받고 있는 게 국내에 알려지지 않아서 안타까워요. 『더러운 책상』은 "처절하게 아름답다"고 이 사람이 썼어요.

정유정　　잠깐 끼어들면 프랑스에 선생님 애독자가 계세요. 『은교』를 번역해서 제본한 책을 선생님께 전해달라고, 저한테 보냈을 정도로요.

박상미　　제가 오늘 읽고 싶은 소설은 『소금』인데요. 제 조카가 열여섯 살인데 엄마 아빠와 갈등이 심했어요. 그런데 『소금』을 읽었더니 자연히 해결됐어요. 저희 집은 3대째 박범신 선생님 책을 읽고 있네요. 저도 『소금』을 읽으면서 아버지가 굴욕을 견디는 외로운 짐승이었구나, 이해하게 됐죠. 이 소설도 정말 독자층이 넓은 것 같아요. 제가 얼마 전 논산 집필실 문학 행사 때 '내가 아는 박범신'이란 코너를 맡게 돼서 갔는데, 늦어서 택시를 탔어요. 기사님이 거기에 왜 가냐고 물어서 박범신 문학 행사를 도우러 간다고 그랬죠. 그분 말씀이 자기는 일흔다섯 살이고, 초등학교만 나왔는데, 소설책을 끝까지 읽은 적이 한 번도 없대요. 그런데 『소금』을 읽고 깊은 감동과 위안을 받았다며 택시비를 끝내 안 받으셨어요. 작년에 어느 슈퍼 앞에서 논산 시민을 대상으로 선생님이 사인회를 한 적이 있었는데, 그날은 한나절 택시 영업을 안 하고 줄 서서 사인을 받으셨대요.

박범신　　참여연대에서 거리에서 사인 좀 하래. 그래서 내 책 몇십 권 갖다가 나눠줬어. 거기서 책을 팔아. 내가 책을 줘도 거기서 돈을 받고 팔아. 그래야 참여연대에 도움이 되잖냐.

박상미　　평생 처음으로 소설책을 끝까지 읽고, 작가 사인을 받기 위해 영업을 멈추고 줄을 선 백발의 택시 기사. 작가 박범신의 팬은 이런 사람들이에요. 대중들의 사랑을 선

237

생님처럼 많이 받은 작가도 드물어요.

박범신   나는 밑바닥 사랑을 받아. 내가 볼 때 내가 평가에서 소외된 건 엘리트들한테 잘못한 것 같아. 나는 엘리트들을 어떻게 해야 될지 모르겠어. 어떻게 다뤄야 할지 몰라. 여자 얘기나 할까봐, 그냥.

박상미   저도 이 소설을 읽으면서 아버지의 환영과 수없이 만났어요. 염전에서 한 남자가 죽는 것으로 시작되잖아요. 사복을 입은 경찰이 그의 사인을 이렇게 말해요. "햇빛이 죽인 거지. 소금이 죽인 거지. 그래도 모르겠어요? 소금 만드는 양반들이 참 뭘 모르네. 안 먹고 땀만 많이 흘리면 몸속의 소금기가 속속 빠져 달아나요. 이 양반, 몸속 염분이 부족해 실신해 쓰러졌던 거예요. 만들기만 하면 뭐해요, 자기 몸속의 소금은 챙기지도 못하면서!"

박범신   옛날 아버지들이 다 그랬어.

박상미   이 시대의 아버지들을, 내 아버지를 햇빛이 죽이고 소금이 죽인 거였구나…… 꿈같은 건 일찌감치 포기한 아버지, 굴욕과 모욕을 견디느라 쓰러진 아버지의 목에 빨대를 꽂고 단물을 빨아먹은 게 나였구나……

박범신   너희들 잘 뽑아왔다. 내 건 줄도 모르고, 나를 감동시키는 것만 뽑아왔네.

박상수   지금까지 선생님 작품의 대목들을 들어보셨는데요, 선생님이 생각하시는 선생님 작품의 핵심이라고 할까요? 그동안 내가 놓지 않고 이것만은 가지고 왔다, 하는 것이 있다면 그건 뭘까요?

박범신 사랑과 눈물 사이에서 써온 것 같아.

정유정 저는 선생님의 사랑 이야기가 제일 좋아요.

박범신 눈물과 사랑 사이가 나는 너무나 깊고 길도 찾아보기 힘든 골짜기 같아. 눈물과 사랑 사이 골짜기라는 게 너무나 깊고 어머니의 자궁 속 같고 깜깜하기도 하고 행복하기도 하고 인간의 오욕칠정이 그 골짜기에 다 놓여 있다고 생각하거든. 그래서 명분으로는 내가 무슨 말을 할 수도 있겠지만 명분이 아니라, 나는 문학이 명분이라는 생각을 한순간도 해본 일이 없어. 그냥 그 골짜기에서 평생을 시종했다 싶어. 눈물과 사랑의 골짜기에서 여전히 헤매는 것 같고 그것이 사람이 가진 운명이 아닐까, 그런 느낌이거든. 사람이라고 하는 것, 나는 이 시대의 이론을 몰라. 내가 공부를 잘한 것도 아니고 사람이 가지고 있는 슬픈 운명 같은 게 있는 것 같아요. 그것과 욕망 속에 있지만 그 열망들을 어떻게 해야 될지도 모르잖냐? 나는 내 욕망을 어떻게 해야 할 줄 모르겠어. 너무나 하찮은 건데 평생을 시달리거든. 이 하찮은 욕망 속에서 그 골짜기를 평생 유명 작가로 살았는데도 나는 여전히 아직도 그 안에 갇혀서 어떻게 헤쳐나

239

가야 되는가. 모든 건 결국 숨기고 싶은 사랑에 대한 거라고 나는 말하고 싶지. 숨기고 싶은 게 있잖니? 나라고 뭐 숨기고 싶은 게 없겠어? 그런데 나는 숨기고 싶은 걸 먼저 말하는 타입이야. 먼저 스스로 망가지고. 그런데 그게 실제는 숨기고 싶은 거거든. 말 안 하고 싶은 걸 말해요. 그게 내가 사는 타입이어서. 사랑과 눈물 사이에 인간의 유한한 삶이라는 게 놓여 있는 것이 아닐까. 그리고 그것의 디테일에 대해서 말하는 게 나는 문학이라고 보거든. 정직하게, 어떤 이데올로기에 숨거나 어떤 주석에 매몰되지 않고, 공부 많이 한 놈들은 주를 많이 붙이잖냐. 그런 것이 아니라 그냥 생래적인 언어로 눈물과 사랑의 어둡고 환한 골짜기에 대해서 말하면…… 모든 대중들도 자기 인생에 대해서 말하고 있잖아. 그래서 이해할 거다. 그런 마음이야. 왜 이렇게 눈물이 나냐?

정유정   저는 선생님을 꼿꼿하게 만드는 게 바로 사랑이라고 생각해요. 선생님이 섹시하지 않으면 되게 슬퍼요. 제가 아까 스님 옷 같은 거 입고 나오면 싫다고 했잖아요. 그 옷에서는 평소 선생님을 상징하는 열정, 광기 같은 것들이 느껴지지 않아요. 지난번에 한겨레신문사에서 만났을 때도 그걸 입으셔서 잔소리 좀 했죠. "선생님. 제발 이것 좀 입지 마세요" 하고요.

호미 들고 뛰는 소설가

박상수　오늘 이 바지 이야기는 잊지 못할 것 같은데요(웃음). 인간 박범신, 소설가 박범신 이렇게 얘기를 나눠봤고요. 그다음에 또하나 있다면 가장으로서의 박범신입니다. 때로 이건 짐이다, 굴레다 말씀해오셨지만 가장 성실하게 수행을 해오신 역할 중에 하나라는 생각이 들어요. 이 시대의 아버지의 의미에 대해서 장편소설 『소금』을 비롯한 많은 산문집에서 두루 말씀하신 바 있는데요. 여기에 대해서 얘기를 들어봤으면 좋겠어요.

박상미　지난겨울 대전에서 독자들과 만났을 때 하신 얘긴데요. 선생님이 어느 날 아들이 쓴 일기를 몰래 본 적이 있는데, 아버지를 죽이고 싶다는 내용이 있었다는……

박범신　막둥이 중학교 때였지. 들키지 않으면 오늘 당장 아버지를 죽이겠대.

박상미　그 얘기를 하면서 굉장히 슬퍼하셨는데 제가 고등학교 때 아버지 죽이는 소설을 썼었거든요. 돌이켜보니 나와 너무 닮은 아버지에 대한 애증 때문이었어요…… 닮기 싫은 모습까지 아버지를 너무나 닮아버린 자식들이 그런 상상을 하기도 해요. 사실은 진짜 사랑하는 거예요.

박범신　상미가 인터뷰 기사에서 나를 빙자한 자기 아버지

애기를 하고 있는데 그건 알겠더라고.

박상미　　그뒤에 화해하셨어요?

박범신　　화해는 했지.

박상미　　지금 관계는 어떤가요.

박범신　　효자야. 제일 효자야.

조용호　　제가 그 뒷애기를 이어간다면 선생님의 가장으로서의 책임감에 대한 에피소드는 많이 들었던 것 같아요. 동아일보 아무개 기자가 원고 받으러 집에까지 왔다가 무례를 범했을 때……

박범신　　내가 호미 들고 막 쫓았어. 동네를 몇 바퀴 돌았어. 내가 좀 취했었어.

조용호　　가장으로서의 책임감, 선생님의 말씀을 들어보면 정말 존경스러워요. 그런 스타일의 가장은 우리 시대에 마지막이 아닐까 싶습니다.

박범신　　동아일보에 『불의 나라』 연재할 때야. 추억이 많네. 연재해달라고 해서 신문사에 갔지. 문화부장이 오라고 해서 간 거야. 그랬더니 인사를 하는데 궁둥이를 안 들고 악수를 하더라고. 나는 서서 읍소를 하고 악수를 하는데, 일단 기분을 잡쳤지. 연재를 하래. 내가 신문사에 갔으면 연재를 하려고 갔겠지. 그런데 그 사람이 안 일어나서, 내가 갑자기 연재를 못하겠다고 했어. 그랬더니 여기까지 오셨는데 어쩌고 그래서 나는 너무 바쁘고 연재를 못하겠다고 하고 집에 와버린 거야. 그러고 나서 미국을 갔어. 미국에 가서 그레이하운드 타고 밑바닥 횡단을 했어. 혼자 3천 불 가지고 가서. 영어도 Yes, No밖에 모르는 게 제일 힘들더라고. 3개월 후에 왔는데 문화부장 전화가 또 왔어. 왜 그러냐고 했더니 뵙재. 갔어. 그랬더니 3개월 동안 필자를 못 구했더라고. 제발 연재 좀 하래. 그래서 『불의 나라』를 연재했거든. 3개월 후에 그냥 연재한다고 번복하기도 뭐해서 원고료를 좀 올리라고 그랬지. 그랬더니 연재 초기 3개월만 옛날 고료로 하고 3개월 있다가 올려준대. 그러면 그러자고. 그래서 그 명목으로 연재를 시작했어. 딱 3개월이 지났는데 고료를 안 올리는 거야. 원고를 안 줘버렸어. 나는 한 번도 펑크낸 적이 없거든. 너 이놈 궁둥이 안 들었으니까 악살 좀 먹어봐. 그래서 소설을 안 줬는데 내가 화곡동 집에 살 때야. 술한 잔 먹고 밤 아홉시나 열시쯤 집에 갔더니, 여자하고 남자가 우리 대문 앞에 앉아 있어. 뭔가 그랬더니 문화부장하고 담당 기자가 와서 초저녁부터 기다리고 있었던 거야. 한 열시쯤 됐나봐. 우리 마누라가 대문을 열었는데 나한테 문화부장이 그러더라고. 첫마디가 "당신 이럴 거야?" 손을 딱 가리키면서. 나는 우리 가족 있는 데서 그러면 목숨 걸어버려. "당신 이럴 거야?" 하는데 마누라가 문 열고 있고. 그래서 나는 할말이 없어서 이렇게 보니까 화분 위에 호미가 하나 꽂혀 있더라고. 호미를 잡았어. 그랬더니 문화부장이 도망가는 거야. "야, 거기 안 서?" 골목을 세 바퀴를 돌아 쫓아갔지. 당시 담당 기자가 나중에 논설위원이 되었는데, 나를 만나니까 두려움이 가득 담긴 눈빛이야. 이 사람은 미친 사람인데 하는 눈빛. 문화부장도 지금 생각해보면 나쁜 사람이 아니야.

정유정　선생님보다 나이 많았어요?

박범신　나보다 두어 살 어려.

정유정　그런데 "당신 이럴 거야?" 그랬어요?

박범신　나는 정말로 사람들한테 잘하는 타입이야. 그런데 가끔 예의 없이 하면 그럴 때가 있어. 나는 정말 약속도 잘 지키거든. 하자 없는 인간이야. 온 동네 사람들이 다 왜 박범신 선생이 '씨발' 소리를 많이 하면서 뛰는지 숨죽이고 봤다는 거야.

최재봉　(웃음) 저는 역시 텍스트를 가지고 말씀드리겠는데, 그런 거죠. 『흰 소가 끄는 수레』 속 「제비나비의 꿈」에 아드님 일화를 쓰셨잖아요. 거의 사실과 부합한, 그게 바로 가장 박범신과 소설가 박범신이 부딪치는 지점이었다고 할까, 그렇게 볼 수 있겠는데. 그만큼 가장으로서의 책임감, 가장의 역할을 하겠다는 마음, 강렬한 심지 같은 것이 있잖아요. 그건 소설에서도 우리가 알 수 있었고. 그런데 다른 한편으로는 『소금』 같은 소설도 그렇고 『주름』 같은 작품도 그렇고, 그 가장의 자리에서 계속 도망친다고요. 그 남자들 한테 선생님이 자기의 꿈을 의탁하시는 것 같아요. 실제 현실에서 실천에 옮기지 못하는 잠재되고 억눌린 욕망, 꿈을 그 남자들한테 얹어보는 거예요. 슬프기도 하죠. 그럼에도 불구하고 현실에서는 그런 걸 꾹꾹 누르거나 소설로 승화시키면서 현실의 가장으로서는 자기의 역할을 충실히 해나가는 그런 양 날개랄까 양 바퀴랄까, 이게 바로 박범신 선생님이 아닐까 싶어요.

박범신 『소금』 하나 쓰면 한 10년 가장 역할을 열심히 할 수 있거든. 『주름』 하나로 한 10년 또 하고. 소설이 그런 거 지 않냐?(웃음)

정유정 선생님을 작품으로 처음 만난 것이 중학생 때라 그런지, 제겐 선생님 이미지가 청년으로 고착화됐어요. 누구의 남편, 누구의 아버지 이게 익숙하지 않은 거죠. 『은교』를 볼 때까지도 그냥 청년이었고요. 그래서 그랬는지, 『소금』 읽으면서 저는 배신감 느꼈어요. 아니, 왜 갑자기 아버지가 되신 거지?

박범신 예리한 말이다.

정유정 좀 슬펐어요. 『소금』이라는 소설은 좋았는데, 감명도 받고, 또 첫 부분을 되게 좋아하기도 하고요. 그런데도 어느 날 갑자기 아버지가 되니까, 당황스러웠죠. 애인을 잃어버린 기분이랄까요.

박범신　내가 그 소설로 여자들을 놓쳤구나.

정유정　저도 하마터면 떨어져나갈 뻔했어요.

박상미　사실 『은교』가 떴으니까 더 장사가 되려면 '금교' 같은 걸 쓰셔야 된다고요.(웃음) 그런데 전혀 다른 『소금』을 쓸 수 있는 선생님의 용기가 존경스러웠어요.

정유정　『소금』은 『소금』대로 감동이 있죠. 다만 저는 『은교』의 이적요라는 욕망 덩어리가 더 마음에 든다는 거죠. 중고등학교 때 책상 밑에 두고 보던 소설이 선생님 작품이었기 때문에, 최근의 변화에 적응이 안 된 것 같기도 하고요.

박범신　나라는 인간이 편차가 심해. 중간이 없고 이리 왔다 저리 가.

박상수　저는 학교에서 선생님을 뵈었으니까 1993년에 선생님을 만난 셈이네요. 그때 신기했던 것은 선배들이 선생님 소설 창작 수업만 들어가면 다 울고 나오는 거였어요. 소설 수업 있는 날은 다들 술 먹고 밤샜다는 얘기가 들려오고. 궁금했죠. 도대체 저 사람은 누굴까? 이런 마음으로 처음 선생님과 만났는데 소설가 선생님을 보기도 했지만 아버지로서의 모습도 가까이에서 볼 수 있었고, 그래서 좀 다양한 모습을 본 편이라 소설의 편차가 어색하지는 않았던 것 같습니다. 오히려 자연스럽게 다가왔고 가깝게 느껴졌다고 할까요. 선생님은 평생 작가, 교수, 아버지로 살아오셨잖아요. 그중에서 가장 좋아하고 사랑하고 빠졌던 일은 역시 작가의 일이겠지만, 그러나 그 세 가지가 다 따로 있었을 것 같진 않아요. 항상 갈등 관계였을 것 같고 서로 영향이 있었을 것 같습니다.

불화로 세계를 인식한 사람

박범신　내가 역할을 세 가지로 살았지. 1번은 작가 노릇을 했고 2번은 아버지로 살았어. 그다음에 내 인생에 지울 수 없는 건 스승으로 산 거야. 내가 사실 보편적 스승의 스타일은 아니잖냐. 내가 스승의 이데올로기가 강해. 보편성은 없는 방식으로써 스승은 어떠해야 되는가 하는 스타일은 매우 튀는 스타일이지만 본질은 스승의 이데올로기, 내가 교대 나왔잖니. 그래서 세 가지 역할로 살았지. 작가는 시종일관 아까 말한 대로 눈물과 사랑의 골짜기에 대한 밑바닥의 디테일을 쓰는 거라는 이데올로기로 살아온 것 같고. 사실 남들은 내가 이혼도 안 하고 그래서 가족적인 줄 알아. 마누라가 애 많이 쓰거든. 그런데 내 본질이 가족적인

247

타입은 아닌 것 같아. 그런데 나는 강력한 책임감으로, 하여튼 나 어렸을 때 너무나 단란하지 못했거든. 아주 어린 시절에는 만날 식구들끼리 싸움만 하고 이래서 나는 불화로 세계를 인식한 사람이야. 나한테 상처 준 건 전부 다 가족들이었어. 나는 가정이라는 게 따뜻한 거라는 걸 몰랐어. 스무 살 될 때까지도 가족들은 서로 후벼 파는 건 줄 알았어. 맨날 울며 싸우고. 그래서 열심히 그런 가족이 아닌 가정을 만들어가려고 노력을 했지. 나는 내가 작가로 성공한 것 같지는 않고 가장으로는 성공했다고 봐. 왜냐하면 우리 아이들이 세 명인데, 애비로서 단점도 많겠지, 그렇지만 어쨌든 일주일에 한두 번

박범신

은 아이들이 우리집에 와서 놀다 가. 너무나 단란해요. 우리 아들들이 그러더라고. 아빠 나는 정말 행복하대. 행복하다는데, 내가 연출은 잘해. 애들이 막 흥분해서 너무 행복하다는 거야. 애들이 그런 말하잖아? 그러면 나는 내 손녀딸만한 시절로 가 있어.

나는 너무 가슴이 아픈 거야. 어떤 날은 막 짜증이 나요. 우리 마누라가 나보고 왜 애들을 질투하냐고 그래. 애들 잘되면 좋지. 단란하게 형제끼리 지내는 게 너무 아름답다는 거야. 나는 좋기도 하지만 뭐지, 이게? 짜증이 나더라고. 질투심이 막 나는 거야. 그래서 가끔 내가 가장으로 성공했다고 느껴. 어쨌든 나는 쓸쓸했지만, 나는 가족 속에 있어본 적이 없어요. 내가 애들 모아놓고 행복하게 연출은 잘해주지만 걔들이 행복해하면 나는 거기에 있지 않아. 진짜 육체만 있어. 그래서 가장으로서는 그래도 잘산 게 아닌가. 그런데 여전히 많은 젊은이들을 나는 세 가지 마음으로 보거든. 아버지, 스승, 작가의 마음 세 개로 동시에 봐. 후배들은 스승의 마음으로 애한테 어떻게 시비를 걸어야 도움이 될까? 이런 걸 고려해. 유정이한테도 작가로서 내가 어떻게 도움이 될 수 있나 생각해. 또 문학에 대해서 내가 가방끈도 짧으니 아는 척은 못하지만 지나가는 말처럼 애한테 도움이 되는 건 어떤 게 있을까? 그래서 어떤 날은 이렇게 가고 어떤 날은 이렇게 가고. 그래서 내 평생은 세 가지, 작가와 스승과 애비라는 것이, 나는 절대 빈곤의 시대니까 존재하지. 그 중에서 내가 제일 성공했다고 느끼는 것은 가장이야.

조용호   2순위는 뭡니까?

박범신   2순위로 내가 성공했다고 느끼는 것은 나는 여전히 스승으로 성공했다고 느껴. 내 제자들이 나를 기억할 거라고 봐. 나는 열심히 스승 했어. 그래서 결함은 많았지만 내 뜨거운 마음은 아이들이 알 거라고 보거든. 지금은 내 제자들 만나지도 않아. 만나지도 않고 나를 찾아오는 놈도 거의 없고, 간혹 가다 만나자고 하면 선생님 바쁘다, 이러지. 내가 지금 반성중이거든. 그래서 안 만나. 안 만나는데 그럼에도 불구하고 20년쯤 지나가면 마음에 내가 그리울 거다. 그래서 성공이고.

정유정　작가가 왜 3순위예요?

박범신　3순위야. 나는 작가로서 성공을 못한 것 같아. 왜 실패했다고 느끼냐 하면 나이들어서 보니까 아까 사랑과 눈물의 골짜기에 대한 것은 내 페니스와 내 가슴 사이에 있는 거지. 작가라는 것은 전신을 써야 되거든. 내가 약한 게 머리인 것 같아. 내가 하체는 강해. 발바닥부터 가슴까지는. 이게 내 장기야. 나는 문학을 그렇게 믿었던 거야. 내가 다시 태어난다면 공부 열심히 해서 머리로 깊게 보는 것. 젊을 때 잘못 오해한 건 아닌가 싶어. 내가 해온 문학은 진정과 감동이었지만 문학이라는 것이 감동만으로는 안 되는 것 같아. 감동은 바탕 색깔이야. 감동은 기본이야. 물론 한국 문학에 감동도 안 주면서 큰소리치는 작가들도 많지. 그것들은 내가 취급을 안 해. 그런데 간혹 가다가 감동도 주는데 거기에 플러스 알파가 있는 작가들이 있더라고. 그거는 내가 무릎 꿇어야지 어떻게 해. 그건 지성의 문제라고 나는 봐. 내가 하버드를 갔어야 되나? 그래서 나는 다시 태어나면 반드시, 나의 가슴과 페니스 사이로 강력하게 가고 플러스 알파로 스탠퍼드나 하버드로 완성을 해야겠다. 날이 갈수록 완성을 향해서 가는 거 아니야, 인간이라는 건. 너무나 부족해. 나이 일흔이 됐는데도 너무나 부족한 거야. 예술이라는 게 뭐겠어? 진선미를 향해서 가는데.

조용호　완성되지 않았다고 느끼니까 이게 에너지인 거죠.

박범신　그렇지. 나는 완성됐다고 느끼지 않아.

조용호　하버드나 스탠퍼드 나왔으면 선생님은 옛날에 은퇴했을 겁니다.

박범신　그러냐? 그것도 맞는 말이다. 그것도 맞는 말인데 부족한 것이 또 그립잖냐. 머리를 좀 축적했어야 되는데. 그런 의미에서 작가를 3순위에 둔 거야. 나는 가장은 머리도 썼다고 생각해. 전략이 분명히 있었어. 나의 목표는 '단란'이었어. 애들이 잘살아서 내가 성공했다고 느끼는 게 아니야. 애들 엄청나게 싸우고 살았어. 지금 애들이 사십대 초반, 삼십대 후반 됐는데 형제가 너무 행복한 거야. 맨날 몰려다니고. 나는 어렸을 때 그걸 한 번도 본 적이 없어. 형제끼리 밥상에서 단란하게 웃어본 적이 없어요. 누나들이 많았는

251

데 그냥 식구끼리 만나면 싸움박질이나 하는 거야. 그래서 우리 애들이 너무 친하게 지내니까 한 1시간쯤 놀잖아? 나는 지쳐서 2층에 올라가서 "아빠 글 쓸 게 있다" 그러고 올라와. 그러면 여기에 앉아 있지 않냐? 너무 쓸쓸해. 왜냐하면 나는 어린 시절로 돌아가 있어. 그리고 저 아래층에서 웃음소리 나면 저것들 패 죽이고 싶어. 너무나 부러워. 뿌듯한 것도 있지.

조용호 마음 놓고 쓸쓸해할 수 있을 때야말로 행복할 때 아닌가.

박범신 나는 1인분으로 사는 인간인가, 그런 게 있어요. 나는 너무 이기적이지 않을까. 왜냐하면 자기 본질에서 못 떠나거든. 가족이든 세상이든 상관없이 항상 어린 시절의 그 지점, 내가 어렸을 때 학교에서 돌아오면 집에 못 들어가. 맨날 싸움박질이니까 무섭잖냐. 누나들끼리도 싸우고 엄마도 싸우고, 나는 못 가. 굴뚝 끝에 혼자 앉아 있어. 마음이 약하니까. 뒤에서 엄마 한숨 소리, 싸우는 소리, 등뒤에 다 들리지. 안 들려도 오관으로 여기 와. 앞집에는 불 켜놓고 저녁 먹어. 실루엣, 창호지 불빛에 웃고, 내 친구가 학교 갔다 온 얘기하면 까르르 웃고 우리집은 새까매. 나는 그게 평생 문학이라고 믿고 있거든. 그 지점. 내가 가고 싶은, 그 앞집은 내 소속이 아니니까 못 가잖냐. 내가 소속된

집은 싸우니까 못 가고. 그래서 내가 소속도 없는 곳으로 갈 수도 없고 소속이 안 된 그리운 데로 내 집이 아닌데 갈 수도 없는 지점, 그게 관찰자 위치거든. 문학이라는 게 그 자리에 서 있는 게 아닌가. 애들이 단란하게 있으면 내가 가고 싶었던 그 집이지. 사실은 내 새끼들인데 저 아래층은 그 집이야. 까르르 웃고. 그런데 나는 여기 오면 여전히 그건 남의 집이야. 내가 소속되어 있다는, 아까 나는 가족적으로 살았지만 가족적이지 않다, 나는 식구들한테 소속이 안 돼 있어. 오면 굴뚝이야. 저 아래층은 내가 가고 싶은데 내가 소속이 안 돼서 못 갈 것 같고 내 등뒤는 여전히 악다구니 소리가 들리거든. 그 지점이 문학이 출발하는 지점인 것 같아. 양쪽을 보면서 그 경계에서 그들이 내가 보고 있는지 모르는 밀대처럼 나는 보고 있지. 나는 여기에 앉아서도 애들의 모든 게 입력이 돼. 지금 어떻게 돌아가는지. 자기들은 아빠가 2층에 올라갔으니까 안 보는 걸로 알아. 그런데 지들이 기억 못하는 것까지 나는 기억하고 있는데 내가 거기에 소속되어 있지는 않더라고.

육체는 슬픈 것, 풀과 같은 것

정유정　　그 결핍이 선생님의 원동력 아닐까요.

박범신　　그래서 나는 1인분이구나. 거기에 소속되어 있으면 나도 행복할 텐데 살아생전 행복은 없는 것 같아. 이제 늙으니까 인간은 환경의 동물이라는 절대론에는 반대야. 환경의 동물임에는 틀림없지만 그것만으로 인생을 이해할 수 없어요. 그러면 환경이 아닌 뭘까? 그것이 우리가 탐구해야 할 지점이라고 나는 보거든. 분명히 인생이라고 하는 것은 아주 적은 양의 미지 항이 있는데 우리가 알 수 없는 것이 나를 움직이는 부분이 있잖니. 평소에는 그게 0.01퍼센트밖에 영향을 못 미쳐. 그런데 어떤 중요한 대목에 오면 그게 99퍼센트가 되어버리는 극적 경험을 하잖아. 그것이 뭘까? 내가 아까 머리에 대해서 얘기했는데 그걸 이해해야 그걸로 소설을 쓸 수 있잖아. 그런데 그걸 이해하는 건 가슴으로만은 안 돼. 미지를 알기 위해서는 뭔가 공부도 깊이 해야 된다는 생각이 드는 거지.

박상수　　선생님은 육체, 몸의 한계에 대해서도 늘 말씀하셨던 것 같아요. 이제는 내가 늙은 것 같다. 그런데 청년 작가로 살고 싶다고 늘 말씀을 해오셨고요. 『은교』도 사실은 이적요라는 사람이 자기 몸의 한계에 대해서 얘기하고 있는데 그 육체라는 것에 대해 조금 더 얘기를 해주시면 좋겠어요.

박범신　　섹스라는 건 사정이 동반되잖아. 사정이라는 건

쏠 사(射) 자잖아. 쏴야 되잖아. 어느 날 섹스를 하는데 정액이 사정이 안 되고 쑥 나와.『흰 소가 끄는 수레』에 나와, 그게. 쑥 나온단 말이야. 그러니까 그냥 느리게 쑥 밀려나오는 것 같은, 탁 쏘는 게 아니잖냐.

정유정 칠십대에는 다 그런 거 아니에요?

박범신 다 그렇겠지만 활 쏘듯이 나와야 되는데 이게 쑥 꾸불텅꾸불텅 나오는 것 같은 느낌이야. 간신히 마지못해서 나오는 것 같은. 처음 그랬을 때 내가 충격을 받았어. 이게 뭐지? 너무 낯설더라고. 이게 뭘까? 그래서『흰 소가 끄는 수레』에 '쑥'이라는 말에 방점을 찍어서 나와. 쑥 나온다. 텔레비전도 오래되면 스위치가 쑥 나오고 그러잖아.『흰 소가 끄는 수레』에 나오는 장면 중의 하나가 아버지가 툇마루에서 이를 뽑는 장면이거든. 아버지하고 나란히 앉아서 해바라기를 하고 있는데 아버지가 우물우물하고 손을 입안에 넣고 있어. 그러더니 이렇게 햇빛에 비춰봐. 그때 아버지가 많이 아팠을 때야. 내가 중학생이었을 때인데, 이렇게 보니까 피 묻은 이가 나왔더라고. 이를 손으로 뽑았어. 우리 아버지가 민망하니까 "이게 그냥 쑥 나오는구나." 그게 무슨 말인가 몰랐는데 내가 어느 날 정액이 쑥 나오길래 갑자기 아버지의 이가 생각났어. 아버지 이는 놀라운 슬픔이었고 나는 정액으로 그걸 이해한 거지. 그래서 부모를 이해한다는 게, 이가 빠진 걸 나는 정액으로 해석한 거지. 육체라는 건 정말 정직한 거지. 또 가장 슬픈 거야. 내가 맨날 쓰는 말이 육체는 풀과 같다는 말이 있잖니. 삶의 이완성을 이길 수는 없어. 우리 슬픔의 거의 99.9퍼센트가, 젊은 애들의 슬픔이 나는 삶의 이완성에서 온다고 봐. 걔들은 취직이 안 돼서 슬픈 것으로 이해하지만 본질에서 밀어내는 것은 삶의 이완, 숙명, 살아 존재하는 것들의 숙명, 그것을 가장 전위적으로 반영하는 게 육체지. 맨 앞에서. 그래서 나는 포르노그래피를 못 떠나는 거야. 포르노그래피는 육체니까. 『은교』에서도 노인네가 예쁜 처녀를 보고 안 서던 게 불끈 서잖아. 이게 뭐지? 안 서던 게 낯설잖아. 자기 몸을 거울 앞에 벗어보잖냐. 늙은 육체인데 이게 왜, 그래서 안마시술소에 가지. 한번 세워봐라. 안 되잖아. 육체가 늙는 것을 가장 전위적으로 보여주는 대목이야.

조용호 선생님 연세에도 불구하고 늘 그런 육체를 정직하게 자주 발언하십니다.

박범신 육체는 슬픈 거야.

조용호 저희 세대조차 선생님처럼 그렇게 개방적일 수 없어요. 섹스니 사정이니 이런 아찔한 단어들을 들으면 약간 긴장하는데……

박범신 나는 몇 년 전까지는 육체는 페니스인가 생각했던 시절이 있었어. 나는 그 수준을 넘었어. 지금 내 육체의 현실은, 나는 전직 안마사를 반드시 애인으로 꼬셔야겠다 하고 있어. 온몸이 아파 죽겠어. 이렇게 멀쩡히 놀다가 집에 가서 눕잖냐? 그러면 몸이 아파. 어디가 아픈지도 몰라. 그래서 여자가 그리운 게 아니라 누가 좀 주물러줬으면 좋겠어. 안마사 애인을 꼭 구해야 되겠다. 그런 정도로 노쇠가 왔지.

정유정   그런 말씀은 슬퍼요.

박범신   슬프지? 육체는 슬픈 거야.

박상미   여대생들도 선생님 만나면 '저분은 할아버지 같지 않고 남자 냄새가 확 난다'고 그래요.

정유정   그게 굉장히 강점이에요.

박범신   강점이지만 그게 약점이어서 고통은 거기서 오는 거지.

정유정   선생님 소설의 핵심은 바로 그거라고 봐요. 수컷의 본능이요.

박상수   만남이 늘 좋을 수만은 없잖아요. 어느 순간에는 서로가 서로를 사랑하는 방식이 달라서 그것 때문에 마음이 닫혔을 때도 있을 것 같고요.(웃음)

조용호   제 입장에서 선생님을 깊이 이해하고 연루가 된 건 안나푸르나 등반할 때였죠. 열흘이건 일주일이건 거기만

갔다 오면 영원히 인화가 되는 그런 사진이에요. 도시에서 떠나서 오지에서 걷다가 밥 먹고 저녁에 또 자고 아침에 또 걷고, 그건 진짜 지금도 잊을 수 없는 기억인데 걷다보면 거기에 여인들도 있고 남인들도 있고 여러 가지 에피소드들이 있어요. 마지막 구간에서 선생님이 나는 안 가겠다, 너희들은 다 가라 하신 적이 있어요. 선생님은 제가 선생님을 버리고 간 걸로 기억하시죠?

박범신　나한테 짜증났던 순간에 대해서 얘기를 하라는 거 아니야, 지금. (웃음) 조용호가 이 얘기 할 줄 알았어.

조용호　정확한 설명이 필요할 것 같은데요. 같이 갔던 수많은 사람들이 있고, 일정이 있는 코스였어요. 다음 일정을 가야 되는데 선생님이 먼저 갑자기 안 가겠다고 하신 거예요.

박범신　그때는 내가 두 달 반쯤 히말라야에 계속 있을 때야. 내가 약간 고소를 먹었어. 고소를 먹으면 약간 비정상이 되거든. 서른네 명인가 갔는데 한 스물아홉 명이 혼자 온 여자야. 나름대로 다 세지. 박범신을 목표로 온 거야. 밤마다 술자리가 있어서 힘들었지. 나는 고소 걸렸는데 이 방에서 오라고 하지 저 방에서 오라고 하지. 고소는 걸렸는데 매일 술 먹어야지. 내가 고소를 안 먹었으면 균형을 맞추어서 독자들과 어울릴 수 있는데 고소를 먹으니까 균형을 못 잡겠더라고. 한 여성 독자는 나를 보러 홍콩에서 왔더라고.

조용호　그 여성은 다른 사람과 연결됐죠. 선생님이 막판에 그걸 알고 몽니를 부리신 거야.

박범신　취하면 내가 모험을 좋아해. 그래서 지붕 위로 올라갔어. 내가 기와장도 몇 장 던졌는데, 나 여기 올라와 있다고 하면서. 다음날인가 조용호하

조용호

고 누가 와서 나를 데려가려고 하길래 안 가겠다고 짜증을 부렸더니 "선생님, 그래도 가셔야죠" 그러고 재촉을 하는 거야. 방에서 눈떠봤더니 어느새 아무도 없어. 당나귀 똥냄새는 무지하게 나는데 우리 일행 어디 갔냐고 했더니 아까 다 떠났다는 거야. 나 혼자 거기 있어. 딱 보니까 공포감이 드는 거야. 아무리 가봤어도.

조용호　우리가 안 가겠다는 선생님을 두고 떠나기는 했지만 아무래도 선생님이 걸리는 거야. 선생님이 히말라야를 거의 축지법을 써서 다니시는데 그런데도 불구하고 찜찜하더라고. 그래서 조랑말 있잖아요. 포니. 포니를 대여해서 막 오는데 선생님은 축지법을 써서 우리를 보고서 본 체도 안

하고 눈앞을 통과해서 가는 거예요.

박범신　아니야. 날은 저물었는데 내려간 지가 몇 시간 됐대. 그래서 거기서 잘까, 내려갈까. 밤에 무섭기도 하고. 내려가서 자야겠다. 그렇지만 조용호는 다시 안 만나겠다, 그런 생각이었어. 내 걸음이 빠르거든. 해도 지니까, 깜깜한 데서 해 지면 죽음이야. 그래서 다음 마을까지는 가야 된다, 이래서 거의 뛰다시피 왔어. 다음 마을에 딱 오니까 거기에 조용호가 내 여성 독자들과 정자에서 술을 마시고 있더라고. 나를 떼어놓고 희희낙락이야. 나는 솔직히 거기에 합류하고 싶지 않았어. 티베트로 넘어가야겠다 싶었지. 그런데 거기가 마지막 마을이야. 거기에 큰 개천이 가로막혀 있어서 애네들이 있는 정자 앞을 지나지 않고는 다리를 건너갈 수가 없었어.

조용호　예의상 우리가 다시 가봐야 된다, 충분히 홀로 생존하실 수 있겠지만 조랑말을 대여해서 가봐야 된다, 그런 생각으로 거기서 선생님을 기다리고 있었죠.

박범신　진짜 삐져서 안 들키고 티베트로 가려고. 그런데 길이 없는 거야. 개울을 건너야 돼. 저 밑으로 절벽 같은 데가 있더라고. 옷이 다 젖으면서 내려갔어. 격류야. 물살이 말이야. 한 발 들여놨다가 여기까지 닿는데 밑에 돌들이 막 구르고 있거든. 건너는 부분이 이렇게 ㄴ자로 돌아가는 데

야. 정신이 번쩍 나더라고. 여길 건너가다가는 죽겠구나. 그
래서 다시 마을로 갔는데 이 무리들이 안 들어가는 거야. 어
떻게 해야지? 나타나기가 너무 민망하더라고.

조용호   어쨌든 그렇게 갔다 온 이후로 선생님이 틈만 나
면 그때 원한에 대해서……

박범신   나는 원한 없어. 조용호는 괜찮은데 젊은 여성 독자
한테는 지금도 미안하더라고. 가이드는 우리 같은 사람들은
처음 봤을 거야. 내가 뭘 하나 보여줄게. (방안에서 그림을 꺼
내 보이며) 이게 홍콩에서 나를 보러 왔다던 그 여성 독자가
나한테 그려 보낸 그림이야. 내 히말라야 이미지로. 아마추
어 화가야.

조용호   이걸 저한테 보내줘서 선생님한테 전달한 거죠.

박범신   내가 그때도 울었나봐.

최재봉   저 같은 경우는, 2004년 3월 말인가 그랬을 거예
요. 봄이긴 한데 나뭇잎은 나오기 전이었고 그때 선생님이
강원도에 작업실 보러 다니신다고 그러던 무렵이었어. 그때
1박 2일인가요? 그 정도로 같이 술도 마시고 여행도 했는
데 그때 가까이에서 지내면서 더 친해진 것 같아요. 나중에
판화 하는 이철수 형 집 제천도 가서 거기서 또 마시고. 그
러고 한참 있다가 무주로 원광대 출신 작가들 모임 가실 때
또 동행했죠. 무주는 선생님 문학의 원점에 해당하는 공간

이죠. 처음 신춘문예에 데뷔한 글을 쓰셨던 그 동네에도 같이 가서 마시고 놀고 했었죠. 그렇게 같이 다니면 서울에서 볼 때와는 또 다르게 한결 가까이 다가간 듯한 느낌이 들더라고요.

정유정　연희문학촌에서 조용호 선배가 낭독회 겸 북콘서트를 한 적이 있어요. 첫 장편이 나왔을 때였는데, 주변에 친한 사람이라고는 최재봉 선배뿐이었어요. 그런데 최선배가 그날 예쁜 이십대 아가씨한테 꽂혀서 저를 본 척도 안 하는 거예요. 어찌나 어색한지 울고 싶더라고요. 그때 선생님이 저를 발견하고 "유정이 왔냐" 해주셨어요. 집필실 구경도 시켜주시고, 커피도 주시고. 참 실감이 안 났어요. 행복했고요.

정유정

최재봉　유정이가 그때 많이 맺혔구나.

정유정　죽을 때까지 맺혀 있을걸요.

박범신　예쁘지도 않던데.

정유정　저보다는 안 예뻤죠?

262

박범신　그렇지. 너보다 어림없어.

정유정　아무튼 간에 예쁘고 어리다고 확 꽂혀서……

박범신　작가들은 상관 있는 놈이든 없는 놈이든 질투심이……

정유정　질투심이 장난 아니잖아요. 불러도 대답을 안 하더라고요.

박상수　(웃음) 혹시 선생님한테 그동안 물어보고 싶었으나 못했던, 혹은 하지 못했던 질문은 없으세요? 오늘만큼은 선생님께서 다 대답을 해주실 겁니다.(웃음)

남은 꿈, 남은 회한

최재봉　저는 사실 준비해둔 질문이 있었는데, 아까 선생님이 그런 말씀을 하셨어요. 계속 이어지는 얘기인데, 인기 작가로서 썼던 세월이 있고 절필이 있었고 돌아와서 다시 쓰신 시간이 있었죠. 선생님이 그 시절을 어떻게 보냈는지에 대한 말씀을 전화로도 듣고 오늘도 듣고 그랬잖아요. 그러면서도 혹시나 싶어서, 궁금하기도 하고 한번 여쭤보고 싶은 것은 그런 거예요. 되돌릴 수 있다면, 처음부터 다시 출발한다면, 많은 독자들의 사랑을 받는 인기 작가 말고, 꼭 그것이 엘리트만은 아닐지라도 문학적으로 더 평가를 받는 작가가 됐으면 하는 가상이랄까 회한이랄까, 혹시 그런 건 없으셨는지.

박범신   회한과 욕망이 있었지. 어쩌면 절필한 이후 한 15년 내가 썼던 소설들은 인기 작가라는 허명을 씻어내고 싶은 과정이 아니었는가 싶어. 씻기가 너무 어렵더라고. 왜냐하면 사람들이 갖고 있는 이미지를 바꾸는 것도 어렵지만 내 자신이 변하기가 정말 어려워. 생각하면 버전이 달랐을 뿐인데 본질은 그대로 같은 것 아닌가. 그런 욕망이 늘 나를 고통스럽게 하고 있었던 건 사실이지. 돌아간다면 사랑받는 것이 아니라, 말은 존경과 사랑 중에 사랑을 받고 싶다 하지만, 사십대, 오십대 작가 시절에는 그냥 사랑이 아니라 존경받는 작가의 삶을 젊을 때 내가 살았어야 되지 않는가 하는 마음도 있지. 그 대표적인 작가가 이적요거든. 이 땅에서 어떻게 해야 존경의 카리스마를 누릴지 생각하면서 평생 산 사람이잖아. 마지막 은교 만났을 때 "그거 아무것도 아니야" 무너지는 얘기잖아. 어쩌면 내가 가지고 있는 회한들을 이적요가 양분해서 보여주는 거야. 그런 게 있었고 또 하나는 절필에 대한 직접적인 계기는 우리 아들이었지만 아까도 말했다시피 광주 때 밥 먹었던 트라우마가 강해서, 사실은 근본적인 원인은 거기서 출발한 거야. 그걸 이겨내려고 10년을 그냥 쓰고, 10년 동안 나의 이데올로기는 나는 직업 작가 의식이다, 나는 애들 밥 먹여야 된다고 말하면서. '원고료는 나의 밥이다' 그런 칼럼도 쓴 적이 있어. 그렇지만 사실은 광주 때의 트라우마를 어떻게 하면, 내가 죽을 수는 없으니까 이겨내야 되지 않냐. 그러면 나는 직업 작가로 간다. 직업 작가는 돈 벌어서 식솔을 먹여 살리는 거지. 그 이데올로기로 10년을 버티다가 결국은 절필까지 이르지 않냐? 그러니까 절필이라는 것이 알고 보면 그 당시에 살았던 작가가 가지고 있는 운명이지. 누구는 광주에 가고 누구는 감옥 가고 누구는 나 홀로 혁명이니 남모르는 데 가서 동맥을 면도칼로 자르고 이런 것들은 우리 자신의 본질이 아니라 그 시대가 우리들을 각자 분파해서 만드는 거라고 나는 보거든. 그래서 작가가 가지고 있는 운명이 각각 다르지만 어떤 것이 낫다고 할 수는 없어. 하지만 각자 내출혈을 그렇게 겪는 것은 그 시대가 우리에게 주는 운명이고 작가의 운명이라고 나는 봐. 그런데 그것을 넘어서고 싶었던 것, 그게 재봉이가 말하는 그 길로 가고 싶었던 욕망도 있었고. 또한 나는 내가 돌이켜서 내 이십대, 삼십대로 간다면, 너희들이 생각할 때 엉뚱한 대답일지 모르겠는데 나는 혁명하러 갔을 것 같아. 말하자면 폭탄 들고 그거 있잖아. 내 본질은 그게 있어요. 킬러 같은 게 있기 때문에 어쩌면 요즘 히트 치는 영화 뭐지? 〈암살〉. 그것이 내 적성에 맞지 않는가. 싸가지 없는 놈들 총 쏴서 죽여버리고 싶은 내 본질이 있어요. 글로 쓰는 건 너무나 힘들거든. 그러니까 다시 똑같은 시대를 산다면 명줄을 걸고 사선을 넘나들면서 살고 싶은 욕망이 있어. 지금도 여전히 그게 있어.

조용호　선생님 이데올로기는 그래도 사랑이었던 것 같습니다. 작품을 관통해오는. 그런데 그 모든 사랑은 근본적으로 정신병이라고 선생님은 발언했습니다. 사랑은 조절이 불가능한 질병이라는 것인데 매 순간 명줄을 거는 그런 삶, 인류의 유전자에 뿌리박혀 내려오는 그 질병 같은 사랑을 포기하지 못하기에 울고 쓰고 다시 그리워하고 그렇게 살아오신 것 같습니다. 이제 선생님이 칠순에 이른 나이에서는 사랑이 또 다르게 다가오지 않을까요? 여전히 같은 생각이신지요?

박범신　나는 혁명을 연애라고 봐. 사랑도 여러 층위가 있는데 정말 뜨거운 연애는 광기고 그것은 혁명과 동일하다고 생각하거든. 그것은 누구나 비겁해질 수밖에 없기 때문에 그걸 완성을 못하는 거야. 사즉생 생즉사(死卽生 生卽死)로 살기가 얼마나 어렵냐? 말은 그렇게 할 수 있지만. 그래서 우리가 여자들을 배신하는 것도 그것이거든. 여자가 남자를 배신하는 것도. 연애에 대한 배신은 혁명을 완성할 수 없기 때문에 선택하는 비겁한 어떤 길이겠지. 그래서 우리가 말하는 본질은 기본적으로 동의하면서 내가 그렇게 살지는 못했다는 어떤 성찰, 사즉생으로 살기를 늘 바랐는데 결국은 그 지점에서 여러 가지 핑계를 대면서 되돌아왔던 것에 대한 회한? 그런 게 있지. 아까 내가 그랬잖아. 옛날로 돌아가면 혁명, 유혈단 해버리겠다. 그게 사즉생이잖냐. 그런데 그 지점에 못 가는 것에 대한 다양한 바람들을 하면서 사는 게 인간이지 않겠나. 연애라는 것을 특별한 걸로 생각할 건 없어. 우리 인간은 분명하게 누구나 광기가 있지. 가장 용감한 광기의 소유자들은 정신병원에 다 가 있잖냐. 그렇게 될까봐 조심하고 견디고 여러 가지 명분으로 핑계 대는 거지. 나는 그것이 역사라는 것이 아닌가 싶어. 그게 꼭 감옥에 갇히는 놈이 최고라는 얘기는 아니야. 사실은 감옥에 안 갇히기 위해서 비겁하게 살았던 자들이 현실을 바꿔가는 거니까. 내가 청년 작가라고 불리는 것은, 나는 그거 같아. 청년이라고 하는 것은 뭘까? 19세기 말까지는 한국에 청년이라는 말 자체가 없었거든. 소년 보내고 열아홉에서 스물에 장가가면, 긴 장죽 물고 도포 입고 갓 쓰면 이미 장년이나 중년이야. 그러니까 성년과 소년밖에 없는 거야. 그게 붙어 있지. 그런데 20세기에 들어와서 청년이라는 말이 생기면서 20세기 100년은 청년기를 무한하게 늘려온 거야. 내가 젊을 때 청년은 이십대였어. 지금은 사십대도 청년이고 칠십대도 청년이야. 그러면 이 역사가 왜 청년기를 늘렸는가 생각해보면 간단해. 아, 일을 시키겠다는 거구나. 일을 오래 시키겠다는 거야. 나는 청년 작가라는 말을 들으면 사실은 숨이 턱 막히지. 계속 일해야 된다는 거야. 청년이라는 건 기분도 좋으니까 일을 계속하라는 거야. 자본주의는 그렇지 않냐? 그래서 20세기는 계속해서 일하는 기간을 우리들에게 늘려온 시기야. 이제는 칠십대도 일을 해야 돼. 옛날에는 삼십대만 해도 사십대만 돼도 자식들이 봉양하고 그냥 가만히 장죽 물고 있으면 되잖아. 그런데 지금은 칠십대가 되어도 누가 도와줘? 일을 해야지. 그래서 청년을 무한하게 늘려가는 것이 20세기였고, 어쩌면 21세기도 더 지속적으로 그럴지 몰라. 그러니까 청년 작가는 나한테 양날의 칼이지. 기본적으로는 내가 청년 작가에 맞는 건 감수성이라고 보지. 나의 감수성은 전혀 늙지 않고 있어. 진짜. 내가 청년 작가인 게 맞는 건 삶의 내공, 경험에 의해서 내 감수성의 내공이 안 쌓인다는 게 내 딜레마야. 여전히 너무나 예민한 감수성으로 세상과 만나고 있거든.

조용호 사랑에 대한 느낌이 삼십대, 사십대, 오십대, 칠십대 선생님이 연세를 들어감에 따라서 변화되는 부분이 있습니까?

박범신 변화는 없고 조금씩 포기하지.

268

조용호   본질은 여전히 동일합니까?

박범신   늙는다는 게 뭐겠냐? 늙는다는 것은 안 되는 게 많아지는 거야. 안 되는 게 많아지는 걸 견디는 거지. 굉장히 힘들지. 안 되는 게 많은데도 욕망은 남아 있는데 그러나 자기 이데올로기를 갖고 범위를 좁혀가는 거거든. 결국은 고독을 견디는 힘으로 노년을 가는 수밖에 없잖냐. 그것은 정말 참혹한 거야. 참혹하지만 그 참혹한 것도 내색을 하면 안 되는 것이 노인이 하는 것이지. 그걸 참지 못하면 미친놈 돼. 갑자기 사람들이 도저히 예측할 수 없는 짓을 할까봐 나는 무서워. 늙는 것은, 나이드는 것은 본질은 같아. 내가 볼 때 본질은 같은데, 시간과 만나면서 시간을 이기지는 못하거든. 우리가 시간과 허공은 못 이겨. 그래서 그것이 나를 끝없이 교육시킴으로써 자기 테두리를 조금 더 좁혀가면서 정하는 것. 그럼에도 불구하고 작가는, 현실 속의 나는 그 테두리를 좁혀야 되지만 내 감수성에서는 좁히면 안 돼. 그러면 작가를 폐업해야 돼. 작가는 여전히 강력한 욕망 속에 사로잡혀 있어야 되잖아. 그렇지만 사람과 사람이 직접 만나는 사회 안에서는 칠십대면 칠십대인 척하고 살아야지. 말은 이십대처럼 할 수 있어. 하지만 내가 행동할 때는 나는 되도록이면 내 나이에 합당한 최소한도는 하려고 그래. 그런데 내가 작가로서 욕망 자체를 줄여버리면 뭘 쓰겠냐? 그래서 말은 어쩌고저쩌고 하지. 그렇지만 결국은 그 테두리 안에서 견뎌내는 것, 그것이 나름대로 연애의 최종적인 윤리성이 아닌가.

정유정 제 후배 중에 이제 갓 등단한 작가가 있어요. 그 친구가 『은교』 이후 선생님이 왜 이렇게 진지해졌는지 이유를 모르겠대요. 왜 이리 철학적이고 현학적인 세계로…… 『은교』 같은 작품을 다시 한번만 더 내주시면 정말 좋겠다고.

최재봉 『은교』도 굉장히 철학적인 소설이에요.

정유정 철학적 소설이면서도 불길이 타는 것처럼 뜨거운 소설이잖아요. 그걸 원하는 거죠. 그 친구가 오늘 이 자리에 간다고 하니까 『은교』 같은 작품을 하나만 더 써주실 수 있는지 여쭤보라고 부탁하더라고요.

박범신 내가 그 이후로 『소소한 풍경』이라고, 스리섬에 대해서도 썼는데.

정유정 마음에 안 든대요.

그러나 끝까지 쓸 거야 작가니까

박범신 내가 약하니까 한국의 문학 권력에 약간 눌리는 거지. 내가 아까 말했잖아. 나는 포르노그래피를 쓰면 지금도 잘 쓴다. 서지우가 될 수 있어. 그런데 망가지는 게 너무 많더라고. 사실은 나이 70이면 종심소욕 불유구(從心所欲 不踰矩)라고 내 마음대로 해도 법도를 해치지 않는다, 그래서 내가 일흔이 딱 되길래 그러면 지금부터 내 마음대로 내가 쓰고 싶은 거 쓰지 뭐, 그렇게 생각했었어. 그런데 또 늙은 칠십대 작가한테 독자들이 『은교』 같은 것만 써주기를 바라지 않아요. 그걸 강력하게 반대하는 사람도 많거든. 그들의 삶도 소중한 거지. 언제부터 내가 쓰고 싶은 소설만 쓸지는 잘 모르겠어. 나는 진짜 요즘 소설을 안 쓰고 싶어. 안 쓰고 싶은데 와서는 쓰재. 내가 사람을 만나면 컨트롤을 잘 못해. 눈빛을 딱 보면 출판사 사장도. 나는 계약금을 제대로 받은 적이 없어. 내가 인기 작가 때는 받았어. 말을 안 하면 젊은 작가보다 계약금 적게 줘. 그럼에도 불구하고 출판사 사장 눈빛을 보면 못한다고는 못하고 "여름은 못하고 내년 봄쯤 하면……" 내년 봄에 안 하면 좋겠는데 기어코 와. 요즘은 적절한 균형감각을 갖고 작가 생활을 해야 되지 않나 그런 생각도 있고.

조용호 선생님이 만났던 여인 혹은 소설에 등장했던 여인, 수많은 이야기를 써왔던 것들을 벽화처럼 버무리면서 괴테의 말년 『파우스트』 같은 마지막 작품에 대한, 죄송합니다, 마지막이라고 해서. 결과적으로 마지막이 될지 안 될지 모르겠지만, 그런 대작에 대한 선생님의 야심이 없습니까?

박범신　야심이 뭐 없겠냐? 나도 고민중이야. 나는 올해까지는 열심히 일하기로 했어. 왜 그러냐 하면 우리 어머니, 아버지 두 분이 다 딱 일흔에 돌아가셨어요. 내가 아까 가장 얘기도 했지만 가부장제 아래에서 큰 내 입장에서 보면 부모가 돌아가신 나이까지는 일해야 된다는 게 내가 부모에게 바치는 윤리성이야. 부모님이 올해 돌아가셨는데 그냥 나는 올해 말까지는 부모보다 젊은 자식이다, 그러면 열심히 일해야 되겠다, 그런 생각이고. 내년에는, 내 소망대로 될지는 모르겠어. 생활방식을 어떻게 바꾸고 싶어. 지금은 사회 활동을 너무나 많이 해. 내가 하고 싶은 게 아니야. 너무나 많은 사람들이 와서 이걸 하재요. 아까 말했다시피 전화로 하는 건 내가 100퍼센트 거절해. 그런데 비싼 술도 아니고 싼 술 들고 와서 부탁을 하는 데 마음이 약해져. 내 딜레마가 뭐냐 하면 내가 어떻게 하면 성장을 하고 이득이 될까를 고려 안 하고, 나를 찾아온 이 사람이 뭘 원하는지를 너무 빨리 알아. 출판사 사장도 출판사별로 캐릭터가 다르잖아. 이 사람이 뭘 원하는지 너무 빨리 알아. 그런데 그 부분에 잔인해져야 되는데 나는 잔인해지지 않더라고. 물론 그 틈새에 나도 뭘 좀 구해보려고 하는데 그러나 이 사람이 무엇을 원하는지 잊어버린 적이 없어요. 소설도 마찬가지거든. 그래서 내년에는 어떻게 어디 동굴로 가든지 뭔가 생활을…… 나는 논산에 가도 하루도 못 쉬어. 누군가가 오고, 누군가 일을 가지고 오고, 강연 안 한다고 아무리 해도 또 찾아와서 개기고 그러면 또 해. 그러니까 이 잡다하고 산만한 생활 패턴을 내가 근본적으로 잔인하게 혁신해야지. 말년작에 대한 욕심이 왜 없겠어? 한번은 스무 살짜리 재수생 독자와 이야기를 나누게 된 일이 있는데, 걔는 다른 것 없어. 딱 만났는데 2~3분 사이에 자기 엄마, 아빠가 이혼하는데 자기가 얼마나 힘든가 얘기하더라고. 그것에 딱 막혀서 위로를 해줘야 된다는 생각밖에 안 들어. 엄마, 아빠를 미워하지 마라. 아버지 마음으로 말해주게 되더라고. 이런 식의 산만한 생활을 내가 정돈해야 돼. 어떻게 정리된다면 용호가 말한 것의 소망을…… 요즘 연재하는 것도 출판사의 입장을 생각해. 그래서 내가 쓰고 싶은 걸 제대로 못 쓰고 있어. 사실은 반 정도 써. 반은 '출판사에 도움이 돼야 되는데' 하는 생각으로 쓰지. 나는 진짜 팔리는 것에 그다지 관심이 없어, 지금은. 돈 안 벌어도 내가 살고. 나는 대하소설 이런 방식으로 쓰고 싶지는 않아. 지금은 남이 알아먹든 말든 그냥 나를 위해 쓰고 싶은 그런 문장들도 있거든. 독자가 나밖에 없다고 생각하고. 잘되려나 모르지만 올해

지나고 내년에는 유명 작가로서의 생활을 어떻게 정돈하느냐에 달려 있는 것 같아.

박상수 말씀 잘 들었습니다. 늘 생생한 감수성으로 살아오신 선생님이시지만, 특히 지금 이 시간이 선생님께는 여러모로 생각이 깊어질 수밖에 없는 때인 듯합니다. 어느덧 시간이 이렇게 지났습니다. 선생님과의 인연이 앞으로 어떻게 지속되었으면 하는지에 대해서 한 말씀씩 듣고 마지막으로 선생님 말씀으로 이 자리를 마무리했으면 좋겠습니다.

최재봉 외람된 말씀이지만, 선생님을 뵐 때면 선배나 어른이라기보다는 그냥 친구 같다는 느낌이 들어서 좋아요. 선생님 자신이 워낙 '청년 작가'를 자임하시기도 하지만, 무엇보다 정신과 감수성이 젊어서 그런 게 아닐까 생각합니다. 친구이긴 하되 여러모로 자극을 주는 친구죠. 어떻게 살아야 할지, 아름답게 나이든다는 게 어떤 건지, 사람을 대하는 태도는 어떠해야 하는지…… 문학에 대해서는 더 말할 나위도 없구요. 앞으로도 지금처럼, 어른이 아닌 친구처럼 허물없이 어울릴 수 있었으면 합니다. 종종 술도 마시고, 때가 되면 여행도 같이 하고 말이죠.

조용호 오래 선생님을 뵙고 싶습니다. 이미 지금까지 써오신 작품들도 대단하지만, 앞으로 나올 박범신 만년 문학의 정수에 대한 기대도 큽니다. 부디 건강 잘 살피십시오.

박상미   얼마 전에 라디오에서 선생님과 인터뷰를 한 번 더 했었는데요, 그때 '머리가 하얘질수록 가슴은 더 붉어진다'는 말씀을 하셨어요. 박범신을 가장 잘 표현한 문장이었죠. 도무지 죽지 않는 감수성과 순정 때문에 오늘도 우는, 도무지 늙을 시간이 없는 사람이 작가 박범신인 것 같아요. 『촐라체』에 이런 구절이 나와요. "내겐 평생 '문학'이 피켈 하나 들고 거대한 빙벽을 실존적으로 올라야 되는 '촐라체'였고, 앞으로도 아마 죽는 날까지 그럴 것이다." 문학을 사랑하는 이들의 영원한 '촐라체'가 되어주세요.

박상수   오늘 이 좌담은 박범신 선생님을 위한 것이기도 했지만, 저를 포함해서 오늘 함께해주신 여러 선생님들께도, 또한 선생님을 사랑하는 수많은 독자들께도 선물이 될 것 같습니다. 긴 시간 정말 고생하셨습니다. 이것으로 좌담을 마치겠습니다.

박범신 문학앨범

작가 이름, 박범신

ⓒ 박범신 2015

초판인쇄 2015년 10월 15일
초판발행 2015년 10월 22일

지은이 박범신 외
엮은이 박상수
펴낸이 강병선
책임편집 김민정
디자인 고은이 신선아 | 마케팅 정민호 나해진 이동엽 김철민
홍보 김희숙 김상만 한수진 이천희
제작 강신은 김동욱 임현식 | 제작처 영신사

펴낸곳 (주)문학동네
출판등록 1993년 10월 22일 제406-2003-000045호
주소 10881 경기도 파주시 회동길 210
전자우편 editor@munhak.com | 대표전화 031) 955-8888 | 팩스 031) 955-8855
문의전화 031) 955-8890(마케팅) 031) 955-2656(편집)
문학동네카페 http://cafe.naver.com/mhdn | 트위터 @munhakdongne

ISBN 978-89-546-3818-0 03810

www.munhak.com